KB188905

네버 라이

NEVER LIE

네버 라이

**초판 1쇄 발행일** 2025년 4월 1일 │ **초판 2쇄 발행일** 2025년 4월 8일

**지은이** 프리다 맥파든 │ **옮긴이** 이민희 │ **펴낸이** 김석원 │ **펴낸곳** 도서출판 밝은세상

**출판등록** 1990. 10. 5 (제 10 - 427호) │ **주 소** (10881) 경기도 파주시 문발로 119, 202호

**전 화** 031-955-8101 │ **팩 스** 031-955-8110 │ **메일** wsesang@hanmail.net

**블로그** blog.naver.com/balgunsesang8101 │ **인스타그램** www.instagram.com/wsesang

**ISBN** 978-89-8437-497-3 (03840) │ **값** 18,500원 │ 잘못된 책은 구입한 곳에서 교환해드립니다.

# NEVER LIE

네버 라이

프리다 맥파든 장편소설

Freida McFadden

이민희 옮김

밝은세상

# 에이드리엔 헤일

누구나 거짓말을 한다.

몇 년 전, 어느 연구팀이 사람들이 얼마나 정직한지 평가하기 위한 심리 실험을 진행한 적이 있다. 고장 난 자판기를 이용한 실험이었다. 자판기에 1달러를 집어넣으면 사탕과 함께 1달러가 다시 나오도록 만들어두었다. 그 사실을 알게 된 사람들은 자판기 앞에 서서 공짜 사탕을 한 개 또는 두 개, 심지어 네 개까지 받아먹었다. 사탕 자판기에는 안내문을 붙여두었다.

'자판기가 오작동하는 경우 연락 바랍니다.'

과연 몇 명이나 전화했을까? 놀랍게도 단 한 명도 전화하지 않았다. 자판기를 사용한 사람들은 누구나 공짜 사탕을 받아먹고 유유히 그 자리를 떠났다.

누구나 거짓말을 한다.

사람들이 거짓말을 할 때마다 드러나는 특유의 징후가 있다. 거짓말이 서툰 사람일수록 더욱 뚜렷한 징후가 나타난다. 나는 숙련된 정신과 의사이자 임상심리사고, 그런 징후들에 너무나 익숙하다.

　거짓말을 하는 사람들의 특징은 이렇다.

　몸을 가만히 못 둔다.

　목소리 톤이나 말투가 바뀐다.

　불필요한 정보를 장황하게 늘어놓는다.

　아무리 성능 좋은 거짓말 탐지기도 오차율이 25퍼센트에 달하지만 내 눈은 거의 정확하다. 내 앞에 앉은 인물의 표정, 몸짓, 목소리의 높낮이를 통해 나는 진실을 포착해낼 수 있다.

　예외 없이 언제나.

　적어도 나에게 거짓말은 통하지 않는다.

# 1장

## 트리샤

**현재**

우린 꼼짝없이 길을 잃었는데 남편은 인정하려고 들지 않는다. 우리는 신혼 6개월 차 부부이고, 내 남편 이선은 거의 완벽하다. 분위기 좋은 레스토랑 목록을 모두 기억하고, 이따금 깜짝 꽃다발을 선물하고, 내 하루 일정을 모두 기억하고, 내가 무슨 이야기를 하든지 적극적으로 호응해준다.

단점이 있다면 가끔 진저리날 만큼 고집이 세다는 것이다.

"아까 시더 레인에서 빠져나갔어야 했어. 좀 전에 지나친 그 갈림길 말이야."

"아니라니까 그러네." 이선의 목에 핏대가 선다. "아직 안 지나쳤으니까 걱정 마. 이제 곧 갈림길이 나타날 거야."

나는 부동산 중개인 주디가 준 웨스트체스터 집의 약도를 손에 들고 한숨을 내쉰다. 내비게이션은 10분 전부터 불통이다. 이제 우리가 의지할 수 있는 건 종이에 그려진 약도뿐이다. 약도를 보고 길을 찾자니 마치 타임머신을 타고 먼 옛날로 돌아간 느낌이 든다.

이선은 한적한 곳에 집을 구하길 원했으니 소원대로 되어가고 있는 셈이다. 설상가상 함박눈이 퍼붓기 시작한다. 몇 시간 전 맨해튼을 떠날 때만 해도 도로에 닿기 무섭게 녹아버리던 눈송이는 어느새 몸집이 네 배쯤 불어나 귀엽기보다는 위협적으로 보인다.

차가 고속도로에서 벗어나 갈림길로 들어서자 더욱 미끄럽다. 이선이 운전하는 BMW는 근사한 가죽 시트를 장착한 고급 차이지만 이륜구동이라 눈길에서는 아무래도 불안하다. 이선이 눈길 운전에 능숙한 것도 아니다. 만에 하나 차가 미끄러지면 브레이크를 밟아야 하는지 아니면 브레이크와 액셀을 번갈아 밟아야 하는지조차 모를 것이다. 미끄러운 눈길에서 브레이크를 계속 밟는 건 매우 위험하다.

이선이 계속 브레이크를 밟은 탓에 차가 옆으로 미끄러진다. 손마디가 하얘지도록 운전대를 쥔 이선이 브레이크에서 발을 떼며 액셀을 밟아 겨우 차를 바로잡지만 나는 심장이 벌렁거리며 뛴다. 눈발이 점점 거세지자 이선이 길가에 차를 세우더니 손을 내민다.

"약도 이리 줘봐."

나는 군말 없이 약도를 건넨다. 진작 나에게 운전대를 맡겼더라면 이 고생을 면했을 텐데.

이선은 쓸데없이 고집이 세 내가 운전을 더 잘한다는 사실을 인정하려 들지 않는다.

"아무리 생각해도 이미 길을 지나쳤어."

약도를 눈이 빠지도록 들여다보던 이선이 고개를 들고 눈살을 찌푸린다. 와이퍼를 최대치로 작동하고 상향등을 켜도 시야 확보가 어렵다. 이제 도로는 한 치 앞도 보이지 않을 만큼 온통 새하얗다.

"이제야 어떻게 가야 하는지 감이 오네."

"확실해?"

이선은 내 물음에 대답하는 대신 불만스럽다는 듯이 투덜거린다. "그러게 출발하기 전에 날씨를 확인했어야지. 이렇게 궂은날에는 집이 최고라는 걸 잘 알면서."

"그냥 집으로 돌아갈까?" 나는 무릎 사이에 두 손을 끼워넣으면서 말을 잇는다. "집은 다음에 봐도 되잖아. 눈보라가 휘몰아치지 않는 날에."

이선은 고개를 흔들면서 나를 흘겨본다. "트리샤, 우린 벌써 두 시간이나 먼 길을 달려왔어. 이제 거의 다 와 가는데 집으로 돌아간다는 건 말이 안 되지."

지난 6개월 동안 경험한 남편 특유의 고집스러운 면모다. 무슨 일이든지 일단 하겠다고 마음먹으면 끝까지 밀어붙이는 건 어쩌면 단점이 아니라 장점일 수도 있다. 이선은 결단력과 추진력이 강한 사람이다. 나도 우유부단한 남자를 평생의 배우자로 두긴 싫다.

아직도 이선에 대해 모르는 점이 정말 많다. 친구들은 내가 너무 서둘러 결혼했다고 핀잔하곤 한다. 카페에서 이선을 처음 만난 날 나는 발을 헛디디는 바람에 테이블에 놓인 음료를 쏟았다. 옆 테이블에 앉아있던 이선이 휴지를 가져와 내가 엎지른 음료를 깨끗이 닦아주고 새 음료까지 시켜줬다. 나는 이선의 밝은 금발과 마음 씀씀이에 홀딱 반했다. 내 남자지만 볼수록 잘생겼다. 옅은 색 속눈썹이 드리운 눈은 가을 하늘처럼 맑고 푸르다. 강한 매부리코만 아니었다면 남자 얼굴치고는 지나치게 곱상해 보였을 것이다.

우리가 처음 만났던 날 이선이 나를 보고 씩 웃었고, 그 순간 게임 끝이었다. 우리는 장장 여섯 시간 동안 커피를 마시며 이야기를 나누었고, 저녁 식사를 함께하며 쏜살같이 흐르는 시간을 아쉬워했다. 그날 밤 나는 일 년 넘게 사귄 남자친구에게 전화해 미안하지만 결혼하고 싶은 사람을 만났으니 헤어지자고 통보했다.

관계는 빠르게 진척되었고, 9개월 후 우리는 부부가 되었다. 결혼한 지 6개월이 지난 지금은 교외로 이사할 집을 알아보러 다니고 있다. 여태껏 이선과 결혼한 걸 후회한 적은 없다. 이선에 대해 알아갈수록 사랑은 깊어졌고, 그 역시 나와 비슷한 감정을 느끼고 있다고 믿는다. 이선과 인생을 함께한다는 건 멋진 일이다.

그가 아직 모르는 큰 비밀이 하나 있긴 하지만.

"이제 확실히 알겠어." 이선이 내게 약도를 건네주고 나서 차를 출발시킨다. "거의 다 왔다고 보면 돼."

이선은 자신 있게 말했으나 아직 나는 긴가민가하다. 남편은 무섭게 퍼붓는 눈발 속에서 우리가 보기로 한 집으로 들어서는 갈림길을 지나치지 않으려고 최대한 느리게 운전한다. 내 생각에는 이미 5분 전에 갈림길을 지나친 게 분명하다. 다만 나 역시 시야가 뿌연 도로를 계속 주시하며 낙관적인 태도를 유지하려고 애쓴다.

이선이 앞을 보며 소리친다. "저 앞에 갈림길이 있어."

나는 차창 밖으로 상반신을 쭉 내밀고 전방을 살핀다. 내 눈에는 여전히 눈발과 그 너머의 어둠밖에 안 보인다. 이선이 속도를 더욱 늦추며 나무가 우거진 좁은 오솔길로 접어든다. 차의 헤드라이트가 눈에 반쯤 파묻힌 표지판을 비춘다. 이선이 방향을 트는 사이 겨우 읽을 수 있는 글자가 눈에 들어온다.

'시더 레인.'

나는 이미 길을 지나친 줄 알았는데 아니었다. 이선이 고집을 부린 덕분에 길을 제대로 찾은 셈이다. 다만 길이 너무 좁아 차가 어디까지 진입할 수 있을지 의문이다. 남편도 나처럼 걱정스러운 얼굴이다. 집으로 들어서는 비포장도로에 눈이 너무 많이 쌓여 있다.

"자칫하면 눈길에 갇혀 오도 가도 못하는 신세가 될지도 모르겠어."

이선이 내 말에 고개를 끄덕인다. "한적한 교외에 있는 집을 원하긴 했지만 여긴 정말이지 적막하네. 마치⋯⋯."

나는 이선이 삼킨 뒷말을 짐작할 수 있다. '세상과 단절된 곳 같아.'

이선의 입이 크게 벌어진다. 마침내 우리가 보려고 했던 집이 시야에 들어온다.

"세상에!"

우리가 웹에서 본 소개 문안에 따르면 다락방이 딸린 2층 단독주택이라고 했는데 막상 와보니 저택이라고 해도 무방할 만큼 큰 집이다. 높고 가파른 박공지붕이 눈을 잔뜩 머금은 하늘을 찌를 듯이 솟아있고, 벽면에는 고딕 양식 창문이 늘어서 있어 일반주택이라기보다는 오래된 성당처럼 보인다.

이선은 벌어진 입을 다물지 못한다. "우리가 이런 집에서 사는 걸 상상해봐."

이선을 알게 된 지 겨우 일 년이 조금 넘었을 뿐이지만 나는 그의 표정만 봐도 생각을 읽을 수 있다. 보아하니 그는 지금 내 의견에 관심이 없다. 이 집에 강력하게 매료된 게 분명하다. 우리는 그동안 부동산 중개인 주디를 롱아일랜드와 웨스트체스터 여기저기로 끌고 다니며 여러 집을 구경했다. 이선이 마음속에 그리고 있는 집이 나타나지 않았기 때문이다.

"이 집이 그렇게 마음에 들어?"

"척 보기에도 정말 근사하잖아."

그 말을 결코 부정할 수 없을 만큼 아름다운 집이다. 거대하고 우아하고 고요한 집, 우리가 바라는 모든 조건을 충족하는 집, 앞으로 낳을 우리 아이들이 맘껏 뛰어놀기에 완벽한 조건을 갖춘 집이다. 나도 이 집이 정말 마음에 든다고 말하고 싶다. 주디가 도착하면 바로 오퍼를 넣고 싶다고. 다만 나는 그렇게 말할 수 없다.

집을 바라보는 동안 속이 메스꺼워진다. 나는 손등으로 입을 가린다. 지난 몇 달 동안 빈집을 수십 채나 둘러봤지만, 이렇게 속이 울렁거리는 느낌은 처음이다. 이 집에 대한 강한 거부감이 나를 엄습한다.

*이 집에서 뭔가 끔찍한 일이 벌어졌어.*

나는 호흡을 가다듬으며 메스꺼운 느낌을 밀쳐낸다. 차가 더는 앞으로 나아가지 못하고 타이어가 눈에 파묻혀 공회전하고 있다.

"젠장! 길에 눈이 너무 많이 쌓여서 더는 앞으로 가지 못하겠어." 이선이 말한다.

히터에서 온풍이 나오는 데도 나는 오싹한 느낌에 몸을 부르르 떤다.

"이제 어떻게 한담?"

이선이 손을 뻗어 차의 앞 유리에 맺힌 물방울을 닦아낸다. "여기서 집이 그리 멀지 않으니까 차를 세워두고 걸어가야겠어."

힐 부츠를 신은 나에게는 매우 곤란한 제안이다.

"주디가 먼저 와있을지도 몰라."

"주디 차 안 보이는데."

"집에 불이 켜져 있는 걸 보니 주디가 어딘가에 차를 세워두고 집 안에 들어가 있나봐."

집을 유심히 바라보니 아래층은 컴컴한데 2층 창문 하나에 불이 켜져 있다.

집을 보여주려는 부동산 중개인이 일 층이 아니라 2층에 있다는 게 좀 이상하다.

나는 다시 한번 몸을 부르르 떤다.

"집으로 가보자." 이선이 재촉한다. "우리도 일단 집 안에 들어가 있는 게 낫겠어. 차에서 밤을 보낼 수는 없으니까. 연료가 떨어지면 히터도 꺼져서 우리 둘 다 얼어 죽어."

하필 눈이 이렇게 많이 내리는 날에 집을 보러 온 게 슬슬 후회되기 시작한다.

내가 무슨 생각으로 이 험한 곳까지 왔을까?

이선은 집이 마음에 쏙 드는 눈치다.

"그럼 이제 가볼까?"

# 2장

무릎까지 오는 울 코트를 입고 후드까지 썼지만 바람이 뼛속까지 스며들어 마치 종잇장을 두른 느낌이다. 힐 부츠는 스키니 청바지와 잘 어울리고 내 키를 7센티미터쯤 커 보이게 해주지만, 눈길에서는 그야말로 재앙이다.

하필 이런 날씨에 왜 힐 부츠를 신었을까. 엄마가 20분을 내리 걸을 수 없는 신발을 신고 집을 나섰다가는 반드시 낭패를 보게 될 거라고 했는데.

"트리샤, 추워?"

이선은 파랗게 변해가는 내 입술과 이가 달그락거리며 부딪는 소리를 듣고 이맛살을 찌푸린다. 남편은 두툼한 검은색 스키 재킷에 투박한 워커 차림이다. 나를 차에서 내려 걷게 만든 그의 목을 조르고 싶지만 어찌나 추운지 주머니에 깊숙이 찔러 넣은 손을 꺼내기조차 싫다. 장갑을 끼지 않은 맨손이라 동상에 걸릴지도 모른다.

"발이 얼어버릴 것 같아."

이선이 가만히 나를 내려다보더니 내 앞에 쪼그려 앉는다. "자, 내 등에 업혀."

그 순간 그를 원망하던 마음이 눈 녹듯이 사라진다.

이선은 나를 업고 '매매' 팻말을 꽂아둔 정원을 지나 현관까지 가서야 조심스럽게 내려놓는다. 그런 다음 자기 머리에 쌓인 눈과 속눈썹에 맺힌 물방울을 털어낸다.

"고마워." 나는 남편을 보고 배시시 웃는다.

이선이 내 손을 잡아 손등에 입을 맞추고 나서 털장갑을 벗고 초인종을 누른다. 아무리 기다려도 집 안에서는 전혀 인기척이 없다. 분명 2층에 불이 켜져 있었으니 누군가 집에 있는 줄 알았는데 그저 고요할 뿐이다.

이선이 고개를 뒤로 젖혀 우뚝 솟은 저택을 올려다본다.

"주인이 2층에 있으려나?"

"글쎄."

아무리 둘러봐도 집 주변에 주차해놓은 차가 없다. 집주인의 차라면 차고에 있을 가능성이 있지만 만약 주디가 먼저 왔다면 차가 어딘가에 있어야 마땅하다.

이선이 다시 초인종을 누르는 사이 나는 핸드백에서 휴대폰을 꺼내 확인한다. "주디가 보낸 메시지는 없어. 게다가 내 휴대폰은 신호가 안 잡혀."

이선도 휴대폰을 꺼내 확인하더니 인상을 찌푸린다. "내 것도 먹통이야."

이선이 현관 옆 창문으로 가서 안을 들여다보더니 고개를 절레절레 흔든다.

"일 층에는 아무도 없어." 이선이 어깨를 으쓱한다. "아마도 주디가 이 집에 왔을 때 깜빡 잊고 불을 켜두고 갔나봐."

내가 세상에 태어나기 전부터 부동산 중개업을 해온 주디는 그런 실수를 할 인물이 아니다.

지금까지 경험한 바로 주디가 보여준 집들은 하나같이 먼지 한 톨 없이 깨끗했다. 집이 지저분하면 주디가 손수 쓸고 닦고 나서 보여준다. 예외는 없다. 주디는 내가 물을 마시고 나서 테이블에 컵 자국이라도 남기면 부리나케 달려와서 닦는다. 매사 철두철미한 주디가 불을 켜두고 떠났을 리 없지만 달리 짐작 가는 데도 없다.

이선은 두툼한 재킷 지퍼를 목 끝까지 올리며 난감해하고, 나는 팔짱을 끼고 고개를 절레절레 저으며 말한다. "이제 어떡하지? 주디가 이 집에 없는 건 확실해."

"잠깐!" 이선이 얼룩진 현관 매트를 내려다본다. "여기 어딘가에 열쇠를 숨겨두었을지도 몰라."

매트 아래에는 열쇠가 없었지만 우리는 주변을 꼼꼼히 들춰보다가 마침내 화분 아래에 숨겨둔 열쇠 하나를 찾아낸다.

나는 얼음처럼 차가운 열쇠를 집어 들며 말한다. "주디도 없는데 집에 들어가봐도 괜찮을까?"

"밖은 너무 춥고, 주디가 언제 올지도 알 수 없는 상황이잖아." 이선이 추위에 떠는 내 몸을 감싸 안는다. "그러다가 폐렴이라도 걸리면 어쩌려고."

하긴 휴대폰도 먹통이고, 차가 푹 파묻힐 만큼 눈이 많이 내려 옴짝달싹할 수도 없다. 열쇠를 구멍에 넣고 돌리자 잠금장치가 풀리긴 했는데 손잡이가 얼어서인지 돌아가지 않는다.

나는 여전히 구멍에 꽂혀 있는 열쇠를 내려다보면서 말한다. "혹시 데드 볼트가 있는 문인가?"

"내가 해볼게."

이선이 열쇠와 손잡이를 번갈아 비틀어 본다. 문이 꿈쩍도 하지 않자 뒤로 물러섰다가 체중을 실어 나무 문에 몸을 부딪친다. 마침내 삐걱거리는 소리와 함께 문이 열린다.

"열렸다!"

집 안은 칠흑처럼 어둡다. 이선이 벽에 있는 전등 스위치를 누르지만 불이 들어오지 않는다. 낙담하는 순간 뒤늦게 불이 깜빡이며 켜진다. 그리 밝지는 않아도 거실의 어둠을 사르기에는 충분하다. 탁 트인 개방형 거실이다. 지난 몇 년 동안 맨해튼의 아파트에서 살아온 내 눈에 주디가 보여주는 집들은 모두 컸지만 이 집은 거의 운동장 수준이다. 넓기도 넓은데, 천장도 까마득히 높다.

이선이 주변을 두리번거린다. "어마어마하네."

"상상 이상이야."

"어떻게 이런 집이 그렇게 낮은 가격에 나왔지? 너무 싸잖아. 적어도 주디가 말한 가격에서 네 배는 더 올려 받아야 할 것 같아."

동의하며 고개를 끄덕이는 순간 또다시 속이 메스꺼워진다. *이 집에서 뭔가 끔찍한 일이 벌어졌어.*

"집 안 곳곳에 곰팡이가 피었을지도 몰라." 이선이 진지하게 말한다. "기초가 부실한 집일 수도 있고. 계약서에 사인하기 전에 믿을 만한 감리사에게 안전 점검을 받아보는 게 좋겠어."

나는 곰팡이든 부실 공사든 계약을 거절할 구실이 있길 바랄 뿐이다. 왠지 불길한 느낌이 든다는 이유만으로 남편이 썩 마음에 들어 하는 집을 사기 싫다고 할 순 없으니까.

언뜻 보기에도 이 집은 이상한 점이 많다. 전 주인의 가구들이 그대로 남아 있다. 코너형 소파, 안락의자, 커피 테이블,

심지어 책이 가득 들어있는 책장까지. 나는 소파의 가죽 쿠션을 손으로 쓸어 본다. 오랫동안 아무도 앉지 않았는지 가죽의 촉감이 뻣뻣하고 손가락에 먼지가 묻어난다. 가죽 소파는 고가라서 이사 갈 때 웬만해서는 버리고 가지 않는다. 게다가 책이 빼곡하게 꽂힌 책장을 그대로 두고 가는 사람은 여태 한 번도 본 적이 없다. 바닥에도 먼지가 쌓여 있고, 구석구석 거미줄도 눈에 띈다. 거미들이 내 몸 위를 기어다니는 감각이 떠올라 소름이 끼친다.

청소 상태만 봐도 주디가 이 집에 온 적이 없다는 걸 알 수 있다. 주디가 이렇게 많은 먼지와 거미줄을 두고 떠났을 리 없다. 이상하다고 말하려는데, 이선은 지금 다른 데 정신이 팔려있다. 그는 어두운 표정으로 벽난로 위 벽면에 걸린 초상화를 응시하고 있다.

"왜 그렇게 골똘히 봐?"

이선의 옅은 속눈썹이 움찔한다. 내가 불쑥 말을 걸어 놀란 표정이다. "이 사람, 누구 같아?"

나는 그림을 올려다본다. 실물보다 크게 그린 초상화다. 그림 속 여자는 길거리에서 마주치면 누구나 돌아볼 만큼 대단한 미인이다. 삼십 대인 듯하고, 어깨까지 오는 생머리는 얼핏 보면 갈색이지만 살짝 다른 각도에서 보면 붉은 핏빛이다. 얼굴은 희고 잡티 하나 없다. 하긴 그림에서는 누구나 고운 피부를 지닐 수 있다. 무엇보다 시선을 끄는 부분은 눈동자다. 갈색이나 회색이 섞인 녹색이 아니라 마치 캔버스를 뚫고 나올 듯이 선명한 녹색 눈이다.

"집주인 아닐까?"

내 말에 이선이 고개를 절레절레 젓는다. "아무리 지독한 나르시시스트라고 해도 저리 큰 초상화를 거실에 떡하니 걸어놓지는 못할 거야."

"우리가 앞으로 살 집 거실에 내 사진이나 그림은 걸 생각도 하지 말라는 뜻이야?"

이선이 피식 웃는다. 초상화를 보고 뭔가 느낀 것 같은데 굳이 언급하고 싶지 않은 눈치다.

나는 여전히 추위가 가시지 않아 코트를 입은 상태로 벽난로 근처 책장으로 간다. 여러 개의 책장에 책이 빼곡히 꽂혀 있는 걸 보면 이 집 주인은 책을 무척 좋아했던 듯하다. 나는 혹시나 내가 좋아하는 책이 있나 보려고 책장을 눈으로 훑는다. 가만 보니 한 선반에 같은 책이 몇 권이나 꽂혀 있다.

《공포의 해부학》

으스스한 기분에 코트 깃을 바짝 여미며 한 권을 꺼내 든다. 피가 뚝뚝 떨어지는 칼을 표지 이미지로 사용한 책이다.

뒤표지에 유명 작가들의 추천사와 함께 저자인 에이드리엔 헤일 박사의 사진이 있다. 벽난로 위에 걸린 초상화의 원본 사진이다.

"이선, 이거 좀 봐."

내가 책장으로 다가온 이선에게 책 표지 뒷면을 보여준다.

"에이드리엔 헤일." 그가 저자 이름을 읽는다. "그 살해당한 정신과 의사 아니야?"

그렇다. 3년 전, 에이드리엔 헤일 박사의 실종사건은 뉴스에서 가장 큰 화제였다. 특히나 그가 쓴 대중심리학 책이 출간된 직후에 일어난 일이라 더욱 세간의 주목을 받았다. 그 책은 수개월 동안 《뉴욕타임스》 베스트셀러 1위를 기록했다. 날 포함해 미국인 절반이 이 책을 읽었을 것이다. 물론 이 책이 그토록 성공을 거둔 데에는 큰 화제였던 헤일 박사의 실종이 한몫했다.

"실종이었지." 내가 그의 말을 정정한다. "시신은 못 찾았다고 알고 있어."

이선이 내 손에서 책을 가져가 페이지를 휙휙 넘긴다. "결국에는 찾지 않았을까? 어디 강기슭 같은 데 떠밀려 왔겠지."

"그럴 수도 있겠네." 에이드리엔 헤일 박사에 대한 뉴스는 적어도 2년 전에 사라졌고, 그의 책도 서점 차트에서 내려갔다. "당신도 이 책 읽어봤지?"

내 물음에 이선은 고개를 젓는다. "난 대중심리학 별로 안 좋아해서."

"헤일 박사가 직접 상담 치료를 한 환자들에 대한 기록인데 한번 읽어볼 만해. 그들이 어떤 일을 겪었고, 어떻게 외상 후 스트레스 장애를 극복했는지 다뤘는데 꽤 흥미로워."

"외상 후 스트레스 장애? 딱히 관심 없어." 이선은 심드렁하게 대꾸하고 나서 책을 책장에 대충 끼워 넣는다. 그는 책과 거리가 먼 사람이다. "남자친구가 죽였다고 하지 않았나? 갑자기 기억나네. 무슨 컴퓨터 기술자였다고 했던 것 같은데."

"그가 유력한 용의자로 지목되긴 했는데, 유죄 판결을 받은 것 같지는 않아."

"아마 그놈 짓일 거야."

"그럴 수도 있겠지." 나는 고개를 끄덕인다. "세상엔 별 미친놈들이 다 있으니까."

이선이 내 손을 잡고 끌어당긴다. 내 뺨에 그의 숨결이 닿는다.

"나 같은 남자를 만나서 다행이지?"

나는 눈알을 굴리지만 그 말을 부정할 수 없다. 나도 지난날 나쁜 남자를 여럿 만나 고생했다. 여자친구를 살해할 만큼 대책 없는 미치광이는 없었지만 뻔뻔하게 내 절친과 바람을 피운 놈은 있었다.

하지만 이선은 언제나 나에게 충실했다. 다른 여자들이 아무리 추파를 던져도 절대로 한눈팔지 않았다.

"그럼 이 집이 에이드리엔 헤일 박사가 살던 집인가?"

"그런가봐." 이선이 다시 초상화를 쳐다본다. "아니면 헤일 박사에게 집착하는 스토커가 살던 집일 수도 있지."

나는 여전히 추위가 가시지 않아 손바닥으로 두 팔을 문지른다. 이선이 어서 난방 장치를 찾아서 집 안을 따뜻하게 해주었으면 좋겠다. 그는 그런 일에 능숙하다. "죽은 여자 집에서 사는 건 꺼림칙해."

이선이 어깨를 으쓱한다. "사람은 누구나 죽어. 새집도 언젠가는 죽은 사람이 살던 집이 돼."

내 남편은 영적 세계를 전혀 믿지 않는다.

나는 이선이 대충 꽂아 넣은 책을 뽑아 원래 있던 자리로 옮겨놓는다. 행여나 분노에 휩싸인 헤일 박사의 망령이 우리에게 해코지할까봐.

내 배에서 꼬르륵 소리가 난다. "주디는 언제 오려나?"

이선이 롤렉스시계를 내려다본다. "혹시 차고에 주디의 차가 있는지 확인해봐야겠어."

이선이 차고를 살펴보러 간 사이 나는 무심코 발치를 내려다본다. 바닥은 맨발로 걸었다가는 발바닥이 새카매질 만큼 먼지가 그득하다. 그런데 희미한 조명이 비치는 책장 근처 바닥의 먼지 무늬가 다른 부분과 좀 달라 보인다.

혹시 누군가의 발자국일까?

나는 가까이 다가가 바닥을 유심히 살핀다. 사람 발자국이 맞고, 내 발보다 훨씬 크다.

이선의 발자국인가? 이선이 이 자리에 서 있는 걸 본 적이 없는데?

그때 이선이 어깨에서 거미줄을 털어내며 안으로 들어선다. "차고는 비어 있어."

"이리 좀 와봐."

이선이 나에게로 다가온다. 그가 걸음을 뗄 때마다 새로운 발자국이 남는다.

"왜 그래?"

"여기 좀 봐. 분명 사람 발자국이지?"

이선이 눈을 가늘게 뜨고 바닥을 살핀다. "그러네."

"누구 발자국일까?"

"그거야 나도 모르지. 혹시 주디 아니야?"

나는 눈을 치켜뜬다. "주디 발이 이렇게 클 리 없잖아."

"그럼 우리 말고 또 누가 집을 보러 왔었나보지."

주디가 이렇게 먼지 많은 집을 누군가에게 보여줄 리 없다. 나는 바닥을 자세히 살펴보지만 또 다른 발자국은 눈에 띄지 않는다.

"주디는 언제 오려나?"

"안 올 수도 있지 않을까?"

"설마."

"운전하기도 힘든 날씨야. 아까보다 눈이 더 많이 내리고 있잖아. 하필 이런 날에 주디가 집을 보여주겠다고 하다니."

나도 모르게 엄지손톱을 물어뜯는다. "그럼 우린 이 집에 꼼짝없이 갇힌 건가? 적어도 내일 아침까지?"

우리는 동시에 고개를 돌려 창밖을 바라본다. 눈발이 아까보다 한층 더 거세다. 마치 하늘에서 흰 벽이 쏟아져 내리는 것만 같다. 우리 차는 이제 절반 이상 눈에 파묻혔을 가능성이 크다.

"갇히더라도 걱정할 필요 없어. 주방에 뭐라도 먹을 게 있겠지. 게다가 차 트렁크에 우리가 챙겨온 비상식량 키트도 있잖아. 그 안에 에너지바가 한 상자는 들어있을 거야."

"그래도……, 마음이 불편해."

"출출한데 일단 뭘 좀 먹고 보자. 기분이 좀 나아질 거야."

이선은 말을 마치자마자 주방 쪽으로 걸어간다. 의문의 발자국이 있는 먼지투성이 집에 꼼짝없이 갇히게 되었는데 전혀 걱정하지 않는 기색이다. 자신감 넘치는 모습이 든든하긴 하다.

하지만 이선을 따라 주방으로 가는 동안 거대한 초상화의 녹색 눈이 나를 노려보고 있는 것만 같다.

# 3장

# 에이드리엔

**과거**

페이지가 현관 앞 보도블록에 발이 걸려 넘어질 뻔하면서 구시렁거린다. 나는 창문 너머로 그 모습을 보며 이번 주에 사람을 불러 깨진 보도블록을 손봐야겠다고 생각한다. 누군가가 내 사유지에서 넘어져 발목이 부러지면 내가 책임을 져야 할 수도 있으니까. 다만 페이지의 경우 하이힐을 신은 채 한 손에는 서류봉투를 들고 다른 손으로는 휴대폰 화면을 스크롤하며 걷고 있었으니 온전히 내 책임이라고 할 수 없다.

지난 5년 동안 내 저작권 대리인으로 일한 페이지는 손에서 휴대폰을 절대 내려놓지 않는다. 언젠가 페이지와 통화할 때 샤워기에서 물이 쏟아지는 소리를 들은 적도 있다. 또 한 번은 변기 물을 내리는 소리를 듣기도 했다. 마주 앉아 대화를 나눌 때조차 페이지는 내 얼굴보다 휴대폰을 더 많이 본다.

페이지가 서류봉투를 겨드랑이에 끼고 초인종을 누른다. 나는 아우디가 진입로에 들어서는 순간부터 지켜보고 있었지만 페이지는 그 사실을 전혀 모른다. 초인종 소리가 울려 퍼지는 가운데 나는 현관문으로 천천히 걸어간다. 페이지는 급할지 몰라도 나는 아니다. 나는 오늘 첫 환자가 오기 전까지 오전 내내 한가하다.

현관문을 열자 휴대폰을 들여다보고 있던 페이지가 고개를 든다. 운전하면서 바람을 맞았는지 염색한 머리가 살짝 흐트러져 있지만, 검은 실크 원피스에 코가 뾰족한 구두를 신은 모습이 흠잡을 데 없이 완벽해 보인다.

"에이드리엔!" 페이지가 나를 보며 활짝 웃는다. "그동안 잘 지냈어요?"

잘 지냈냐는 말은 비즈니스 세계에서 가장 무의미한 질문이다. "네, 잘 지냈어요."

"늦어서 미안해요. 내비게이션 신호가 안 잡혀서 길을 좀 헤맸어요."

"저런, 고생했겠네요." 나는 안타까운 목소리로 말한다.

내 집은 교외에서도 한참 벗어난 곳에 있어서 휴대폰이 잘 안 터진다. 집에 셀 타워와 와이파이 공유기가 있지만 페이지가 오기 전에 꺼버렸다. 내 집에 있는 동안이나마 페이지가 한눈을 팔지 않았으면 했다.

나는 내 고객들을 만날 때 절대로 휴대폰을 들여다보지 않는다. 상대편에 대한 예의가 아니니까.

이 집에 와본 적이 딱 한 번 있는 페이지는 이번에도 어마어마하게 넓은 거실을 보고 놀란 눈치다. 페이지가 사는 맨해튼의 아파트는 이 집에 비하면 장난감 인형의 집처럼 보일 테니까.

"집이 정말 근사해요."

"고마워요."

페이지의 시선이 코너형 가죽 소파와 앤티크 책장을 훑더니 2층으로 이어지는 나선형 계단으로 향한다. "이 넓은 집에서 혼자 살아요?"

페이지는 내가 미혼이라는 걸 알지만 부모님이 오래전에 돌아가셨다는 건 아직 모른다.

"네, 혼자 살아요."

페이지가 안타깝다는 표정을 지으며 뺨을 긁는다. "이 넓은 집에 혼자 있으면 무섭지 않아요? 이 지역은 인적도 드물고 휴대폰도 잘 안 터지잖아요. 만약 도둑이라도 들면 어쩌려고요?"

그런 말을 한 사람이 페이지가 처음은 아니다. 나에게 가족이나 친구가 있었다면 크게 걱정했을지도 모르지만 나는 이 집에 사는 게 무섭거나 불편하지 않다.

"보안시스템은 잘 갖췄죠?"

나는 어깨를 으쓱한다. "문을 잘 잠그고 지내니까 괜찮아요."

페이지가 어이없어하는 표정으로 나를 쳐다본다. 나는 이 집이 위험하다고 생각하지 않는다. 애초에 범죄의 대상이 될 만큼 눈에 잘 띄는 집도 아니다. 나는 이 집에서 환자도 만나고 글도 쓰면서 조금도 걱정 없이 살아가고 있다.

페이지의 지적도 일리가 없지 않지만, 지금 그는 나를 걱정해줄 처지가 아니다. 페이지가 아이를 둘이나 낳아 키우느라 오랜 시간을 흘려보내지 않았다면 지금쯤 많은 경력을 쌓았을 테고, 굳이 내 기분을 살피는 일을 하지 않아도 되었을 것이다. 오늘따라 페이지의 화장이 너무 짙어 보인다. 나는 얼굴을 도화지처럼 쓰는 여자를 별로 좋아하지 않는다.

"우리 남편이 다니는 회사에 아직 싱글인 동료가 많아요. 괜찮은 남자 있으면 소개 좀 해달라고 할까요?"

나는 단호하게 거절한다. "괜찮아요."

이미 여러 번 소개팅 제안을 고사했는데도 페이지는 매번 그렇게 묻는다.

페이지가 종이봉투를 내민다. 빨간 매니큐어를 칠한 손톱이 조명을 받아 반짝인다.

"새 책 가제본이에요."

나는 종이봉투를 받아 든다. 지난 2년 동안 공들여 집필한 책이라 당장 꺼내 훑어보고 싶지만 페이지 앞에서는 그러고 싶지 않다.

"고마워요."

페이지가 눈살을 찡그린다. "끔찍한 내용이 너무 많더라고요."

원고를 읽어본 페이지가 일부 폭력적인 장면은 '수위 조절'이 필요하다고 제안했지만 나는 수정하길 거부했다.

"읽기 불편해하는 독자들이 있을 것 같아요."

"더 힘든 상황을 직접 겪은 사람들의 이야기를 담은 책이에요."

어쨌거나 페이지가 맨해튼에서 웨스트체스터까지 새 책 가제본을 직접 들고 찾아와준 건 고마운 일이다. 내가 쓴 첫 책 《나 자신을 알라》가 27주 동안 《뉴욕타임스》 베스트셀러에 올랐고, 새 책에 대한 기대가 크니 나름대로 성의를 보여준 셈이다.

페이지는 내가 집 구경을 시켜주거나 커피 한잔을 내주길 바라며 그 자리에 서 있다. 나와 친해지고 싶어 하는 눈치지만 나는 이제 이 관계를 끝낼 생각이다.

페이지가 혀로 입술을 살짝 축이며 묻는다. "목이 좀 마른데 물 한잔 마실 수 있을까요?"

나는 주방을 힐끗 본다. "그럼요, 물 색깔이 좀 탁해도 괜찮다면요. 간혹 우리 집 물에서 쇠 맛이 난다고 하는 사람들이 있어서요."

페이지가 다시 눈살을 찌푸리자 파운데이션으로 겹겹이 가린 주근깨가 드러난다.

"물에서 쇠 맛이 난다고요? 그럼 기사를 불러 점검해야죠."

"나는 그냥 마셔요. 한잔 마셔볼래요?"

"아뇨, 괜찮아요."

아무리 나와 친해지고 싶어도 찜찜한 물을 마실 만큼은 아닌 모양이다.

"이제 가볼게요. 갈 길이 멀어서요."

나는 고개를 끄덕인다. "운전 조심하세요."

페이지가 마지막으로 집을 한 번 더 둘러보더니 말한다. "보안시스템은 꼭 설치하세요. 나중에 이 집에 또 왔을 때 헤일 박사님의 시신을 발견하고 싶지 않거든요."

내가 살해당할 위험은 통계적으로 매우 낮다. 세계적으로 살인 피해자 가운데 여성은 4분의 1이고, 대부분 나이가 어리고 저소득층이다.

"아니면 든든한 애인을 하나 두시던지요." 페이지가 웃으며 덧붙인다. "소개팅할 의향이 있으면 언제든 말씀하세요. 적극적으로 알아봐드릴 테니까."

여성 살해 가해자의 70퍼센트가 과거 또는 현재 남자친구나 남편이다. 페이지의 의견은 주제넘을 뿐 아니라 위험한 고정관념이다.

"필요 없어요."

페이지가 잠시 틈을 두었다가 빈정거리듯이 말한다. "하긴 정신병자들을 집으로 불러 상담할 만큼 대담한 분이시니까."

지난 5년간 내 저작권 대리인으로서 페이지는 나름대로 자기 일을 잘 해왔다. 하지만 내가 하는 일에 대한 존중이 심하게 부족했다. 페이지는 내 환자들을 모두 '정신병자'로 폄훼했다. 내 집과 내 생활 방식에 대한 배려도 부족했고, 잘 알지도 못하면서 주제넘게 내 원고를 혹평하기도 했다. 일 처리는 깔끔한 편이라 어느 정도 모욕을 감수해왔으나 이제 더는 참기 힘들다. 페이지는 이미 넘지 말아야 하는 선을 훌쩍 넘었다.

그 누구도 내 환자들을 감히 정신병자라고 부르지 않는다.

나는 내 오른쪽 눈가를 톡톡 두드리며 말한다. "마스카라가 번졌네요."

페이지가 콤팩트를 찾느라 핸드백을 뒤적거리다가 손에 들고 있던 휴대폰을 바닥에 떨군다.

"빌어먹을!"

휴대폰 액정에 거미줄처럼 금이 간 걸 보고 페이지가 울상을 지으며 액정을 쓰다듬는다. 마치 그러면 다시 멀쩡해지기라도 하듯이.

"젠장!"

페이지가 다시 한번 욕설을 내뱉으며 자기 손가락을 들여다본다. 유리 조각이 박힌 것이다.

"어쩌면 스크린 타임을 좀 줄이라는 계시일지도 모르겠네요."

페이지는 내 말을 농담으로 받아들이고 희미하게 웃는다. 그만큼 나에 대한 이해가 부족하다.

문밖을 나서는 순간 페이지는 얼굴에 드리웠던 웃음기를 거둔다. 나는 창문 너머로 페이지가 차에 오르는 모습을 지켜본다. 페이지는 운전석에 앉자마자 내가 말한 마스카라 얼룩을 찾느라 백미러를 들여다보며 얼굴을 살핀다. 아마 일진이 사나운 날이라고 푸념할 테지만 이제 곧 내가 보낼 계약해지 이메일을 받고 나면 더욱 기분이 상할 것이다.

나는 페이지가 준 종이봉투에서 내 2년간의 노고가 담긴 책의 가제본을 꺼낸다. 입꼬리가 절로 올라간다. 책 표지에 내 이름이 크게 박혀 있다.

### 의학박사 에이드리엔 헤일

책 표지에 피가 뚝뚝 떨어지는 칼의 이미지를 넣자는 내 제안에 출판사에서는 처음에 난색을 표했지만, 전작이 크게 성공한 뒤로 모든 결정권을 나에게 양도했다. 출판사 사람들도 이제 내 결정이 얼마나 탁월했는지 인정하지 않을 수 없을 것이다. 그만큼 표지 이미지가 강렬하고 인상적이다. 나는 제목을 손가락으로 쓸며 소리 내어 읽어본다.

*"공포의 해부학."*

# 4장

## 트리샤

**현재**

설마 냉장고에 먹을 만한 게 있을까? 에이드리엔 헤일이 실종된 뒤 3년 동안 이 집에 사람이 살지 않았다면 냉장고에 음식이 남아 있을 리 없다. 그나마 기대할 수 있는 건 전자레인지에 데워먹을 수 있는 통조림뿐일 것이다.

냉장고가 우리 집 것보다 두 배는 크다. 하긴 이 집의 모든 공간 가구, 가전제품은 일반 가정집보다 훨씬 크다. 주방도 우리 집보다 열 배는 크다. 에이드리엔 헤일 박사는 왠지 고급 요리를 뚝딱 만들어내는 재주가 있었을 것 같다.

이선이 냉장고 문을 열고 안을 들여다본다. "샌드위치 정도는 만들 수 있겠어."

그의 어깨너머로 냉장고 안을 들여다보니 식빵과 햄, 마요네즈가 있다. 다만 그것들이 얼마나 오래되었을지 생각하니 속이 울렁거린다.

"난 안 먹을래. 유통기한이 적어도 몇 년은 지났을 거야."

이선이 볼로냐소시지를 집어 들고 유통기한을 살핀다. "이건 유통기한이 아직 일주일 남았어. 주디가 사두었나봐."

오픈하우스를 위해 볼로냐소시지를 사는 주디의 모습은 상상하기 어렵다. 주디의 취향은 소시지보다는 캐비아와 훈제 연어다.

"확실해? 연도를 봐야지."

"확실하다니까."

이선이 볼로냐소시지를 나에게 건넨다. 이선이 말한 대로 유통기한이 아직 일주일 남았다. 팩을 뜯어 냄새를 맡아보니 상한 것 같지는 않다.

"내가 맛있는 샌드위치를 만들어줄 테니까 잠시만 기다려."

이선이 조리대에 식빵과 볼로냐소시지, 마요네즈를 꺼내놓고 샌드위치를 만들기 시작한다. 이선은 나를 위해 요리하길 좋아한다. 샌드위치 정도는 나도 만들 수 있지만 이선이 나를 살뜰히 챙기는 모습을 보고 있자니 기분이 좋다. 내가 그를 사랑하는 이유 가운데 하나다. 만약 내가 무서운 비밀을 고백하더라도 이선이 나를 아끼는 마음이 변치 않길 바랄 뿐이다. 내가 털어놓을 비밀을 생각할 때마다 가슴이 벌렁거리지만 계속 숨길 수는 없다.

"내가 도와줄 일 없어?"

"마실 거 좀 챙겨줄래?"

나는 수납장에서 유리잔 두 개를 꺼내서 씻으려고 싱크대로 향하다가 우뚝 걸음을 멈춘다. 싱크대 바로 옆에 컵이 놓여 있다. 물이 반쯤 차 있고, 표면에 물방울이 맺혀 있다.

"여보?" 내 목소리가 떨린다.

"왜 그래? 무슨 일 있어?"

나는 컵에 시선을 고정한 채 마른침을 꿀꺽 삼킨다. "이 집에 우리 말고 누가 있나봐."

소시지를 자르던 이선이 고개를 든다. "그게 무슨 소리야?"

"여기 이 컵 좀 봐." 나는 컵을 노려보며 한 발짝 뒤로 물러선다. "조금 전에 누가 이 컵으로 물을 마셨나봐."

"주디가 다녀갔을지도 모르지."

이선은 아까부터 자꾸만 주디를 들먹인다. 말도 안 되는 추측이라 머리를 한 대 쥐어박고 싶다. "주디가 마시다 만 물컵을 싱크대 옆에 이렇게 놔둘 리 없어. 컵에 립스틱 자국도 없고."

주디의 트레이드마크는 빨간 립스틱이다. 따라서 음료를 마시면 컵 가장자리에 립스틱 자국이 남는다.

"아까 바닥에 사람 발자국도 남아 있었잖아."

"주디 발자국일 거야." 이선이 이번에도 주디를 갖다 붙인다. "아니면 내 발자국이거나."

"아까 밖에서 봤을 때 2층에 불이 켜져 있었잖아? 누군가 2층에 있을지도 몰라."

이선은 입을 꾹 다물고 컵을 바라보다가 2층으로 이어지는 나선형 계단을 올려다본다. "만약 2층에 누군가 있었다면 진작 내려와 용건을 물었어야 마땅하잖아."

"이 집에 있어서는 안 될 사람일지도 몰라."

이선은 내가 제기한 의혹을 무시하지 않고 계단을 노려본다. "좋아, 진짜로 누군가가 2층에 있다면 어떡하지?"

나는 어깨에 걸치고 있던 핸드백에서 휴대폰을 꺼내 보지만, 여전히 먹통이다. "어쨌든 2층을 한번 확인해봐야 할 것 같아." 나는 이선이 거부할까봐 재빨리 덧붙인다. "어차피 오늘 밤은 이 집에서 보내야 하잖아. 만약 낯선 사람이 숨어 있다면 한숨도 못 잘 거야."

"그럼 내가 올라가서 확인하고 올 테니까 당신은 여기 있어."

"말도 안 돼." 나는 고개를 세차게 흔든다. "나도 같이 가. 무서워서 여기 혼자 있기 싫어."

이선이 엄지로 턱을 문지르며 잠시 고민하더니 조리대에

41

놓아둔 칼을 집어 든다. 긴 톱니 모양 칼날이 조명을 받아 반짝인다. "혹시 모르니까 가져가야겠어."

나는 반대하지 않는다. 아니, 나도 여분의 칼이 있으면 챙기고 싶다.

우리는 거실을 가로질러 에이드리엔 헤일 박사의 초상화 앞을 지나 나선형 계단으로 향한다. 초상화의 녹색 눈동자가 나를 계속 따라오는 것 같아서 등골이 오싹하다. 초상화가 아니더라도 이 집은 으스스한 분위기를 풍긴다.

나선형 계단은 소용돌이처럼 어둡고 가팔라 보인다. 발에 체중이 실릴 때마다 삐걱거리는 소리가 울려 퍼진다. 나는 한 손으로 고풍스러운 목재 난간을 잡고, 다른 손으로는 남편의 팔을 더듬어 잡는다.

이선이 이런 집에서 살고 싶어 하다니.

마치 유산을 물려받으려고 괴괴한 집에서 억지로 하룻밤을 머물게 된 소설 주인공이 된 느낌이 든다. 이윽고 2층에 다다르니 사위가 온통 캄캄하다.

"우린 분명 밖에서 불 켜진 방을 봤어." 나는 정신없이 주위를 둘러본다.

"달빛이 창문에 반사되어 불이 켜진 것처럼 보였을지도 몰라."

나는 창문에 어린 어슴푸레한 빛 속에서 이선을 쏘아본다.

"눈보라 치는 저녁에 달빛이라니? 게다가 달빛이 창문 하나만 비춘다는 건 말이 안 되잖아."

"아무튼 이 집에는 우리 말고 아무도 없는 게 확실해."

"방문을 일일이 열어서 확인해보자."

이선은 마지못한 듯이 대답한다. "그래, 자꾸 의심스러우면 확실히 해두는 게 낫지."

복도 벽에 난 스위치를 눌렀더니 겨우 전구 하나에만 불이 들어온다. 희미하게나마 시야가 트이니 공포감이 조금 누그러든다. 주디에게 들은 바로는 2층에는 방이 여섯 개 있다. 방문을 일일이 열고 확인하기 전까지는 마음을 놓을 수 없다. 이선이 가장 가까운 방문을 열고 불을 켠다. 첫 번째 방은 비어 있다. 두 번째, 세 번째, 네 번째 방도 마찬가지다.

이선이 네 번째 방문을 닫으면서 말한다. "트리샤, 이 집에는 우리뿐인가봐."

"아직 안 열어본 문이 있잖아. 끝까지 다 열어봐야지." 나는 이를 악물고 말한다.

다섯 번째 방도 비어 있다.

이제 하나가 남았다. 지금까지 열어본 방들은 대체로 크기가 비슷했다. 아마 가장 안쪽 방은 집주인이 쓰던 침실일 것이다. 에이드리엔 헤일 박사가 실종되기 전까지 매일 밤 머물던 방.

다시 으스스한 느낌이 들어서 남편의 팔을 꽉 움켜쥔다. 심장이 욱신거릴 만큼 세차게 뛴다.

"트리샤, 좀 아픈데……."

나는 손아귀 힘을 살짝 푼다. "미안."

이선은 칼을 쥐지 않은 손으로 문고리를 잡고 살며시 돌린다.

# 5장

"역시 비었네."

이선이 마지막 방의 스위치를 켠다. 다른 방보다 훨씬 크고, 한가운데 킹사이즈 원목 침대가 놓여 있다. 테두리가 빨간 크림색 침대보를 손으로 쓸어 보니 먼지가 잔뜩 묻어난다.

"아무도 없어." 이선이 욕실 문을 열고 안을 들여다본다. "욕실도 마찬가지야."

"그러네."

이선이 손에 든 칼의 손잡이를 만지작거린다. "아직도 안심이 안 되면 침대 밑도 확인해볼까?"

침대 밑은 아니더라도 옷장은 확인하는 편이 나을 듯하다. 나는 문고리를 잡고 붙박이장 문을 연다. 예상대로 어마어마하게 큰 옷장이다. 우리의 맨해튼 아파트에 있는 옷장과는 비교가 되지 않는다. 옷장 안에는 이름만 대면 알 만한 고급 브랜드 옷들이 줄줄이 걸려 있고, 샤넬 향수 냄새가 감돈다. 나는 흰색 캐시미어 스웨터를 만져본다. 이 우아한 스웨터야말로 헤일 박사가 고인이 되었다는 증거처럼 보인다. 살아있다면 이 멋진 스웨터를 두고 영원히 사라지지는 않을 테니까.

나는 캐시미어 스웨터에서 손을 뗀다. "아직 이해가 안 돼. 밖에서 봤을 때 분명 2층 방에 불이 켜져 있었잖아."

"그사이 전구가 나간 건가?"

"그럴 리가."

"아니, 충분히 가능한 일이야."

나는 어이가 없어서 이선을 쏘아본다.

이선이 한숨을 내쉰다. "방금 같이 확인했잖아. 지금 이 집에는 우리 말고 아무도 없어. 옷장까지 확인했는걸."

어쩌면 누군가가 우리와 마주치고 싶지 않아 어딘가에 숨었을지도 모른다.

"그래, 일단 저녁이나 먹자."

오늘 밤 이 집에서 자야 한다면 문을 철저히 잠가야 한다. 나선형 계단을 내려오는 동안 찜찜한 기분이 가시기는커녕 불안감만 커진다.

분명 바깥에서 불 켜진 방을 보았는데 지금은 불이 모두 꺼져 있다. 불안에 떠는 나와 달리 이선은 믿을 수 없을 만큼 태연하다.

남자라서 겁이 안 나나?

아래층에 다다르자 계단 옆에 살짝 열려 있는 방문이 눈에 띈다. 열어보니 숨이 턱 막힌다.

이선이 걸음을 멈추고 묻는다. "왜 그래?"

우리는 넓은 방 안을 들여다본다. 벽면에는 책으로 가득한 책장이 늘어서 있고, 창가에는 데스크톱 컴퓨터가 놓인 커다란 마호가니 책상과 가죽 의자가 놓여 있다.

나는 한숨을 쉬듯 말한다. "헤일 박사가 사무실로 쓰던 방이었나봐."

이선이 흐뭇한 표정으로 주위를 둘러본다. "나중에 이 방을 내 서재로 꾸미면 좋겠다."

아직은 이선의 로망을 깨고 싶지 않지만, 나는 이 집 어딘가에 누가 숨어 있을지 모른다는 의구심이 해소되지 않는 한 이 집에 호감을 가질 수 없다.

이선이 손바닥으로 가죽 의자를 쓸며 말한다. "굳이 인테리어를 다시 할 필요도 없겠어. 책장의 책들은 치워버려야겠지만 다른 건 지금 이대로도 완벽해."

"이 집이 그렇게 마음에 들어?"

이선이 몸을 기울여 내 뺨에 입을 맞춘다. "내가 바라던 집이야. 난 이제 샌드위치를 만들러 갈 테니까 당신은 천천히 둘러봐."

내가 미처 대답하기도 전에 이선은 방을 나간다. 남편을 뒤따라가고 싶지만 다리가 말을 듣지 않는다. 이 방이 다른 방들보다 분위기가 훨씬 더 으스스하다. 아마도 헤일 박사가 자취를 감추기 전 주로 머물던 곳이기 때문일 수도 있다. 침실보다도 헤일 박사의 자취가 강렬하게 느껴지는 방이다.

마호가니 책상을 손가락으로 쓸어 보니 거실보다는 먼지가 덜 쌓여 있다. 나는 책상 위에 놓인 휴지 케이스에서 휴지를 뽑아 컴퓨터 모니터와 가죽 의자를 닦는다. 의자에 앉자 삐걱거리는 소리가 난다.

헤일 박사가 《공포의 해부학》을 집필한 장소가 여기일까?

주변에서 안 읽었다는 사람이 드물 만큼 인기 있는 책이었는데, 정작 그 책을 쓴 헤일 박사는 어디론가 사라져 성공의 수혜를 전혀 누리지 못했다.

나는 책상 위의 물건들을 훑어본다. 인간의 뇌 모양을 본뜬 연필꽂이, 곡선 형태의 인체공학 키보드, 테이프녹음기. 테이프녹음기는 정말이지 오랜만에 본다. 부모님 세대가 쓰던 전자기기다. 헤일 박사는 실종되기 전에 무엇을 녹음했을까? 궁금하지만 녹음기 안에는 테이프가 꽂혀 있지 않다. 아마 꽂혀 있었더라도 경찰이 증거물로 가져갔을 것이다.

"샌드위치 다 됐어."

이선이 멀리서 외친다. 나는 녹음기를 내려놓고 사무실을
나선다.

# 6장

## 에이드리엔

**과거**

　정신보건 종사자들이 환자에게 목숨을 잃는 일은 극히 드물다. 입원 병동에서 일 년에 한 번 꼴로 발생한다는 통계가 있다. 피해자는 대부분 젊은 여성 사회복지사고, 가해자는 남성 조현병 환자인 경우가 가장 많다. 주로 사용된 무기는 총기다.

　물론 나처럼 입원 환자를 거의 보지 않는 정신과 의사라고 해서 완전히 안전한 것은 아니다. 상담 치료 중에 환자가 벌떡 일어나 테이블 위에 놓인 편지 오프너를 집어 들고 눈을 찌를 수도 있으니까. 하지만 나는 내 집에서 환자를 진료하는 게 가장 편하고 충분히 안전하다고 느낀다. 그 대신 편지 오프너처럼 위험한 물건을 놓아두지 않는다. 굳이 내 운명을 시험해볼 필요는 없으니까.

나는 직접 만나보고 선택한 환자만 받는다. 가끔 예외가 있지만 앞으로는 원칙을 고수하려고 한다. 나는 지금 컴퓨터 앞에 앉아 어제 페이지가 보낸 메일에 대한 답장을 쓰고 있다.

헤일 박사님

저작권 대리인 교체를 원하신다는 소식을 듣고 깜짝 놀란 한편 대단히 섭섭했습니다. 저는 지금껏 헤일 박사님을 훌륭한 작가일 뿐만 아니라 저의 소중한 친구라고 생각해왔으니까요. 지난 몇 년 동안 저는 헤일 박사님이 아무런 걱정 없이 집필에 전념할 수 있도록 최선을 다해왔습니다. 혹시 무슨 일로 심기가 불편하셨는지 알려주시면 바로잡겠습니다. 저작권 대리인 교체는 부디 재고해주시길 바랍니다.

당신의 친구 페이지 드림


페이지가 그동안 나를 친구로 여겼다면 대단한 착각이다. 페이지는 그동안 내가 창출한 수익금의 15퍼센트를 꼬박꼬박 자기 몫으로 챙겼다. 나를 위해 최선을 다했다고 주장하지만 그건 돈을 받는 대가로 할 일을 했을 뿐이다.

베스트셀러 작가라서 좋은 점이 있다면 감정 소모를 하면서 원하지 않는 사람과 일할 필요가 없다는 것이다. 내가 책을 출간하는 데 필요한 저작권 계약은 페이지가 아니더라도 누구나 할 수 있는 일이다.

나는 간단하게 답장을 썼다.


대단히 유감이지만 우리는 서로 맞지 않는 것 같아요. 행운을 빌어요.


내 답장을 읽은 페이지의 반응은 크게 두 가지로 상상할 수 있다. 아쉽지만 내 결정을 깨끗이 받아들이거나 아우디를 몰고 우리 집으로 달려와 계약 해지 결정을 철회해달라고 애원하는 것이다. 페이지의 성향을 고려하면 후자가 유력하다.

수렵과 채집으로 살아가던 인류의 조상들은 무리에서 배척되는 걸 가장 두려워했다. 야생에서 홀로 살아가야 한다는 건 사형선고와 다름없었으니까. 회사에서 해고되거나 일방적인 계약 해지를 당할 때 인간의 뇌는 신체적인 고통을 느낄 때와 비슷한 영역이 활성화된다는 연구 결과가 있다.

거절에 익숙하지 않은 페이지가 어떻게 나올지 예상할 수 있지만 상관없다. 나는 한번 결정한 일을 절대로 번복하지 않으니까.

수신함에 새 메일이 들어온다. 발신자는 수전 제이미슨이다.

나는 어떤 내용일지 짐작하면서 메일을 클릭한다.

헤일 박사님

그동안 제 아들 녀석을 치료해주셔서 대단히 감사합니다만, 여전히 진전이 없어 보입니다. 두 달 전에도 말씀드렸다시피 저는 이제 치료비를 지원하지 않을 생각입니다. 아들 녀석이 직접 돈을 벌어 치료비를 부담하지 않는 한 상담 치료를 이번 달로 마무리해주시기 바랍니다.

수전 제이미슨 드림


나는 모니터에서 눈을 돌려 책상 위에 놓인 녹음기를 바라본다. 집에서 상담 치료를 시작한 이래 나는 모든 상담 내용을 녹음해오고 있다. 대부분 환자에게 미리 허락받고 녹음하지만 그렇지 않은 경우도 더러 있다. 수기 메모보다 좀 더 확실한 근거를 남겨두기 위해서다. 녹음은 거짓말하지 않는다. 지금은 상담 치료 내용을 복기하는 수단으로 활용하고 있지만 언젠가 은퇴해서 회고록을 집필할 때도 참고할 계획이다. 은퇴하려면 수십 년도 더 남았으니까 아직은 먼 얘기다.

나는 녹음하는 테이프마다 환자의 이니셜과 상담 치료 회차, 날짜를 반드시 적어놓는다. 지금 녹음기 옆에 높인 테이프에는 EJ, #136 그리고 상담 날짜가 적혀 있다.

EJ는 수전 제이미슨의 아들이다. 수전은 2년 전에 아들이 너무 제멋대로 산다며 나에게 상담 치료를 요청했다. 첫 번째 상담에서 나는 EJ가 자기애성 인격 장애라는 진단을 내렸다. 본인의 능력과 업적을 과장하고, 타인으로부터 존경받길 갈망하고, 공감 능력이 현저히 떨어지는 것이 자기애성 인격 장애의 특징이다.

나는 어제 진행했던 EJ와의 상담 치료 내용을 한 번 더 들어보려고 녹음기의 재생 버튼을 누른다.

*"면접은 어땠어요?"*

*"다들 저를 마음에 들어 했어요. 곧 함께 일하자는 연락이 오겠죠. 그런데 저는 그 회사가 별로 마음에 안 들더라고요. 사람들이 다들 좀 무식해 보여서요. 하루 종일 멍청한 사람들과 일한다는 게 얼마나 피곤한 일인지 잘 알거든요."*

사실 EJ는 처음 만난 순간부터 비호감이었지만 나는 이미 수전에게 아들의 상담 치료를 해주기로 약속한 상태였다. 게다가 실제로 내가 EJ를 도울 수 있으리라 믿었다. 안타깝게도 이제 그 믿음은 완전히 사라졌다. 나는 EJ를 도울 수 없다고 결론 내렸다. 그는 도무지 자신의 단점을 들여다볼 생각을 하지 않을뿐더러 변화하고자 하는 욕구가 전혀 없었다. 마침 수전이 더는 치료비를 부담하지 않겠다고 했으니 앞으로 EJ를 만날 일은 없다.

# 7장

# 트리샤

**현재**

식빵에 볼로냐소시지와 마요네즈를 곁들여 만든 샌드위치는 제법 먹을 만하다. 인기 레스토랑을 줄줄이 꿸 만큼 미식가인 이선도 샌드위치를 맛있게 먹어 치운다.

"어때, 배 채우니까 한결 낫지?" 이선이 묻는다.

"그런 것 같아."

그래도 이 집에 낯선 사람이 숨어 있을지도 모른다는 의구심이 모두 사라진 건 아니다.

"다행이네." 이선이 식탁 위로 내 손을 잡는다. "손이 왜 이리 차?"

그야 영하 10도의 날씨에 난방도 안 되는 집에 있으니까. 우리 둘 다 아직 외투를 그대로 입고 있다.

"안 되겠어." 이선이 의자에서 일어나 접시를 모두 치운다. 이렇게 아들을 잘 가르친 시어머니를 만나보지 못한 게 유감이다.

"벽난로에 불을 피워봐야겠어."

나는 소변이 마려워 화장실이 어디 있는지 둘러본다. 나선형 계단 아래에 넓고 고풍스러운 화장실이 있다. 널찍한 욕조까지 갖췄다. 나는 볼일을 보고 나서 거울에 비친 내 얼굴을 확인한다. 갈색이 섞인 금빛 웨이브 머리는 눈을 맞아 지저분하게 늘어져 있고, 얼굴은 창백하고, 입술은 거의 푸릇하다. 핸드백에서 립스틱을 꺼내 바르니 그나마 조금 생기가 돈다.

이선에게 예쁜 모습만 보여주고 싶지만 항상 그럴 수는 없다. 나와 달리 초췌할 때도 매력적인 이선의 얼굴이 부럽다. 화장실에서 나오면서 주변을 살펴보니 계단 뒤쪽에 또 다른 책장이 있다. 헤일 박사는 정말이지 독서광이었나보다. 정신의학이나 심리학 관련 서적이 대부분이지만 소설을 비롯해 심심풀이로 읽을 만한 책들도 눈에 띈다.

나는 책장을 둘러보면서 오늘 밤 지루함을 달래줄 만한 책을 찾아본다. 정신과 의사인 헤일 박사가 반쯤 누운 자세로 로맨스 소설을 읽는 모습이 상상이 안 간다. 나도 로맨스보다는 스릴러가 좋다. 다행히 책장에는 스티븐 킹 소설이 몇

권 꽂혀 있다. 안 읽어본 책도 있지만 어차피 심심풀이로 읽을 것이니 이미 읽어본 소설을 읽는 게 나을 듯하다. 먼저 《IT》를 뽑아 들었는데 어찌나 무거운지 손목을 삐끗할 뻔한다. 하룻밤 사이에 읽기에는 너무 두껍다. 결국 《샤이닝》을 읽기로 결정한다. 책을 빼내려고 책등에 손가락을 걸고 당기자 뭔가에 걸린 듯 꼼짝도 하지 않는다. 더욱 힘주어 잡아당기자 딸칵 소리가 나더니 책장이 서서히 움직이기 시작한다.

이건 또 뭐람?

이선은 어디에 있는지 보이지 않는다. 아마 벽난로에 불을 지피거나 뭔가를 살피느라 여념이 없을 것이다. 책장의 측면이 벽에서 살짝 떨어져 있다. 책장을 옆으로 밀자 안쪽에 숨겨져 있던 문이 드러난다. 나는 어안이 벙벙해져 눈을 깜빡인다.

헤일 박사가 숨겨둔 밀실이다.

# 8장

   문을 열고 안을 들여다보니 캄캄하긴 해도 매우 작은 방이라는 걸 알 수 있다. 2층에 있는 대형 옷장과 크기가 얼추 비슷해 보인다. 나는 어둠에 적응하려고 눈을 가늘게 뜬다. 방 안으로 한 발짝 들어서자 무언가가 얼굴에 닿는다. 거미줄인 줄 알고 흠칫 놀랐는데 더듬어보니 전등 스위치다. 줄을 잡아당기자 딸칵 소리가 나면서 방에 불이 들어온다.

   시체라도 맞닥뜨릴까봐 가슴이 조마조마했는데 다행히 아니다. 사방이 책장으로 둘러싸인 방이다. 다만 책이 아니라 녹음테이프들이 잔뜩 꽂혀 있다. 어림잡아 수천 개가 넘어 보인다. 각각의 테이프에는 이니셜, 숫자, 날짜가 적힌 라벨이 붙어 있다. 바로 내 눈앞에는 PL이라는 이니셜이 적힌 테이프들이 꽂혀 있다. 헤일 박사가 쓴 베스트셀러 《공포의 해부학》에 등장하는 인물과 이니셜이 같다.

환자 상담을 녹음해둔 테이프인가?

둘러보니 이니셜이 아닌 이름이 적힌 테이프도 하나 있다.

루크.

왠지 낯익은데……. 그래, 헤일 박사를 납치 살해한 용의자로 지목되어 조사받았던 남자친구 이름이다. 그 당시 루크라는 이름을 뉴스에서 자주 들었다.

경찰도 이 방의 존재를 알고 있을까?

멀리서 이선이 나를 부르는 소리가 들린다. 내가 아직도 화장실에 있는 줄 알고 궁금해서 부른 듯하다.

"곧 나갈게!"

나는 충동적으로 PL의 테이프 하나를 주머니에 집어넣는다. 줄 스위치를 잡아당기자 방은 다시 어둠 속에 잠긴다. 방에서 나와 책장을 다시 제자리로 밀어 넣자 딸칵 소리가 난다. 그렇게 비밀의 방은 감쪽같이 사라진다.

거실로 돌아가보니 이선이 와인 한 병을 들고 환하게 웃고 있다.

"벽난로에 불을 지폈으니 이제 곧 집 안 공기가 훈훈해질 거야."

나는 몸을 부르르 떤다. "아직 추워."

"집이 워낙 커서 그래. 아무래도 시간이 좀 걸리겠지."

아마 이 집에서 살게 되면 난방비만 해도 어마어마하게 나올 것이다. 이선에게 그렇게 말하려다 그만둔다. 이선은 부모에게 물려받은 재산이 많아 돈 걱정을 할 필요가 없다.

"화장실은 어때?"

"넓어서 좋더라."

나는 주머니 속 테이프를 만지작거린다. 아마 이선은 내 행동을 탐탁지 않게 여길 것이다. 그는 늘 내가 지나치게 오지랖이 넓다고 핀잔하지만 나는 그저 호기심이 많을 뿐이다.

남편이 와인 병을 들어 보인다.

"마시면 몸이 좀 녹을 거야."

"괜찮은 와인이야?"

이선이 병에 적힌 라벨을 읽는다. "남아프리카공화국 스텔렌보스산 카베르네 소비뇽이야."

"남아프리카공화국에서도 와인이 나와?"

"많이 알려지지 않아서 그렇지 남아공에 괜찮은 카베르네가 많아."

이선은 와인 애호가다. 와인 산지에 대해서도 해박하고, 어떤 와인이 어떤 음식과 궁합이 잘 맞는지도 잘 안다.

"주인 허락도 없이 마셔도 될까?"

"그다지 고급 와인은 아니야. 일단 마시고 나중에 계산을 치르면 되지."

이선은 싸구려 와인은 아예 거들떠보지도 않는 사람이다. 평소에 슈발 블랑을 즐겨 마신다.

"주디 진짜 너무하네. 이런 날에 집을 보여주겠다고 해놓고 코빼기도 비치지 않다니."

"주디도 이렇게 눈이 많이 내릴 줄은 몰랐을 거야."

이선이 벽난로 앞 테이블 위 놓인 잔에 와인을 따른다. 우리는 테이블을 사이에 두고 마주 앉는다. 이선이 와인 잔을 들어 올리며 건배를 제안한다.

"우리가 앞으로 살아갈 새집을 위하여."

나는 아직 이 집이 마음에 들지 않지만 마지못해 잔을 들어 올린다.

이선은 바로 와인을 마시지만 나는 어떻게 해야 할지 몰라 잠시 머뭇거린다. 입만 살짝 축이는 건 괜찮겠지? 나는 아직 이선에게 임신 사실을 털어놓지 않았다.

며칠 전, 생리를 거른 지 2주째에 임신테스트기에서 분홍색 선 두 줄을 분명하게 확인했다. 이선에게 바로 말하지 않은 건 겁이 났기 때문이다. 물론 우리 둘 다 아이를 원했다. 이선은 외동아들이고 부모님도 돌아가셨기에 우리만의 가정을 꾸리길 원했다. 하지만 아직 둘 다 젊은 편이라 신혼을

2년 정도 즐기고 시도하기로 했는데 결혼한 지 반 년만에 덜컥 임신한 것이다. 휴대폰에 알림까지 설정해두고 피임약을 꼬박꼬박 챙겨 먹었는데, 지난달에 폐렴기가 있어 급히 처방받아 먹은 항생제 때문에 피임약이 듣지 않았는지도 모른다. 따라서 전적으로 내 잘못이라고 할 순 없지만, 왠지 남편에게 털어놓기 두렵다.

이선은 결혼 전부터 아이를 천천히 갖고 싶다는 의지가 확고했다. 우리 둘만의 시간을 충분히 즐기길 원했다. 계획이 어긋났으니 그가 어떻게 반응할지 걱정스럽다. 좋게 받아들이지는 않으리라는 예감이 든다.

이선은 이제 막 발을 뗀 스타트업 회사의 CEO다. 언젠가 이선이 일을 그르친 직원과 통화하는 소리를 우연히 엿들은 적이 있다. 나에게는 늘 다정한 이선이 휴대폰에 대고 불같이 화를 내며 고함치는 소리를 듣고 깜짝 놀랐다. 내 남편에게 그런 면이 있는 줄 전혀 몰랐다. 아직 만난 지 일 년 남짓이니 내가 모르는 면모가 더 있을지도 모른다.

지난 열흘 동안 남편에게 말할지 말지 고민하다가 오늘에 이르렀다. 당장 말해야 한다는 걸 알면서도 좀처럼 입이 떨어지지 않는다. 이선이 직원에게 고함치던 목소리가 귓가에 맴돈다. 나에게도 그렇게 화를 내면 어쩌지?

어쩌면 지금이 임신 사실을 말할 적기인지도 모른다. 이선은 마음에 드는 집을 찾아서 들떠 있고, 벽난로에 불을 지피는 데 성공해서 흡족한 얼굴로 와인 잔을 기울이고 있다.

지금 말해야 해.

나는 와인으로 입술을 살짝 축인다. "맛이 제법 괜찮네."

"멘톨 향 느껴져?"

"응, 느껴져."

이선이 와인을 길게 한 모금 마신다.

"이 집에서 살아갈 우리의 모습이 그려져." 이선이 내 손을 덥석 잡는다. 그의 푸른 눈이 먼 곳을 향해 있다. "우리는 이렇게 벽난로 앞에 앉아 와인을 마시고, 우리 애들은 이 주변에서 놀고."

내가 이선의 반응을 살피면서 한마디 거든다. "그때쯤이면 애들은 아장아장 걸어다니겠지."

이선이 활짝 웃는다. "그래, 머지않아 볼 수 있겠지."

남편이 가까이 다가앉아 내 어깨를 감싸 안는다. 내가 와인 잔을 테이블에 내려놓을 핑곗거리가 생겼다. 푹신한 가죽 소파에 나란히 붙어 앉아있자니 아늑한 느낌이 든다. 어쩌면 이 집에서 사는 게 그리 나쁜 선택은 아닐지도 모른다.

내 눈길이 벽난로 위에 걸린 헤일 박사의 초상화로 향한다.

녹색 눈이 우릴 내려다보고 있다. 얼굴 주위의 붉은 머리카락이 마치 일렁이는 불꽃 같다.

이선이 내 귀에 대고 속삭인다. "아직도 추워?"

"아니, 이젠 괜찮아."

이선의 시선이 날 따라 벽에 걸린 초상화에 머문다. 처음 보았을 때처럼 이선의 눈빛이 어두워진다.

내가 그림을 보며 말한다. "저 초상화 왠지 소름 끼쳐."

"나도 그래." 이선의 턱 근육이 꿈틀한다. "내가 처리할게."

"어쩌려고?"

이선이 소파에서 벌떡 일어나 벽난로를 향해 걸어간다. 그러더니 초상화를 벽에서 들어내 바닥에 내려놓는다. 잠시 망설이던 그는 초상화가 벽면을 향하도록 돌려놓는다.

나는 축축해진 두 손을 꽉 쥔다. "주인 허락도 없이 그러면 안 되잖아."

"떠나기 전에 다시 걸어두면 되니까 상관없어. 마침 집주인도 없으니까."

초상화가 걸려 있던 빈자리를 보니 불안감이 밀려온다. 지금 우리는 헤일 박사의 집에서 허락도 없이 와인을 마시고, 초상화까지 옮겼다. 게다가 나는 밀실에서 테이프 하나를 슬쩍했다. 만약 이 집에 헤일 박사의 유령이 존재한다면 단단히 화가 났을 것이다.

이선이 바짝 다가앉더니 내 코트 단추를 끄른다. "이제 외투는 벗어도 되잖아."

벽난로 덕분에 공기가 훈훈해졌다. 이선이 내 코트 단추를 하나씩 풀면서 내 목에 입을 맞춘다. 목은 내가 가장 잘 느끼는 부위인데 지금은 별로 감흥이 없다.

이선이 내 목에 대고 중얼거린다. "우리의 새집에 축복이 내리길."

남편이 내 청바지 위를 더듬는 사이 나도 분위기를 맞추려고 애쓰지만 몰입하기 어렵다. 초상화를 돌려놓았는데도 헤일 박사의 녹색 눈이 나를 노려보고 있다는 느낌이 가시지 않는다.

# 9장

우리는 따스한 벽난로 앞 소파에서 새집 마련을 축복하는 의미로 사랑을 나눴다. 아직 결정된 건 아니지만 이선은 자기가 꿈에 그리던 집을 구하게 되어 기분이 몹시 좋아 보인다. 그는 우리가 나누는 사랑의 행위가 이 세상에서 가장 신성한 일이라는 듯이 몰입한다. 나를 만족시켜주려고 최선을 다하는 그의 모습이 오늘따라 무척이나 사랑스럽다. 내 친구들은 완전히 잘못 짚었다. 나는 이선처럼 사랑스러운 남자를 본 적이 없다. 지금이 임신 얘기를 꺼내기에 가장 적절한 타이밍일 수 있다. 이선은 지금 육체적으로나 정신적으로 아주 만족스러운 상태니까.

이선이 카키색 바지 지퍼를 올리며 말한다. "뭘 그리 골똘히 생각해? 걱정거리라도 있어?"

바로 지금이다. 어차피 이선도 언젠가 아이를 갖길 원한다.

원래 새로운 생명은 계획을 깨부수고 찾아오기도 한다.

'나, 임신했어'라는 말이 왠지 목에 걸려 밖으로 나오지 않는다. 이선이 기뻐하기는커녕 벌컥 화를 내면 어쩌지?

"그냥 좀 지쳤나봐." 나는 입꼬리를 올리며 덧붙인다. "주디 때문에."

기지개를 켜는 이선의 황금빛 가슴 털이 눈에 들어온다. 남편을 처음 봤을 때 이 세상에서 가장 잘생긴 남자를 만났다고 생각했다. 물론 지금은 그 정도로 잘생겼다고 생각하지는 않는다. 이선은 미간이 좀 좁은 편이고, 남자치고는 키가 그리 크지 않다. 곱슬곱슬한 황금빛 털은 가슴뿐만 아니라 등에서도 볼 수 있다.

이선이 묻는다. "온수가 나올까?"

"아마 나오겠지."

이선이 나에게 윙크하며 덧붙인다. "땀을 제법 많이 흘렸어."

"갈아입을 옷이 없잖아."

"그냥 씻기만 하려고."

나는 샤워하면 안 된다는 이유를 찾으려고 머리를 쥐어짜지만 마땅한 말이 떠오르지 않는다.

"침실에 있는 욕실에서 샤워하게?"

"그래야지."

"그 욕실을 마지막으로 사용한 사람이 죽은 여자라고 생각하면 찜찜하지 않아?"

이선이 어깨를 으쓱한다. "별로. 그 정신과 의사가 사라진 게 벌써 3년 전이야. 어제 사용한 것도 아닌데 뭐."

내 기분이 꺼림칙한 이유는 임신 탓일 수도 있다. 이선이 헤일 박사가 사용하던 욕실에서 샤워한다고 해서 딱히 문제될 건 없다.

"난 여기 있을게."

"지루하면 와인이라도 홀짝이면서 기다려."

남은 와인은 싱크대에 몰래 쏟아부어야겠다.

이선이 나선형 계단을 걸어 올라가는 모습을 지켜보다가 문득 코트 주머니에 있는 테이프가 떠오른다. 나는 테이프를 챙겨 헤일 박사가 사용하던 사무실로 향한다. 녹음기는 마호가니 책상 위에 그대로 놓여 있다. 나는 가죽 의자에 앉아 녹음기를 살핀다. 녹음, 재생, 되감기, 빨리 감기, 정지/꺼냄, 일시 정지 버튼이 있다.

내가 '정지/꺼냄' 버튼을 누르자 테이프덱이 열린다.

테이프 케이스에 PL #2, 그리고 약 6년 전 날짜가 적혀 있다. 테이프를 테이프덱에 집어넣고 되감기 버튼을 누르자 테이프가 감기는 소리가 들리다가 딸깍 소리를 내면서 멈춘다.

테이프가 다 감겼다는 뜻이다. 나는 재생 버튼을 누른다.

　　테이프에는 헤일 박사가 녹음해 비밀의 방 책장에 꽂아둔 PL과의 상담 기록이 들어 있다.

# 10장

## 녹음본

*이 기록은 극히 충격적인 사건에서 살아남은 뒤 외상 후 스트레스 장애에 시달리는 25세 여성 PL의 두 번째 상담 기록이다.*

"헤일 박사님, 안녕하세요?"

"안색이 안 좋아 보이네요. 어디 아파요?"

"잠을 설쳤어요."

"지난번에도 악몽을 꾸었다고 했죠?"

"네, 마치 사고 당시로 되돌아가 그 끔찍한 상황을 다시 겪는 느낌이었어요."

"첫 상담 때는 이야기하기 많이 힘들어했죠. 이제 나랑 있는 게 좀 편안해졌다면 그날 밤 있었던 일을 한번 얘기해 볼래요? 직접 들려주면 많은 도움이 될 것 같아요."

"말하기 괴로워요. 다른 얘기는 괜찮은데……."

"나는 당신을 돕고자 하는 사람이에요. 어떤 일을 겪었는지 제대로 알지 못하면 도움을 줄 수 없어요."

"무슨 말씀인지 알아요. 하지만……."

"힘들더라도 시도해봐요. 천천히 해도 돼요. 시간은 충분하니까."

"그날은……, 내 인생 최악의 날이었어요. 모든 걸 잃었으니까요."

"처음부터 얘기해볼래요?"

"그게, 그러니까, 우리는 오두막을 한 채 빌렸고……, 거기서 주말을 보낼 생각에 아주 신이 났어요. 내내 비가 오긴 했지만 정말 즐겁게 놀았죠. 벽난로에 마시멜로를 구워 먹기도 하고……."

"그러다가……?"

"코디랑 나는 먼저 잠들었어요. 메건과 알렉시스도 각자 방으로 갔고요. 나는 완전히 곯아떨어진 상태였어요……, 원래 바깥바람을 쐬면 금방 지치거든요. 술도 몇 잔 마셨고……, 그러다……, 비명이 들려서 깼어요."

"그게……."

"코디였어요. 내 옆에서 비명을 지르는데 가슴이 온통 피

범벅이고……, 정신을 차리고 보니 한 남자가 칼을 들고 코
디 위에 서 있었어요. 비가 내리고 너무 어두워서 얼굴은 안
보였는데 머리가 젖어 있었어요. 그리고 냄새도 났어요. 젖
은 개 냄새……, 그리고 뭔가 썩은 냄새요."

"정말 끔찍했겠네요."

"요즘도 가끔 자다가 깨면 그 냄새가 나요. 방 안 어딘가에
서 그 끔찍한 썩은 내가……."

"괜찮아요. 울어도 돼요. 여긴 안전해요."

"더는 못하겠어요……."

"여기 휴지 좀 받아요."

"어떻게 이럴 수가 있죠! 코디랑 나는 다음 주에 결혼할 예
정이었어요. 버뮤다로 신혼여행을 떠날 예정이었다고요. 평
생을 함께하기로 했는데……, 이제 코디는 차가운 땅속에 묻
혔어요. 그 생각을 할 때마다……."

"괜찮아요. 괜찮을 거예요."

"어떻게요? 어떻게 괜찮을 수 있죠? 내가 결혼하기로 한
남자가 끔찍하게 죽었어요. 내 가장 친한 친구 둘도 죽었고
요. 엄마는 언제 어디에나 미친놈들이 도사리고 있다고 했
죠. 그리고 그날 밤, 그가 날 찾아냈어요. 내 배에는 평생 그
놈을 기억할 수밖에 없는 흉터가 남았어요."

"당신 잘못이 아니었어요."

"나만 살아있는 건 불공평해요. 나도 죽었어야 해요."

"그렇지 않아요. 그런 말 하지 말아요."

"사실이에요, 헤일 박사님. 병원에서 의사가 그랬어요. 죽을 수도 있었다고요."

"하지만 당신은 살아남았어요. 참사의 생존자죠. 그 오두막에서 피를 흘리며 죽을 수도 있었지만, 비와 진흙탕을 뚫고 나와 지나가는 차에 도움을 요청했잖아요. 그래서 살아남은 거예요."

"하지만 살아남아서 다행이란 생각이 안 들어요. 난 엉망이에요⋯⋯. 잠도 못 자고, 일도 못 하고 있어요."

"그게 바로 당신이 여기 있는 이유예요. 더 나아지기 위해서요. 이제 시작에 불과해요."

"그놈이 잡혔다면 잊을 수 있겠죠. 하지만 눈을 감을 때마다 그 살인마가 내 방 창가에 서서 내가 자는 모습을 지켜보고 있다는 상상이 들어요."

"그래요, '상상'이에요. 실제로는 거기 없으니까요."

"그건 모르죠! 어차피 그놈을 알아볼 수 있는 사람은 나밖에 없어요. 그놈은 날 찾아 죽이길 바라는 게 분명해요."

"그럴 리 없어요. 당신을 찾으려고 했다면 진작 찾았을 거예요. 충동적인 살인마니까."

"미쳐버릴 것 같아요. 그 생각밖에 안 나요. 운전할 때마다 그놈이 나를 따라오는 것만 같아요. 여기까지 오는 동안 뒤차를 몇 번이나 확인했어요."

"그건 모두 머릿속 생각일 뿐이에요."

"그건 박사님도 모르죠. 정말 그 살인마가 여기까지 날 따라왔다면요? 어쩌면 지금 밖에서 기다리고 있을지도 몰라요. 박사님이 날 배웅하려고 문을 여는 순간 그놈이 우리 둘다 죽일지도 몰라요."

"그럴 가능성이 얼마나 희박한지 아나요?"

"그렇지만……."

"내 말 들어요. 그 살인마가 당신 삶을 지배하게 놔두면 안돼요. 당신은 나아지기 위해 이 자리에 있는 거예요. 가족들이 당신을 걱정해서 여기 보낸 거고요."

"하지만 나는 나아지지 않을 거예요."

"이제부터 시작이에요. 차차 나아질 거예요."

"헤일 박사님……."

"약속할게요. 분명 나아질 거예요."

# 11장

## 트리샤

**현재**

테이프를 녹음기에 넣고 재생한 지 40분이 지났다. 이선이 욕실을 오래 사용하는 편이긴 해도 지금쯤이면 샤워를 다 마쳤을 것이다. 테이프에 담긴 헤일 박사와 환자의 상담 내용이 몹시 흥미로워 시간 가는 줄 모르고 들었다. 약혼자와 친구들이 숲속 오두막에서 미치광이 살인마에게 끔찍하게 살해당하고 혼자 가까스로 탈출한 젊은 여성은 내가 읽은 《공포의 해부학》에도 등장하는 인물이다. 헤일 박사의 목소리에는 사람의 마음을 편안하게 해주는 진정제 같은 힘이 있다. '분명 나아질 거예요'라는 말은 마치 신의 약속처럼 들린다. 헤일 박사는 외상 후 스트레스 장애로 고통받는 환자들이라면 누구나 만나길 원하는 실력 있는 정신과 의사였다.

계단을 내려오는 발소리가 들려온다. 나는 테이프를 꺼내 녹음기와 함께 책상 서랍에 집어넣는다. 예상대로 이선이 사무실 문을 연다.

"계속 여기에 있었어?"

"심심풀이 삼아 읽을 책이 있는지 책장을 둘러봤어."

나는 이선이 더 캐묻기 전에 서둘러 방을 나선다. 이선의 머리는 물기가 덜 마른 상태다. 그런데 아까까지 입고 있던 드레스 셔츠와 바지가 아니라 뉴욕 양키스 로고가 박힌 티셔츠와 밑단을 접은 청바지 차림이다.

"그 옷들은 어디서 났어?"

이선이 티셔츠의 목 부분을 잡아당기며 말한다. "침실에 있는 서랍장에서 꺼내 입었어. 원래 입고 있던 옷들은 내일 다시 입어야 하니까 옷걸이에 걸어두었고."

분명 에이드리엔 헤일 박사의 옷들은 아니다. 이 티셔츠와 청바지는 이선에게도 크다. 박사의 침실 서랍에 있었다면 아마 그의 남자친구 옷이었으리라. 루크.

"당신도 잠자리에 들기 전에 옷을 갈아입는 게 좋겠어. 서랍장에 잠옷이 많던데."

살해당한 여자의 옷과 그를 살해한 남자의 옷 중에서 어느쪽이 더 꺼림칙할까?

"난 그냥 속옷만 입고 잘래."

"그럼 우리 이제 2층으로 올라갈까?"

나는 손목시계를 힐끔 본다. 시간이 너무 늦기도 했고, 여전히 눈발이 잦아들 기미가 안 보인다. 어쩔 수 없이 이 집에서 하룻밤 더 머물 수밖에 없다. 아무리 음산한 기분이 들어도 우리에게는 선택의 여지가 없다.

나선형 계단 난간을 잡고 이선을 따라 2층으로 올라가는데 마치 도살장에 끌려가는 기분이다. 바깥이 하도 깜깜해서 계단과 복도는 조명을 켜도 어두침침하다. 희미한 전등이라도 있어 그나마 다행이다.

그런데 이선이 나를 헤일 박사의 침실로 이끈다.

"나는 그 방에서 안 잘래."

이선이 잔뜩 찌푸린 얼굴로 나를 돌아본다. "왜?"

"헤일 박사가 자던 방이잖아."

이선이 답답하다는 듯이 어깨를 늘어뜨린다. "이 집에서 가장 큰 침실이야. 우리가 이 집을 사면 매일 함께 사용할 방이라고."

내가 죽고 나서 혼자 그렇게 하든지.

"게다가 침대가 있는 방은 이 방밖에 없고, 다른 이불을 어디에 보관해두는지도 모르잖아. 난 샤워해서 그런지 너무 졸려.

당신도 피곤할 텐데 침대에 눕고 싶지 않아? 내가 옆에 있으면 안심이 되지 않을까?"

그 말을 들으니 더욱 피로감이 밀려든다. 요즘은 저녁만 되면 피곤이 쏟아진다. 내 몸 안에 새 생명이 자라고 있기 때문일 수도 있다. 다른 방에 잠자리를 마련하고 싶어도 다른 이불을 찾아 나설 기력이 없다. 설령 이불을 찾더라도 이선 없이 나 혼자 편히 잠들 수 있을 것 같지 않다.

"그래, 그냥 여기서 자자."

나는 침실로 들어서자마자 문고리부터 살핀다. 이 집에 다른 누가 있을 가능성을 아직 완전히 배제하지 못했으니 문을 단단히 걸어 잠가야 잠이 올 것 같다.

"안 눕고 뭐 해?" 이선이 침대에 누워 묻는다. 청바지는 벗었지만 뉴욕 양키스 티셔츠는 그대로 입은 상태다.

"문을 잠가야지."

"안 잠기던데."

나는 고개를 돌려 이선을 바라본다. "왜?"

"그거야 나도 모르지." 이선의 목소리에 살짝 짜증이 묻어난다. "여긴 외딴집이고, 그 여자는 이 집에서 혼자 살았어. 현관문만 잘 잠그면 되지, 침실 문을 잠글 필요가 뭐가 있겠어?"

그야 낯선 이가 침입한다면 경찰을 부르는 동안 막아야 하니까? 그러고 보니 이 집에서 유선 전화기도 못 봤다. 요즘 집 전화를 쓰는 사람이 거의 없긴 해도 이곳의 처참한 통신 환경을 고려하면 그나마 유선 전화기라도 있어야 안전할 텐데.

나는 방문에서 눈을 떼지 않고 침대로 향한다. "그나저나 내일 눈 덮인 길을 어떻게 빠져나가지?"

이선이 침대에서 몸을 고쳐 눕는다. "눈 그치면 휴대폰이 터질 거야."

"만약 안 터지면?"

"누군가 우릴 찾아내겠지." 이선의 자신 없는 목소리가 귀에 거슬린다. "적어도 주디는 우리가 이 집에 오기로 했다는 걸 알잖아. 아마 계속 연락을 시도하고 있을 거야. 게다가 당신이 하루 종일 연락이 안 되면 어머니가 당장 찾아 나설 걸."

"과연 그럴까?"

"당신 가족들이 당신을 얼마나 사랑하는지 몰라서 그래?"

이선이 우리 가족의 끈끈한 애정을 이해해주어서 다행이다. 우리 가족은 화목한 편이고, 나는 엄마와 거의 매일 통화한다. 이선의 부모님은 우리가 사귀기도 전에 돌아가셨다. 교통사고였는데 이선은 그 얘기를 잘 하지 않는다. 어쩌다 부모님 얘기가 나오면 입을 꾹 다물어버리기 일쑤다. 우리 결혼식에 참석한 하객이 서른 명이었는데 그중 다섯 명만

이 신랑 측 하객이었다. 모두 이선의 친구였고, 가족이나 친척은 전혀 없었다. 나는 하객 명단을 줄이느라 애를 먹었는데 이선은 그 다섯 명도 겨우 불렀다. 나는 심술궂은 데비 이모와 술고래인 밥 고모부를 초대하기 싫었지만 뒷감당이 두려워서 어쩔 수 없이 불러야 했다.

나는 전등 스위치를 끄고 이선의 오른쪽에 눕는다. 평소에 자는 쪽이다. 우리 둘 다 그 반대로는 못 잔다. 이제 만난 지 겨우 일 년이 넘었을 뿐인데 습관이란 정말이지 무섭다.

이선은 내 몸을 감싸 안더니 이내 숨소리가 깊어진다. 낯선 집에서 어떻게 그리 편안하게 잠들 수 있는지 신기하다. 집에서는 이선의 품이 따뜻하고 안전하게 느껴졌는데 지금은 전혀 그렇지 않다.

## 12장

새벽 3시인데 정신이 말똥말똥하다. 간밤에 내가 한동안 잠을 못 이루고 뒤척이자 이선이 아래층에 내려가 물을 한 컵 가져다주며 말했다. "물을 마시면 몸의 긴장이 좀 풀릴 거야."

이선의 말대로 나도 모르게 깜박 잠들었는데 두 시간 만에 소변이 마려워 깼다. 임신한 이후로 화장실 가는 빈도가 현저하게 늘었다. 임신 말기에나 겪는 현상인 줄 알았는데. 며칠 전 내가 화장실에 자주 가는 걸 이상하게 생각한 이선이 이유가 뭔지 물었을 때 나는 물을 많이 마셔서 그런 것 같다고 둘러댔다.

20분 전에 소변을 보고 나서 잠기운이 싹 달아났다. 이선은 여전히 일정하게 코를 골고 있다. 침대에서 일어나면서 매트리스가 약간 삐걱거리지만 이선을 깨울 정도는 아니다. 나는 통유리창으로 걸어가 밖을 내다본다. 눈이 적어도 세

뺨은 쌓여 있다. 숲이 온통 하얀 눈으로 덮였다. 이선의 차로는 그 어디로도 갈 수 없다. 휴대폰이 터져 외부와 연락이 닿아야만 우린 이 집에서 떠날 수 있다.

아무래도 다시 잠이 올 것 같지 않아 아래층에 내려가기로 한다. 속옷 차림으로는 너무 추워 어제 벗어둔 옷더미를 뒤적거리지만 새벽 3시에 블라우스와 청바지를 입고 싶지는 않다. 그때 욕실 문에 걸린 가운이 눈에 들어온다. 헤일 박사의 머리카락처럼 짙은 빨간색 가운이다. 다가가 만져보니 보드라운 플리스 소재다. 겨울마다 눈에 파묻히는 집에 제법 잘 어울리는 실내복이다.

나는 가운에 팔을 끼워 넣는다. 역시 따뜻하고 포근하다. 허리끈을 조이자 더욱 편안한 느낌이 든다. 벗기 싫을 정도로 몸에 착 감긴다.

한 시간 정도 빌려 입는다고 문제될 건 없잖아.

맨발로 침실을 나서려는데 서랍장에 기대 세워놓은 빨간색 털 슬리퍼가 눈에 들어온다. 이왕 빌리려면 슬리퍼도 빌리고 싶다. 슬리퍼를 신은 나는 침실 문을 닫고 나선형 계단을 따라 내려간다. 다시 잠을 청하려면 책을 읽는 게 좋을 듯하다. 나는 심리학 관련 서적이 꽂힌 책장을 무시하고 계단 뒤쪽에 있는 소설 책장 쪽으로 향한다. 헤일 박사의 밀실이 숨겨진 책장이기도 하다. 나는 다시 한번 책장을 훑어본다. 흥미로운 제목이 많다. 읽을거리가 부족하진 않다.

하지만 또다시 내 눈은 《샤이닝》으로 향한다. 진짜 책이 아니란 걸 알면서도. 아니, 그래서 더 끌리는 거겠지만.

안 돼, 더는 안 돼.

내 의지와는 상관없이 손가락이 책등에 닿는다. 잠시 망설이다 책 윗부분을 잡아당기자 다시 한번 달각하는 소리와 함께 책장이 움직인다.

밀실 입구가 열렸다.

이선이 위층에서 곤히 자고 있으니 이번에는 더 쉽다. 나는 방에 들어서자마자 줄 스위치를 찾아 잡아당긴다. 전구가 깜빡이며 켜지고, 테이프로 가득 찬 방이 드러난다.

테이프는 모두 가지런히 정리되어 있다. 10년 전부터 3년 전까지.

헤일 박사가 사라지기 직전까지.

경찰이 이 방을 발견했다면 테이프들이 이렇게 온전히 남아 있을 리 없다. 실종사건의 단서를 샅샅이 수색했을 테니까. 어쩌면 헤일 박사는 사라진 바로 그날까지 녹음 기록을 남겼을지도 모른다.

테이프들을 훑어보니 이니셜, 상담 회차, 날짜 외에 분류 방법이 또 있다. 첫 번째 상담은 파란색 마커, 두 번째 상담부터는 검은색 마커, 마지막 상담은 빨간색 마커로 표기해두었다. 이 패턴은 계속 반복된다. 한 환자의 것만 빼고.

EJ라는 이니셜이 적힌 테이프의 경우, 도중에 빨간색 테이프가 있고, 일주일 뒤 다시 검은색 테이프가 이어진다. 따라서 헤일 박사는 이 EJ라는 환자와 상담 치료를 종료했다가 곧바로 재개한 것으로 보인다. 그리고 빨간색이 아닌 검은색으로 표기한 테이프가 마지막이다.

즉, 헤일 박사가 실종되기 직전까지 EJ와 상담을 진행했다는 뜻이다.

나는 선반에서 빨간색으로 표기된 테이프를 빼낸다. 사생활 침해일 수도 있지만 실명이 적힌 것도 아니지 않은가? 게다가 어차피 다시 잠을 이루긴 틀린 것 같다.

# 13장

## 녹음본

*이 기록은 자기애성 인격 장애가 있는 29세 남성 EJ의 137번째이자 마지막 상담 기록이다.*

"안녕하세요, 박사님. 잘 지내셨어요?"

"네, 잘 지냈어요."

"오늘 박사님 드리려고 와인 한 병을 가져왔어요."

"아, 그래요?"

"카베르네 소비뇽이에요. 남아공 루스텐버그산이라 유칼립투스 향이 나죠."

"뭐 이런 걸 다, 일단 고마워요."

"와인 페어링에 대해 잘 아시는지 모르겠지만, 이 와인은 스테이크나 묵직한 소스가 들어간 요리에 곁들이면 좋아요. 타닌이 중화되어 맛이 좀 더 부드러워지거든요."

"참고할게요. 일단 앉아요."

"네. 난 이 순간이 참 좋아요. 박사님 소파에 앉는 순간."

"그게 말인데……."

"이 질감, 최고급 가죽 맞죠? 역시 많이 버시나봐요. 게다가 여긴 의료보험 적용도 안 되잖아요."

"그렇지 않아도 진료비와 관련해 할 얘기가 있어요."

"내 진료비는 엄마가 내주시잖아요."

"그래서 하는 말이에요. 안 내고 계시거든요. 어머니가 별로 진전이 없는 것 같다며 더는 진료비를 부담하시지 않겠다고 여러 번 말씀하셨어요. 알다시피 이곳은 보험 적용이 안 되고요."

"하지만 나는 우리가 많은 진전을 이룬 것 같은데요. 박사님은 나한테 큰 도움이 되고 있어요. 난 여기 오는 게 좋아요."

"진전이 있든 없든 어머니는 지난 2년 동안 진료비를 부담하셨으니 이제 그만 내고 싶다고 생각하셨을 거예요."

"멍청한 생각이죠."

"어쨌든 이건 어머니 결정이에요. 몇 번이나 말했지만 나는 두 달 동안 진료비를 받지 못했어요."

"아아, 알겠어요. 돈 때문이군요."

"유감이지만 나에겐 생계예요. 내가 일해서 버는 돈이고요."

"하지만 난 돈이 없어요, 박사님. 박사님은 비싸잖아요. 난 우리 부모님처럼 부자가 아니에요. 쥐꼬리만 한 용돈으로는 집세랑 기름값을 내기도 빠듯하다고요."

"일자리를 구하는 게 좋을 거라고 여러 번 얘기했죠."

"나도 노력 중이에요, 아시잖아요? 그런데 그렇게 쉽지가 않아요. 난 박사님처럼 고학력자가 아니거든요."

"대학 졸업했잖아요."

"네, 그래서요? 대학 졸업 안 한 사람이 어딨어요? 저기, 박사님. 언젠가 다 낼게요. 약속해요. 나중에 한꺼번에 낼게요."

"그건 부당할 것 같아요."

"부당해요? 누구한테요?"

"진료비를 제대로 내는 사람들한테요."

"참나, 돈이 궁한 것도 아니시잖아요! 베스트셀러 책도 내셨으면서! 이 으리으리한 집 좀 봐요! 오히려 박사님이 나한테 돈을 내야 해요. 내 흥미로운 인생 이야기를 듣는 대가로요."

"그건 무관해요."

"무관하긴요. 내 이야기로 책을 쓰면 백만 달러는 벌 거예요. 그러면 내 진료비를 충당하고도 남겠죠?"

"미안하지만 그렇게는 안 돼요."

"그럼 내가 돈을 못 낸다는 이유로 날 버리겠다고요? 그냥 잘 가, 행운을 빌어, 그렇게요?"

"미안해요. 보험 적용이 되는 클리닉을 소개해줄게요. 거기서 기꺼이 받아줄 거예요."

"진짜 날 내팽개치겠다고요?"

"내팽개치는 게 아니라 믿음직한 동료 손에 맡기겠다는 거예요. 나중에 여유가 생기면……."

"여태 날 돈벌이로 본 거죠."

"그렇지 않아요. 난 그저……."

"신문사에 제보해야겠어요. 헤드라인이 딱 나오네요. '도움이 절실한 환자를 돈 때문에 거절한 하버드대 출신 유명 정신과 의사.'"

"신문사가 그런 이야기에 관심을 가질 것 같지는 않지만, 꼭 그래야겠다면 말리지 않을게요."

"진료비는 다 핑계죠?"

"그건 또 무슨 말이에요?"

"아마 지금 속으로 후련해하고 있겠죠. 그동안 날 내팽개칠 기회만 노렸으니까."

"그건 사실이 아니에요."

"헛소리. 내내 날 위하는 척했을 뿐이잖아요. 실제로는 관심도 없으면서."

"난 당신이 진심으로 잘되길 빌어요. 하지만 내 의료 서비스를 공짜로 제공할 수는 없어요."

"정말 대단한 분이군요. 믿기지 않네요. 이렇게 선물까지 들고 왔는데."

"원한다면 도로 가져가요."

"됐어요. 가지세요."

"다시 말하지만, 미안해요."

"미안하다고요? 정말 미안하면 이럴 수 없죠."

"……."

"날 여기서 쫓아낸 걸 진심으로 후회하게 될 거예요."

"……."

"내 말 들려요, 박사님?"

"이제 그만 나가줘요."

"네, 갈게요. 이제 박사님이 어떤 사람인지 알았으니 아무리 애원해도 다신 안 와요. 언젠가는 박사님 쪽에서 나한테 매달릴 거라고 장담하죠."

# 14장

## 트리샤

### 현재

딸칵, 소리와 함께 테이프가 멈추자 나는 참고 있던 숨을 토해낸다. EJ라는 환자가 헤일 박사를 협박하는 내용이 담긴 테이프다. 헤일 박사의 목소리는 시종 침착했고, 끝까지 냉정을 유지했지만 내심 조금은 떨렸을 거라는 생각이 든다.

헤일 박사의 실종 이후 경찰은 EJ를 찾아내 조사했을까?

박사가 환자 명단을 따로 보관하고 있었는지는 모르겠다. 남자친구였던 루크 외에 또 다른 용의자가 있다는 얘기는 못 들었다.

EJ의 목소리에는 어딘가 모르게 소름 끼치는 구석이 있다. 왠지 오싹하면서도 낯설지 않은 느낌이다. EJ는 헤일 박사에게 와인 한 병을 선물로 가져왔다고 했다. 남아공산 카베르네 소비뇽. 이선이 어디선가 찾아내 가져온 와인도 분명 남아공산 카베르네 소비뇽이었다. 헤일 박사가 남아공산 카베르네 소비뇽을 두 병이나 가지고 있었을 것 같지 않다. 그렇다면 우리가 마신 와인이 그날 EJ가 가져온 와인이었을 가능성이 크다. 헤일 박사가 그 와인을 마시지도 않고 어딘가에 처박아두었던 게 분명하다. 이선은 그 와인을 어디서 찾아냈는지 말해주지 않았다.

헤일 박사는 분명 EJ와의 상담을 끝내겠다고 했는데 이다음에 EJ의 테이프가 몇 개 더 있다는 게 이상하다.

EJ가 진료비를 마련한 건가?

설령 진료비를 마련했다고 하더라도 헤일 박사가 그런 협박을 당하고도 상담 치료를 해주었을까? 궁금증을 해소하려면 EJ의 다음 테이프들을 들어보는 수밖에 없다. 나는 테이프를 가져오려고 자리에서 일어선다. 그런데 미처 방을 나서기도 전에 밖에서 쿵 소리가 들린다. 나는 그 자리에 우뚝 멈춰 서서 귀를 쫑긋 세운다.

무슨 소리지? 이선이 깨서 일 층으로 내려왔나?

이선이 아니라는 직감이 든다. 우린 바깥에서 이 집 2층에 불이 켜져 있는 걸 두 눈으로 똑똑히 보았다. 냉장고에는 유통기한이 넉넉하게 남은 음식들이 들어있었고, 싱크대에는 물이 반쯤 든 컵이 놓여 있었다. 이 집의 모든 방문을 열고 일일이 확인하긴 했지만 여전히 미심쩍은 구석이 남아 있다. 이 집은 거대하고, 여전히 비밀스러운 사각지대가 많아 보인다.

어쩌면 이 집에 헤일 박사의 유령이 떠돌고 있을지도 모른다. 헤일 박사를 납치 살해한 범인은 아직 잡히지 않았고, 죗값을 치르지 않았다. 원한이 사무친 헤일 박사의 유령이 이 집을 떠나지 못하고 돌아다닐 수도 있다. 내가 허락도 구하지 않고 빨간 가운을 입고 있어 화가 났을까봐 두렵다.

침실과 마찬가지로 사무실 문에도 잠금장치가 없다. 이선에게 연락할 방법도 없다. 그나마 위안이라면 이 집에 누가 있든 우리에게 발견되기를 원치 않는 것 같다는 점이다.

아니, 이선에게 발견되기는 원치 않아도 나처럼 가냘픈 여자에게 발견되는 건 딱히 개의치 않을 수도 있다.

나는 호신용으로 쓸 만한 물건을 찾으려고 급히 책상 서랍을 뒤진다. 첫 번째 서랍 안에는 서류 뭉치와 내가 넣어둔 테이프뿐이다. 두 번째 서랍에는 더욱 두툼한 서류 뭉치와 덕트테이프가 한 롤 들어있다. 우리 아빠는 덕트테이프가 여러모로 요긴하게 쓰인다고 했지만 이 상황에서는 아니다. 세 번째 서랍에는 큼직한 가위를 비롯해 여러 가지 사무용품이 들어있다.

나는 한 손에 가위를 들고, 다른 손으로 살며시 문을 연다. 바깥에 누군가가 있다면 맞설 준비가 되었다.

내 예상과 달리 거실은 완벽하게 고요하다.

내가 소리친다. "누구 있어요?"

돌아오는 대답이 없다.

가위를 쥔 손이 떨린다. 나는 몇 발짝 거실로 나가 어두운 공간을 가만히 노려보다가 천천히 걸어가 전등 스위치를 누른다. 주변은 환해졌지만 여전히 쥐 죽은 듯 고요하다. 그제야 거칠었던 내 숨결이 잦아든다. 인기척도 없고, 눈에 보이는 사람도 없다. 아까 들은 소리는 거실이 아니라 2층에서 들려온 소리일 수도 있다. 어쩌면 이선이 낸 소리일 수도 있다.

그 순간 나는 가슴이 쿵 내려앉을 만큼 놀란다. 이선이 떼어내 벽을 향해 돌려놓았던 헤일 박사의 초상화가 다시 벽에 걸려 있다. 헤일 박사의 녹색 눈동자가 나를 뚫어질 듯이 바라보고 있다.

# 15장

나는 비명이 터져 나오려는 걸 가까스로 억누른다. 그래,
바깥에서 본 2층 불빛은 착시였을 수도 있다. 주디가 식빵과
볼로냐소시지를 사서 냉장고에 넣어두었을 거라는 가정도
받아들일 수 있다. 하지만 헤일 박사의 초상화가 다시 벽에
걸려 있는 건 도저히 설명할 방법이 없다.

이선이 분명 초상화를 떼어내 아래에 내려놓았다. 우리가
2층으로 자러 갈 때까지 그 상태 그대로였는데 지금은 다시
벽에 걸려 있다.

나는 가위를 손에 쥔 상태로 나선형 계단을 뛰어오른다.
중간에 발을 헛디뎌 하마터면 넘어질 뻔했지만 겨우 중심을
잡고 침실까지 곧장 달려간다. 문을 벌컥 열고 안으로 들어
서 보니 이선은 여전히 곤히 자고 있다.

나는 바깥에서 문을 열지 못하도록 문 앞을 막아놓을 물건

이 있는지 재빨리 주변을 둘러본다. 방구석에 있는 다소 무거워 보이는 의자가 눈에 띈다. 누군가의 침입을 아예 막지는 못해도 잠시 늦출 수는 있어 보인다.

내가 의자를 옮기느라 큰 소리를 내는 바람에 이선이 잠에서 깨어나며 눈을 비빈다.

"트리샤, 무슨 일이야?"

"아래층에 누가 있는 것 같아." 잔뜩 떨리는 목소리가 나온다. "아래층 거실에."

이선이 침대에서 일어나 앉더니 겨우 눈을 뜬다. "누굴 봤어?"

"보진 못했는데 쿵 소리가 났어."

이선은 끙 소리를 낸다. "쿵 소리가 났다고? 그런 소음이야 얼마든지 날 수 있어. 원래 오래 안 쓰던 설비를 쓰면 그런 소리가 나기도 해."

"그저 소음이 아니라 쿵 소리였다니까. 내가 깜짝 놀랄 만큼 큰 소리였어."

이선은 여전히 대수롭지 않게 여기는 눈치다.

"지붕에 쌓여 있던 눈 더미가 바닥에 떨어지면서 난 소리일 수도 있어. 이 집 지붕이 얼마나 높은지 당신도 봤지?" 그제야 이선이 내가 손에 든 큰 가위를 발견하고 화들짝 놀란다. "가위는 왜 들고 있어?"

"침입자를 맞닥뜨리면 방어하려고."

"트리샤!" 이선은 다시 눈을 비빈다. "눈보라가 몰아치는 한밤중에 대체 누가 이 집에 침입하겠어?"

"이 집 어딘가에 몰래 숨어 있었을 수도 있잖아."

"우리가 일일이 방문을 열고 샅샅이 확인했잖아."

그렇다고 해도 내가 아래층에서 본 초상화에 대해서는 설명이 되지 않는다. 그게 저절로 옮겨질 리 없다.

"누가 초상화를 옮겨놨어." 결국 내가 말한다. "그래서 하는 말이야."

"그래서 이 난리였던 거야?" 이선이 허탈한 얼굴로 말한다. "내가 옮겼어, 그 초상화."

"당신이 그랬다고?" 이선이 그랬으리라고는 생각도 못 했다. 집을 떠날 때야 도로 걸어놓을 줄 알았으니까. 그럼 아까 나에게 물을 가져다주려 내려갔을 때 도로 옮긴 건가?

"트리샤, 당신이 그렇게 불안해하니까 나까지 무섭잖아." 이선이 손을 뻗어 내 어깨에 얹는다. "괜찮아?"

이것도 임신 호르몬 때문인가 싶지만 그에겐 말할 수 없다. "괜찮아. 그냥……, 놀라서 그랬어."

"그 가위 좀 내려놔."

마지못해 손을 떨구자 이선이 내 손에서 가위를 가져가 서

럽장 위에 올려놓는다. 그러고 나서 이선은 내 어깨를 감싸 안는다. 그의 어깨에 머리를 기대자 금세 기분이 나아진다. 이성적이고 믿음직한 남편이 있어서 다행이라는 생각이 든다.

"이 집에 우리 말고는 아무도 없어." 이선이 내 손에 깍지를 낀다. "침입자가 있더라도 내가 당신을 지켜줄 테니까 걱정하지 마."

"약속할 수 있지?"

"당연하지." 이선이 나를 꽉 끌어안는다. "무슨 일이 있더라도 내가 당신을 지켜줄게. 평생 당신이 그 어떤 불행도 겪지 않도록 해주겠다고 약속할게."

심장 박동이 서서히 느려진다. 의문의 쿵 소리는 이선의 말대로 그냥 집에서 울린 소음일 수도 있다. 어쩌면 뭔가 바닥으로 굴러떨어지면서 난 소리인지도 모른다.

우리는 서로 끌어안고 침대에 눕는다. 이선의 팔이 내 몸을 감싸고 있다. 지금이 임신 사실을 털어놓기에 가장 좋은 타이밍 아닐까? 하지만 긴장이 풀려서인지 졸음이 밀려든다. 지금은 그런 심각한 대화를 나눌 에너지가 없다.

어느새 나는 까무룩 깊은 잠에 빠져든다.

# 16장

## 에이드리엔

**과거**

나는 손가락으로 운전대를 초조하게 두드린다. 약속 시각을 못 지키는 건 나답지 않지만 《공포의 해부학》 가제본의 마지막 챕터를 읽다가 도중에 끊을 수는 없었다. 극심한 공포를 유발하는 사건에서 살아남은 환자들의 절절한 사연과 정신의학자로서 나의 분석, 비슷한 일을 겪은 독자들을 위한 조언을 두루 담은 책이다. 많은 사람에게 큰 도움이 될 것이다. 내 생애 최고의 역작이다.

눈앞의 신호등이 노란색에서 이제 막 빨간색으로 바뀐다. 신호가 유독 긴 교차로라서 나는 생각할 틈도 없이 액셀을 밟고 그대로 질주한다. 혹시 뒤따르는 경찰차의 사이렌 소리가 들리는지 귀를 기울여 보지만 밖은 잠잠하다.

변명의 여지없이 신호 위반이다. 나는 가끔 법규를 어기는 게 오히려 정신 건강에 이롭다고 생각한다. 한 심리 연구 결과에 따르면 사람들은 가벼운 부정행위를 저지를 때 쾌감을 느끼는 것으로 나타났다. 제약 많은 세상에서 잠시나마 해방감을 느끼는 것이다. 그러니 우리 모두 가끔은 규칙을 어겨야 할지도 모른다.

나는 일주일에 한 번씩 브롱크스에 있는 무료 클리닉에서 자원봉사를 한다. 정신적으로 심각한 문제가 있는 저소득층 환자들에게 약을 처방해주는 일이다. 봉사자 중 정신과 의사는 내가 유일하기에 나에게 상담 치료를 받으려는 환자들이 줄을 서 있다. 심지어 나에게 상담을 받으려고 몇 년을 기다린 환자도 있다.

내 유료 환자들 가운데는 실제로 극심한 트라우마를 겪는 사람들도 더러 있지만 대부분 부유한 전문직 남편을 둔 욕구 불만 아내이거나 EJ처럼 부모에게 기대 사는 캥거루족들이다. 부모들은 애물단지 자녀들을 집에서 내보내려고 나 같은 전문가에게 의지한다.

반면 무료 클리닉 환자들은 대부분 나의 상담 치료가 절실히 필요한 사람들이다. 나는 무료 클리닉이 극심한 재정난을 겪고 있어 문을 닫을지도 모른다는 소식을 듣고 내가 책을 써서 받은 저작권료 가운데 상당한 액수를 떼어내 기부했다.

날씨가 화창한데다 마침 점심시간이라 무료 클리닉이 있는 쇼핑센터의 주차장은 빈자리가 전혀 보이지 않는다. 나는 주차할 자리를 찾느라 벌써 세 번째 통로를 돌고 있다. 임시주차장이 있지만 거기서 무료 클리닉까지 가려면 적어도 10분을 걸어야 한다. 오늘따라 환자가 줄줄이 예약돼 있고, 상담을 하다 보면 시간을 넘기는 경우가 많아 최대한 서둘러야 한다.

네 번째 통로로 들어서자 비로소 빈자리 하나가 눈에 들어온다. 나는 차의 속도를 줄이며 빈자리를 향해 다가간다. 바로 그때 빨간 제타 한 대가 타이어 마찰음을 내며 통로로 들어서더니 눈 깜빡할 사이에 내가 주차하려던 빈자리에 끼어든다. 평소라면 그냥 넘어갈 수도 있는 일이지만 진료 시간이 임박했기에 나는 화가 머리끝까지 치솟는다. 오늘 내 첫 환자는 자신이 슈퍼맨처럼 하늘을 날 수 있다고 믿는 조현병 환자다. 그가 과연 내가 처방해준 지오돈을 복용하고 건물 옥상에서 뛰어내리고자 하는 충동을 잘 억제하고 있는지 확인해야 한다. 나는 더 이상 빈자리를 찾아 헤매느라 허비할 시간이 없다.

도저히 양보할 수 없다는 생각에 나는 경적을 길게 울린다. 내가 먼저 빈자리에 들어서려던 걸 알고도 얌체처럼 새

치기를 한 운전자는 레이밴 선글라스를 쓴 삼십 대 남성이다. 그가 아무 일도 없었다는 듯이 운전석에서 내리는 모습을 보자 나는 울화통이 터져 다시 짧게 경적을 울린다. 그는 가지런한 치아가 드러나도록 환히 웃으며 가운뎃손가락을 쳐들더니 유유히 내 차 앞을 지나쳐 걸어간다. 나는 순간적으로 그대로 액셀을 밟아 그의 웃는 얼굴이 공포로 얼룩지게 하고 싶은 충동을 느꼈지만 가까스로 억누른다. 아무리 화가 나도 사람을 차로 들이받을 수는 없다.

어쩔 수 없이 나는 다른 빈자리를 찾아야 한다.

겨우 주차를 하고 나서 무료 클리닉에 도착한 나는 하이힐을 신고 나온 걸 몹시 후회하며 숨을 헐떡인다. 발에 물집이 잡히도록 뛰었지만 이미 15분이나 지각해 환자를 만날 면목이 없다. 거울은 못 봤지만 분명 얼굴은 붉게 달아오르고, 머리카락은 엉망으로 풀렸고, 이마에는 땀방울이 송송 맺혀 있을 것이다.

"헤일 박사님, 어서 오세요." 접수대 직원 글로리아가 반갑게 인사를 건넨다. "그동안 잘 지내셨어요?"

나는 마음이 바빠 글로리아의 인사에 짧은 미소로 화답한 다음 묻는다. "해리스 씨, 방에 있어요?"

"해리스 씨는 예약 날짜를 변경했어요." 글로리아가 금니를 내보이며 웃는다. "5분 뒤에 첫 번째 환자를 진료하시면 됩니다."

나는 일단 안도감을 느끼면서도 진료 시간이 변경된 사실을 진작 문자나 전화로 알려주지 않은 글로리아에게 짜증이 난다.

"안녕하세요, 헤일 박사님, 많이 바빠 보이시네요."

한 남자가 접수대 뒤쪽에서 나에게 인사를 건넨다. 내가 무료 클리닉에 기부한 돈의 일부는 의료 기록을 디지털화하는 데 사용되고 있다. 문서를 수기로 작성하다 보면 간혹 인적 오류로 환자들이 피해를 보는 사례들이 있기 때문이다. 루크 스트라우스는 그 디지털화 작업을 위해 무료 클리닉에 파견된 사람이다. 그는 EMR(전자의무기록) 소프트웨어 회사 직원이지만 아직 디지털 환경에 적응하지 못한 무료 클리닉 직원들을 돕고자 거의 매일 이곳에 출근하고 있다. 나도 아직 디지털 작업이 서툴지만 조만간 익숙해질 것이다. 이 클리닉은 지금껏 과거에 머물러 있다가 최근에야 변화를 모색하고 있다.

"진료 시간에 늦을까봐 정신없이 달려왔어요."

"그래 보입니다. 커피 한잔 드릴까요?"

나에게 커피를 제공하는 건 루크의 업무가 아니지만 나는 선선히 고개를 끄덕인다.

"고마워요."

루크가 나에게 윙크를 보낸다. "크림 하나에 설탕 빼고, 맞죠?"

그가 내 커피 취향을 기억하는 줄은 몰랐다. 글로리아가 휴게실로 걸어가는 루크의 뒷모습을 쳐다보며 말한다. "정말 괜찮은 남자죠?"

나는 그저 어깨를 으쓱한다. 글로리아처럼 루크를 좋게 보는 여자들도 있겠지만 나는 아니다. 다림질을 하지 않아 구깃구깃한 셔츠, 매듭이 엉성한 넥타이, 이제 막 잠에서 깬 듯 제멋대로 헝클어진 진갈색 머리, 제대로 닦지 않아 얼룩진 안경, 면도를 자주 거르는 남자가 취향이라면 모를까. 나는 깔끔한 스타일을 선호한다. 그나마 루크의 몸에서 산뜻한 비누 냄새가 나는 건 점수를 줄 만하다.

"박사님한테 마음이 있나봐요."

나는 그 말을 못 들은 척한다. 루크가 나에게 호감을 느끼는 게 사실이라면 달갑지 않다. 그가 나에게 커피를 타 주고, 컴퓨터로 작성한 처방전을 약국에 전송하는 방법을 알려주는 것 이상으로 우리 관계가 진전되길 바라지 않는다.

루크가 커피를 들고 돌아온다. 크림이 든 작은 용기와 커피를 저을 스틱을 따로 들고 있다. 그는 내가 직접 크림을 넣고 커피를 저어 마시는 방식을 선호한다는 걸 용케도 기억하고 있다.

"고마워요."

루크의 입꼬리가 올라간다. "입에 맞았으면 좋겠네요."

나는 커피에 크림을 넣고 황갈색으로 변할 때까지 젓는다. 그런 다음 한 모금 길게 마신다.

"아주 맛있어요. 커피가 마침 필요했는데 정말 고마워요."

글로리아가 다시 끼어들며 한마디 한다. "먼 길을 운전해 오느라 피곤하셨나봐요. 댁에서 여기까지 한 시간쯤 걸리죠?"

나는 종이컵을 꽉 쥔다. "그쯤 걸릴 거예요."

루크가 눈썹을 치켜올린다. "맨해튼에 사세요?"

"아뇨." 글로리아가 내가 대답할 틈을 주지 않고 대신 답한다. "헤일 박사님은 웨스트체스터에 있는 근사한 저택에 혼자 사세요."

글로리아가 함부로 내 집 위치를 떠벌리는 게 못마땅한 한편 내가 어디에 사는지 루크가 몰랐다는 사실에 안도감이 든다. 적어도 그가 스토커는 아니라는 뜻이니까.

글로리아가 또 오지랖을 부린다. "요즘 세상이 얼마나 무서운데 그런 외딴집에 혼자 살아요? 보안시스템은 철저히 갖췄죠?"

페이지가 내 책 가제본을 주고 떠나면서 했던 말이 맴돈다.
왜 다들 내가 안전불감증이라도 걸린 것처럼 구는지 모르겠다.

"내 몸은 내가 지킬 테니 걱정하지 말아요."

컴퓨터 화면을 들여다보던 루크가 나를 올려다본다. 남자
치고는 속눈썹이 길다. "그래도 보안시스템은 진지하게 고려
해보세요. 얼마 전에 어머니 집에 설치해드렸는데 그 전보다
는 훨씬 마음이 놓이더라고요."

글로리아의 표정이 내게 말한다. *정말 좋은 남자 같은데
한번 만나보고 싶지 않아요?*

나는 옅게 웃는다. "생각해볼게요."

물론 보안시스템을 설치할 계획은 없다. 나는 이대로도 충
분히 안전하니까.

# 17장

## 트리샤

**현재**

이선 덕분에 푹 자고 일어나 시계를 보니 아침 9시다. 이선은 안 보이고 침대 옆에 메모지 한 장이 놓여 있다.

*아래층에서 아침 식사 준비하고 있을게.*

나는 침대 옆 보조 탁자에 놓인 핸드백으로 손을 뻗는다. 휴대폰을 꺼내 보니 여전히 먹통이다. 기지개를 늘어지게 켜고 침대에서 일어나 창가로 다가가 보니 세상이 온통 하얗다. 나무와 덤불로 이루어진 이 일대의 숲은 순백의 설원이 되어 있다. 이선의 차도 눈에 완전히 파묻혔을 것이다. 우리가 당분간 이 집에서 떠나지 못할 수도 있다는 뜻이다. 욕실에 들어가 보지만 샤워할 엄두가 나지 않아 간단히 세수하고 치약을 찾아내 손가락으로 양치질을 한다. 이를 닦으니까 그나마 개운하다.

거울을 보니 머리 꼴이 엉망이다. 욕실 선반에 헤어브러시가 있는데 자세히 보니 붉은 머리카락 몇 올이 남아 있다. 윽. 나는 머리에 물을 살짝 뿌린 뒤 손가락으로 대충 빗는다. 그런 다음 어제 입었던 청바지와 블라우스를 꿰입고 양말을 신는다. 옷장에 걸린 질 좋은 디자이너 옷들이 날 유혹하지만 어쩔 수 없다.

나선형 계단을 내려가는데 이선의 노랫소리가 들린다. 아래층에 도착해 거실을 지나면서 벽면을 보니 어느새 헤일 박사의 초상화가 다시 바닥으로 내려져 있다. 날 위한 이선의 배려심이 고마울 따름이다.

이선은 어제처럼 뉴욕 양키스 셔츠와 청바지 차림이다. 그는 내 인기척을 들었는지 못 들었는지, 계속 노래를 흥얼거리고 있다.

*나는 지금 햇살 위를 걷고 있어.*

이선은 샤워하거나 요리할 때 노래 부르는 걸 좋아하지만 지금처럼 큰 소리로 부르는 경우는 드물다. 기분이 매우 좋다는 뜻이다.

"트리샤." 프라이팬에서 요리를 젓던 이선이 나를 보며 윙크한다. "잘 잤어?"

나는 고개를 끄덕이고는 묻는다. "오늘 아침은 뭐야?"

"냉장고에서 달걀을 찾았어."

이선이 그 말을 하기 무섭게 달걀 비린내가 코를 찌르며 속이 울렁거린다. 구토를 참으려고 해봤지만 소용없다. 싱크대로 달려간 나는 어젯밤 먹은 샌드위치 잔여물을 토한다.

이선이 놀란 얼굴로 나를 바라본다. 나는 한동안 속을 게워내고도 모자라 헛구역질을 한다.

*벌써 입덧을 하는 건가?*

이선이 가스레인지를 끈다. "괜찮아?"

나는 수도꼭지를 틀고 손에 물을 받아 입을 헹군다. 정말이지 불쾌하다.

"괜찮아."

"어제 먹은 음식이 뭔가 잘못됐나?"

이선이 걱정스러운 얼굴로 나를 바라본다. 나도 샌드위치 탓이라고 둘러대고 싶지만 임신 사실을 언제까지 숨길 순 없다. 매도 빨리 맞는 게 낫다는 생각이 든다.

"나, 당신한테 할 말이 있어."

이선의 눈에 그늘이 진다. "무슨 말?"

*어서 말해, 트리샤. 설마 이선이 홧김에 나를 죽이고 시체를 눈 속에 은폐하기라도 하겠어?*

"나, 임신했어."

이선의 입이 크게 벌어진다.

"나도 그럴 생각은 없었는데 어쩌다 보니까……." 말이 조리 있게 나오지 않지만 어쩔 수 없다. "저번에 먹은 항생제가 피임약의 효과를 떨어뜨렸나봐. 일주일 전에 알았는데 당신한테 말하려고 하니까 입이 잘 안 떨어지더라고……."

이선이 한 손을 든다. "확실해, 임신?"

나는 고개를 떨어뜨린다. "미안하지만 확실해."

이선이 잠시 말없이 주변을 서성거리다가 흥분해서 소리친다. "대박!"

나는 이선의 예기치 않은 반응에 놀라 한 걸음 뒤로 물러선다. "당신……, 아이 갖는 거 뒤로 미루고 싶어 했잖아?"

이선은 목덜미를 긁적인다. "솔직히 나는 당장 갖고 싶었는데 당신이 실망할까봐 말 못 했어. 정말 기뻐, 진심으로." 그가 팔을 뻗어 내 두 손을 잡는다.

어깨를 짓누르던 돌덩이가 갑자기 사라진 기분이다. "내 기분 맞춰주려고 그러는 거 아니고?"

"내가 왜 자꾸만 큰 집을 구하자고 했는지 이제 이해가 되지? 우리 아이들이 넓은 집에서 맘껏 뛰어놀도록 하고 싶어서야."

나는 이선의 손을 쥔다. "다행이다. 난 당신이 화낼 줄 알고 조마조마했거든."

이선이 눈을 크게 뜨며 억울해한다. "내가 당신한테 화낸 적 있어?"

가만 생각해보니 그런 적이 없다. 가끔 가볍게 짜증을 내거나 툴툴거린 적은 있어도 이선은 나에게 쭉 다정했다. 직원과 통화하며 불같이 화내는 모습을 보긴 했지만 내 앞에서 그런 적은 없다.

이선이 계속 싱글벙글 웃는다. "어쩐지 살짝 정신 나간 사람처럼 굴더라니. 이유가 있었네."

내가 언제 정신 나간 사람처럼 굴었지? 하긴, 자기 전에 침실 문 앞에 바리케이드를 친 게 정상처럼 보이진 않았을 것이다.

"이 스크램블드에그는 버릴게." 이선이 가스레인지에서 프라이팬을 거둔다. "당신 몸이 달걀 음식을 거부하나봐. 그냥 토스트 만들어줄게."

"그럴 필요 없어. 그냥 먹어도 괜찮아."

이선이 몸을 기울여 내 코에 입을 맞춘다. "나에게는 임신한 아내를 보살필 의무와 책임이 있어."

나도 모르게 미소가 떠오른다. "저 그림 다시 내려줘서 고마워. 진짜 무서웠거든."

이선이 프라이팬에 눌어붙은 달걀을 긁어내며 묻는다. "그림을 다시 내리다니?"

"당신이 저 초상화 다시 내려놓은 게 아니었어?"

이선이 미간을 찌푸리며 나를 쳐다본다. "맞아, 어젯밤에 소파에 같이 앉아있을 때 당신이 소름 끼친다고 해서 내가 내렸잖아."

방금까지 좋았던 기분이 금세 증발한다. "간밤에 내가 잠깐 물 마시러 아래층에 내려갔을 때 다시 걸려 있었어. 내가 얼마나 놀랐는데. 근데 당신이 걸어놨다며?"

"아니야. 내가 왜 거짓말을 하겠어?"

"당신이 분명 초상화를 다시 걸었다고 했다니까." 손바닥에 땀이 배어 나온다. "새벽 3시쯤이었을 거야."

"나는 당신이 그림을 옮겼냐고 물은 줄 알았고, 그래서 그렇다고 대답한 거야. 같이 있을 때 내가 초상화를 내려놨으니까. 당신도 분명히 봤잖아."

내가 듣고 싶었던 대답이 아니다. "내가 간밤에 물 마시려고 아래층에 잠깐 내려갔을 때, 분명 초상화가 다시 벽에 걸려 있었어. 당신이 아니라면 다른 누군가가 그랬다는 뜻이야."

이선이 싱크대에 프라이팬을 소리 나게 내려놓더니 황당하다는 듯이 나를 쳐다본다. "그게 말이 된다고 생각해? 한밤중에 누가 이 집에 들어와서 초상화를 다시 걸어놓았다고?

그리고 그 누군가가 아침이 되기 전에 초상화를 다시 내려놓았다고? 당신 말이 얼마나 미친 소리처럼 들리는지 알아?"

"내 눈으로 똑똑히 보았으니까 하는 소리야."

"정말로?"

나는 눈을 치켜뜬다. 이선은 방금 얻은 점수를 다 까먹고 있다.

이선이 팔짱을 끼고 말을 잇는다. "새벽 3시라면 집 안이 온통 어두컴컴했을 거야. 당신은 피곤해서 제정신이 아니었을 테고. 혹시 뭔가 착각한 게 아닐까?"

"아니, 내 두 눈으로 똑똑히 봤어."

"확실해?"

나는 확실하다고 버럭 소리 지르고 싶다. 그 선명한 녹색 눈은 도저히 잘못 봤다고 착각할 수 없다.

하지만 이선이 자꾸 의문을 제기하니까 내 믿음도 흔들리는 것 같다. 그때는 정말 한밤중이었고 거실도 어두웠으니까.

*정말 착각이었나?*

"나도 잘 모르겠어."

이선은 그쯤에서 정리가 되었다고 생각하는 듯했지만 나는 아니다. 이 집에 분명 누군가가 있다. 이선은 믿지 않지만 나는 확신한다.

# 18장

아침 식사 후 우리는 식탁에 마주 앉아 어떻게 집으로 돌아갈지 궁리한다. 이 지역은 휴대폰이 안 터지고, 이 집에는 유선전화도 없다. 창문 너머 밖을 내다보니 이선의 차는 그냥 커다란 눈덩이처럼 보인다. 차 트렁크에 야전삽이 하나 있지만 사람 키보다 높이 쌓인 눈을 치우고 이 집을 벗어나기란 불가능해 보인다.

이선이 말한다. "제설차가 여기로 오고 있을 거야. 주디가 신고했을 테니까."

이선은 줄곧 나보다 낙관적이다.

"당분간 계속 갇혀 있더라도 간이음식과 식수가 있고, 전기도 들어오니까 너무 불안해할 필요 없어. 이 정도면 그리 심각한 재난 상황은 아니야."

"그래도 마음이 편하진 않아."

이선이 두 손으로 식탁을 짚고 일어선다. "차에서 노트북을 가져와 일을 좀 해야겠어. 당신은 뭐 필요한 거 없어?"

나는 심장이 덜컥 내려앉는다. "나를 여기 혼자 두고 나갔다 오겠다고?"

"15분 정도면 충분해."

어제 차에서 내려 눈보라를 뚫고 이 집까지 걸어오는 데만 해도 15분이 걸렸다. "나도 같이 갈래."

"아니, 안 돼. 당신은 임신 초기잖아. 얼마나 중요한 시기인데. 게다가 당신 신발로는 저 눈길을 한 발짝도 못 걸을 거야."

이선의 말이 옳다. 그렇다고 그의 등에 업혀 차가 있는 곳까지 갔다가 올 수도 없다.

헤일 박사의 부츠를 신는다면? 발 사이즈도 비슷할 텐데.

혼자 남는 게 무섭긴 하지만 굳이 그렇게까지는 하고 싶지 않다.

"알았어. 그 대신 최대한 빨리 돌아와야 해."

"눈 깜짝할 사이에 다녀올게."

"알았어."

이선이 현관으로 걸어가 어제 벗어둔 외투를 입고 검은색 워커를 신는다. 갑자기 그의 다리를 잡고 매달리며 제발 나를 이 집에 혼자 두지 말라고 애원하고 싶다. 그래도 그나마 날이 밝아 어젯밤보다는 덜 무섭다. 바닥에서 나를 등지고 있는 초상화를 보니 어젯밤 초상화와 눈이 마주친 건 혹시 꿈이 아니었을까 하는 생각이 든다.

이선은 현관문 앞에서 나에게 가볍게 입을 맞추고 나서 비니를 눌러쓰고 밖으로 나선다. 이제 나는 이 넓은 집에 혼자 남았다. 불안감을 떨쳐버리려고 심호흡을 몇 번 한다. 텔레비전이라도 있었다면 화면에 집중하면서 불안감을 떨칠 텐데 이 집에는 그 어디에도 텔레비전이 없다. 요즘 세상에 텔레비전도 안 보고 사는 사람이 있다니. 헤일 박사가 혹시 사이코패스는 아니었는지 몹시 궁금해진다.

그래, 이선이 돌아오려면 적어도 30분은 걸릴 테니까 테이프를 두 개는 더 들을 수 있다. 다음 내용이 몹시 궁금하다.

헤일 박사는 왜 EJ를 다시 환자로 받아주었을까? 가까이 하기에는 위험한 사람 같던데.

나는 다시 계단 뒤쪽 책장으로 직행한다. 곧장 《샤이닝》을 찾아 책등을 잡아당기자 달칵 소리와 함께 비밀의 방이 드러난다. 나는 밀실 안으로 들어가 줄 스위치를 잡아당겨 불을 켠다.

이번에는 테이프를 여러 개 챙길 작정이다. 이선이 오면 일단 사무실 책상 서랍에 숨겨두면 되니까. 나는 간밤에 들었던 빨간색 테이프 뒤로 이어지는 EJ의 테이프들을 모두 챙긴다. 비슷한 시기에 녹음된 다른 테이프들도 챙길 생각이다. 그 뒤로는 테이프가 없는 걸 보면 헤일 박사가 사라지기 직전이 분명하다.

헤일 박사 실종사건은 일 년 가까이 온 나라를 떠들썩하게 했다. 경찰이 놓친 중요한 정보를 내가 찾아낸 셈이다. 헤일 박사가 실종되기 전까지 몇 달 동안 은밀하게 남겨둔 기록들을. 마지막으로 선반을 훑어보는 동안 라벨이 다른 테이프 하나가 눈에 들어온다. '루크'의 테이프. 루크는 경찰이 유력한 용의자로 지목했던 헤일 박사의 남자친구다.

루크도 환자였나? 그렇다면 왜 이 테이프는 다른 환자들과 라벨이 다를까?

엄마는 늘 내가 호기심이 지나치게 많아서 문제라고 했다. 나는 루크의 테이프도 챙긴다. 나는 밀실 문을 닫고 헤일 박사의 사무실로 들어선다. 맨 아래 책상 서랍에 테이프들을 쏟아부은 다음 하나를 집어 들고 녹음기에 넣는다. 그리고 재생 버튼을 누르기 전에 의자에서 일어나 사무실 문을 닫는다.

# 19장

## 녹음본

*이 기록은 피해 망상장애가 있는 68세 여성 GW의 89번째 상담 기록이다.*

"안녕하세요, 헤일 박사님."

"네, 어서 앉으세요."

"아, 네, 죄송해요."

"사과하지 마세요. 여기서는 마음 편히 가지셨으면 해요."

"네, 알아요. 그냥……, 기분이 좀……."

"괜찮으세요? 오늘따라 유독 불안해 보이네요. 손도 떠시고요."

"그냥……."

"처방해드린 약은 복용하고 계시죠?"

"그게, 아뇨……."

"왜요?"

"이 얘기를 하면 내가 또 망상에 빠졌다고 할 거예요."

"말씀해보세요."

"그게……, 약사가 절 죽이려고 하는 것 같아요."

"게일."

"알아요. 내가 미쳤다고 생각하겠죠. 정신병이라고요. 하지만 이번엔 사실이에요. 그러니까, 그 사람은 약사잖아요. 사람을 죽이는 일이 얼마나 쉽겠어요. 몰래 이 약을 저 약으로 바꿔치기하기만 하면 되는데."

"그가 당신을 왜 죽이려 하겠어요?"

"날 보는 눈빛이 이상했어요. 말로는 설명 못 해요. 그리고 약봉지를 건네면서 윙크를 하지 뭐예요."

"그게 어때서요?"

"약병에 뭔가 고약한 장난을 쳤다는 뜻 아닐까요?"

"그냥 친근감의 표시일 수도 있죠. 아니면 당신에게 호감이 있거나요."

"아뇨, 절대 아니에요."

"그 약사가 당신을 해칠 이유가 뭐가 있어요?"

"누가 알겠어요? 어쩌면 사이코패스일 수도 있죠. 그놈들은 이유가 있어서 사람을 죽이는 게 아니잖아요. 갑자기 회

까닥 돌아서 그런 짓을 저지르죠!"

"그 약은 꾸준히 먹어야 효과가 있어요."

"그 약사가 지은 약은 못 먹겠어요. 그 약을 먹었다가 정말
큰일 나면 어떡해요?"

"저번에는 우체부가 당신을 죽일지도 모른다고 하셨죠?"

"네……."

"그가 정말 당신을 죽이려 했나요?"

"아직 모르겠어요. 가능성이 없진 않아요. 항상 같은 시간
에 우리 집 문밖을 기웃거리는걸요."

"우편물을 배달하려고 그랬겠죠."

"뭔가 꺼림칙한 구석이 있었어요."

"그 우체부는 당신을 해칠 생각이 없어요. 그 약사도 마찬
가지고요. 약은 꼭 챙겨 드셔야 해요."

"우리 아들하고 똑같은 말을 하시네요."

"그렇다면 아드님 말을 들으세요."

"내가 죽으면 그 녀석은 막대한 보험금을 탈 테니 차라리
그 약사가 날 죽여주길 바랄지도 몰라요."

"지나친 상상입니다. 그게, 그러니까……."

"박사님?"

"잠시만요, 문자 하나만 확인할게요. 급한 연락일 수도 있

어서……."

"무슨 일 있으세요?"

"……."

"왜 그러세요? 무슨 문자길래요?"

"죄송해요. 상담 약속을 다시 잡아야 할 것 같아요. 급한 일이 생겨서요."

# 20장

## 에이드리엔

**과거**

휴대폰 화면을 응시한다. 상담 도중 환자를 돌려보낸 건 프로답지 못한 행동이었다. 하지만 선택의 여지가 없었다. 나는 화면 속 문자 메시지를 다섯 번째 읽는다.

**안녕하세요, 헤일 박사님. 브롱크스 주차장에서 찍은 흥미로운 영상 하나 보내드려요.**

EJ에게서 온 문자 메시지다. 치료 중단 후 진작 휴대폰 번호를 차단하지 않은 것이 후회스럽다. 아니, EJ라면 내가 어떤 식으로 대처하든 이 문자 메시지를 보냈을 거라는 생각이 든다.

문자 메시지 아래에 문제의 동영상이 첨부되어 있다. 아직 열어보지는 않았지만 정지된 이미지를 보니 내가 야외 주차장에서 걸어가는 모습을 알아볼 수 있다. 회색 스커트와 흰색 블라우스 차림으로 흐트러진 머리카락을 머리 뒤로 쓸어 넘기며 걷고 있다. 며칠 전 무료 클리닉으로 출근하던 때의 모습이다.

그때 무슨 일이 있었는지 분명하게 기억한다. 영상을 보는 게 두렵지만 보지 않을 수 없다. 나는 심호흡을 하고 나서 영상을 클릭한다. 화면 속 내가 살아 움직이기 시작한다. 내 뒤를 따라오던 카메라는 내가 빨간색 제타 앞에서 걸음을 멈추자 내 모습을 줌인한다. 영상의 화질은 훌륭하다. 내가 주차하려던 자리에 끼어든 그 개자식의 차 번호판이 선명하게 보인다. 내가 핸드백을 뒤적거리며 차 옆에 몸을 웅크린 채 주위를 두리번거리는 모습, 햇빛을 받아 반짝이는 나이프로 제타의 뒷바퀴를 찌르는 모습도 아주 선명하게 잘 찍혀 있다.

그래, 누가 봐도 파렴치한 짓이다. 하지만 그때 나는 환자와의 약속 시각에 늦어 초조한 상태였다. 겨우 하나 발견한 주차 자리에 막 들어서려는데 그 자식이 난데없이 끼어들어 내 자리를 빼앗았다. 그 자식이 먼저 잘못했고, 나는 보복했을 뿐이다.

나는 항상 호신용 나이프를 몸에 지니고 다닌다. 가끔 해가 진 뒤에야 무료 클리닉 봉사가 끝나는데 치안이 썩 좋은 동네는 아니라 호신용 무기가 하나 있어야 안심이 되기 때문이다. 나는 스프레이 대신 칼을 택했을 뿐이다.

물론 남의 타이어를 펑크 낸 건 잘못된 행동이다. 그놈이 먼저 무례하고 이기적인 행위를 한 건 사실이지만 나는 그보다 성숙하게 행동했어야 한다.

그래도 누가 날 지켜보고 있을 줄은, 그것도 카메라로 찍고 있을 줄은 꿈에도 몰랐다.

휴대폰 화면에 또 다른 문자 메시지가 뜬 순간 나는 다리가 풀리며 의자에 주저앉는다.


**신문 헤드라인이 딱 떠오르네요.**
**정신과 의사이자 베스트셀러 작가 에이드리엔 헤일, 칼로 남의 차를 난도질하다.**


나는 마른침을 삼킨다. 이 영상이 퍼지면 정말 신문에 대서특필될 것이다. 정상 참작의 여지도 없이 내가 그동안 쌓은 커리어는 끝장이다.

답장을 입력하는 손가락이 덜덜 떨린다. 나는 짧은 한마디를 몇 번이나 고쳐 쓴다.

**원하는 게 뭐죠?**

즉각 답장이 날아온다.

**지금 집 앞이에요.**

머리카락이 쭈뼛 선다. 페이지와 글로리아가 보안시스템을 설치해야 한다고 했을 때 코웃음을 친 게 후회스럽다. 나는 그동안 이 집이 안전하다고 믿어왔는데 이제 더는 장담할 수 없게 되었다.

창밖을 보니 밖이 꽤 어두워졌다. 나는 가죽 의자에서 벌떡 일어난다. 이 문자 메시지를 그냥 무시할 수는 없다. 나는 EJ를 제법 오랫동안 봐왔다. 내가 아는 그는 결코 곱게 물러날 상대가 아니다.

경찰에 신고할까 하다가 고개를 젓고 현관으로 향한다. 엄밀히 말하면 EJ는 잘못한 게 없다. 아직 문밖에 있으니 주거침입죄를 적용할 수도 없고, 그가 이제는 내 환자가 아니라는 증거도 없다. 무엇보다 그가 홧김에 내 영상을 퍼뜨리면

125

내 의사 경력은 끝이다. 주도권은 EJ가 쥐고 있다.

현관문은 잠그면 그만이지만 불과 몇 발짝 떨어진 창문은 돌로도 쉽게 깰 수 있다. 창밖을 내다보니 사람 실루엣이 얼핏 보인다. 바로 그때 손에 들고 있던 휴대폰이 진동한다.

**그렇게 서 있지 말고 어서 문 좀 열어주세요.**

나는 이를 꽉 깨물고 잠금장치를 돌려 현관문을 연다. EJ가 나에 대해 아는 것보다 내가 그에 대해 더 잘 안다고 되뇌며 불안한 마음을 다스린다. 나는 그의 강점과 약점을 모두 안다. EJ는 약삭빠르고 영악하지만 충동적이기도 하다. 허점을 노리면 주도권을 빼앗을 수 있을지도 모른다.

현관문이 열리며 EJ의 모습이 드러난다. 그가 입은 마이클 코어스 재킷은 부모가 준 용돈으로 산 게 분명하다. 햇볕에 탈색된 금발은 약간 흐트러져 있고, 입가에 야비한 미소를 머금고 있다. 그는 제법 미남이지만 키가 좀 작은 편이라 나폴레옹 콤플렉스가 있다. EJ는 지금껏 수많은 여성을 만나 왔다. 짧게는 하룻밤, 길어 봤자 몇 개월이지만 나는 EJ와 사귀었던 여성들에게 진심으로 연민을 느낀다.

"계속 밖에 세워두실 거예요?"

나는 어쩔 수 없이 한 발 뒤로 물러서서 EJ를 집 안으로 들인다.

"정말이지 볼수록 멋진 집이에요." EJ가 마치 이 집에 처음 와본 사람처럼 말한다. "역시 안목이 훌륭하세요. 저 소파는 물론 진짜 가죽이겠죠?"

"나한테 원하는 게 뭐죠?"

EJ는 한 발짝 뒤로 물러서며 눈을 깜빡인다. "보자마자 화부터 내시네요."

"화가 안 나게 생겼어요?" 나는 주먹을 꽉 움켜쥔다. "나를 몰래 미행하고 동의 없이 영상까지 찍었으면서 그런 소리가 나와요?"

"박사님을 미행한 게 아니라 우연히 보게 됐을 뿐입니다."

EJ는 거짓말을 할 때마다 눈 밑이 살짝 떨린다. 다른 사람은 몰라도 내 눈은 못 속인다. 하필이면 그날 그 시간에 그의 집에서 멀리 떨어진 쇼핑센터 주차장에서 나를 우연히 보았다는 건 어불성설이다. 하지만 그건 중요치 않다. 미행이든 우연이든 EJ는 세상에 존재해서는 안 될 영상을 가지고 있다.

나는 팔짱을 끼며 다시 묻는다. "원하는 게 뭔지 물었잖아요?"

EJ가 회색 눈으로 나를 빤히 바라본다. "맹세코 나는 혜일 박사님을 곤란하게 만들고 싶지 않아요. 박사님이 나를 끝까지 도와줄 거라 믿었는데 버림받아서 속이 많이 상하긴 했지만요. 내가 유일하게 바라는 건 헤일 박사님에게 계속 상담 치료를 받는 겁니다."

입이 떡 벌어진다. "나한테 치료를 계속 받고 싶다고요? 그 영상을 삭제하는 대가로?"

"네."

EJ와 또다시 한 방에서 얼굴을 맞대고 얘기할 생각을 하니 온몸에 소름이 돋는다. "그건 좀 아닌 것 같아요. 유능한 동료 의사를 소개해줄게요. 그 대신 진료비는 내가 낼게요."

수련의 시절 몇몇 동기들의 얼굴이 떠오른다. 거금을 들여서라도 EJ를 떠넘기고 싶다.

EJ는 고개를 절레절레 흔든다. "지난번에도 말했다시피 난 다른 의사를 원하지 않아요. 박사님을 만나서 정말 많이 나아졌거든요. 박사님에게 계속 치료를 받다 보면 더 나아질 수 있을 것 같아요. 나는 오직 헤일 박사님을 원해요."

"나는 당신에게 더 해줄 수 있는 게 없어요."

"나는 그렇게 생각하지 않습니다."

나는 뺨 안쪽을 꽉 깨문다. 비릿한 피 맛이 입 안을 가득 채운다.

"좋아요, 그럼 한 달에 두 번으로 하죠."

"원래 일주일에 한 번이었잖아요."

"예약이 다 차서 빈 시간이 없어요."

EJ는 혀를 끌끌 찬다. "빈 시간이 없으면 억지로라도 만들어야죠."

"······알겠어요. 하지만 딱 거기까지예요. 무슨 말인지 알았죠?"

EJ가 두 손을 들어 보인다. "약속할게요. 일주일에 한 번, 한 시간씩만 만나 주시면 돼요. 다른 건 바라지 않을게요."

그렇게 말하는 EJ의 오른쪽 눈 밑이 살짝 떨린다.

# 21장

# 녹음본

*이 기록은 자기애성 인격 장애가 있는 29세 남성 EJ의*
*138번째 상담 기록이다.*

"이 소파에 다시 앉을 수 있게 되어서 기쁘네요."

"그렇군요."

"다시 받아주셔서 감사합니다."

"나에게 선택의 여지가 있었던가요?"

"너무 그러지 마세요, 박사님. 박사님만큼 나한테 도움이 되는 분은 없어요."

"오늘은 무슨 이야기를 하고 싶나요?"

"글쎄요. 요즘은 뭘 해도 재미없고 지루하게 느껴져요. 살 맛이 안 난다고나 할까요."

"다시 일자리를 찾아보는 건 어때요? 일에 몰두하면 지루할 틈이 없을 테니까요."

"그럴지도요. 하지만 그게 무슨 소용인가 싶어요. 언젠가 부모님이 돌아가시면 그 모든 재산이 내 차지가 되잖아요. 일을 하지 않아도 전혀 문제가 없는데 굳이 일자리를 구하려고 아등바등할 필요가 있을까요?"

"일은 생계 수단이기도 하지만 자신의 재능이나 적성을 발휘할 기회이기도 하죠. 자기 능력으로 사회에 기여할 수도 있고요."

"나는 사회에 기여하고 싶지 않아요."

"한때는 소믈리에가 되고 싶다고 했잖아요? 와인을 좋아하고 잘 아니까 한번 시도해보는 건 어때요?"

"교육 과정을 알아보니까 만만치 않더라고요. 소믈리에 전문 자격증을 따려면 최소한 몇 년은 교육받아야 해요."

"이미 여러 번 말했지만, 스스로 돈을 벌어서 삶을 꾸려나가면 정신 건강에도 좋아요. 설마 부모님이 돌아가실 때까지 모든 걸 부모님께 의지할 생각은 아니죠?"

"글쎄요. 두 분 다 꽤 연로하시거든요."

"……."

"게다가 엄마는 정말 지독하게 운전을 못 해요. 언젠가 아버지를 조수석에 태우고 가다가 트럭을 들이받아 나란히 돌아가실지도 몰라요."

"어머니가 그렇게 운전이 서투르시다고요? 트럭을 들이받을 만큼?"

"뭐, 꼭 그렇지는 않아도 브레이크가 고장 날 수도 있잖아요."

"……."

"왜 그러세요, 박사님? 갑자기 얼굴이 창백해졌는데."

"설마 부모님의 차 브레이크에 무슨 짓을 하겠다는 건……"

"예? 설마요! 가끔 짜증 나게 굴 때도 있지만 나는 우리 부모님을 진심으로 사랑합니다. 브레이크 고장은 그냥 한 말이에요."

"그렇군요."

"이번 주말에는 용돈 좀 벌어보려고요."

"무슨 일을 하기로 했는데요?"

"폭스우즈 카지노에서 주말을 보낼 생각입니다."

"아, 도박으로 돈을 벌겠다는 거군요. 안정적인 계획은 아니네요."

"저 포커 잘 치거든요. 토요일 오후에 몇천 달러쯤 벌고, 밤에는 재미를 좀 보려고요."

"재미라면?"

"마음에 드는 여자와 같이 놀아야죠."

"아, 그런 재미요."

"헤일 박사님이 같이 놀아주신다면 더 좋겠지만요."

"정중히 사양할게요."

"그럼 다음에 같이 가실래요?"

"아뇨."

"내가 상상하는 판타지가 뭔지 들어보실래요?"

"그런 얘기는 그만하죠. 지금 우리는 당신의 삶을 정상궤도에 올려놓기 위해 이 자리에 마주 앉아있는 거예요."

"어차피 나를 위해 주어진 시간이잖아요. 내가 하고 싶은 얘기를 하겠다는데 뭐가 문제죠?"

"상담 치료라는 목적에 충실하자는 뜻입니다. 나한테 도움을 받고 싶다면서요."

"하지만 지금까지의 상담 치료에 딱히 진전이 없었다고 박사님도 인정하시잖아요. 그러니까 오늘은 내 방식대로 해보는 건 어때요?"

"상담 방향을 피상담자가 주도하는 경우는 없어요."

"어쩌면 내 방식대로 하는 게 더 나을지도 몰라요. 이번엔 내가 하고 싶은 얘기 위주로 해보죠."

"……."

"박사님?"

"알았어요, 어디 말해봐요. 그 판타지가 뭔지."

"별거 아니니까 너무 질색하지 마세요. 그냥, 혼자 카지노 테이블에 앉아있는데 엄청나게 섹시한 여자가 다가와 내 옆에 앉는 거예요."

"그래서요?"

"그 여자는 한마디도 하지 않아요. 이름을 물어도 대꾸가 없고요. 그저 내 쪽으로 술 한 잔을 쓱 밀어놓아요. 나를 원한다는 신호죠. 우리는 곧장 호텔 객실로 올라가 밤새 짐승처럼 뒹굴어요. 일을 다 치르고 나면 그 여자는 말없이 떠나고요. 그 후 두 번 다시 만날 수 없죠."

"아름다운 판타지네요."

"비아냥거리는 건 헤일 박사님하고 어울리지 않아요. 그냥 내가 얘기할 때 경청하는 척이라도 해주세요. 그게 상담가의 바람직한 태도죠."

"솔직히 나는 이런 대화가 생산적이지 않다고 생각해요. 역시 다른 유능한 의사에게 가는 편이 낫겠어요. 비용은 내가 부담하기로 하고."

"그렇게는 안 되겠는데요."

"이유가 뭐죠?"

"나는 박사님만을 원하니까요."

## 22장

# 트리샤

**현재**

딸칵 소리와 함께 녹음기가 꺼진다. 방금 들은 내용으로 미루어보면 EJ가 헤일 박사에게 치료를 계속하도록 강요한 것 같다. 어쩌면 헤일 박사를 협박하고 있었을 수도 있다.

무엇을 빌미로?

EJ의 기록을 계속 들어야 할까? 그의 목소리에는 소름 끼치는 구석이 있다. 듣기만 해도 좋은 사람이 아니란 걸 알 수 있다.

"트리샤?"

방문을 두드리는 소리에 나는 소스라치게 놀란다. 황급히 녹음기를 책상 서랍에 넣자마자 사무실 문이 벌컥 열린다. 이 집의 문들은 하나같이 잠금장치가 되어 있지 않다.

이선이 문 앞에 서서 묻는다. "여기서 뭐 해?" 그의 청바지

밑단이 눈에 젖어 있다.

나는 책상에 놓인 펜을 집어 들고 원목 상판을 두드린다.

"딱히 할 일도 없고 해서 이력서나 써볼까 하고."

제법 그럴싸한 거짓말이다. 지금은 일을 쉬고 있지만 나는 원래 온라인 잡지사에서 일했다. 연인을 후끈 달아오르게 만드는 12가지 테크닉, 침실 분위기를 에로틱하게 바꾸는 5가지 팁, 굶지 않고 7킬로그램 감량하기 등이 내가 기획해서 쓴 칼럼이다. 나는 독자들의 클릭을 유도하는 방법을 잘 알았다. 그런데 결혼하기 직전에 잡지사가 부도나는 바람에 실업자가 되었고, 그대로 벌써 반년이 지났다.

일하기 싫은 건 아니다. 나도 사회의 생산적인 일원이 되고 싶다. 하지만 경험상 잡지사에서 정규직 자리를 얻는 건 그리 쉬운 일이 아니다. 솔직히 새집을 구하는 일은 구직 활동을 피하는 구실이기도 했다. 부동산 계약뿐 아니라 이삿짐을 정리하고 새로 단장하는 일에는 많은 시간과 노력이 들기 마련이니까. 게다가 이제 덜컥 임신까지 해버렸다.

이선이 잔뜩 인상을 찌푸리는 걸 보면 내가 취업하길 바라지 않는다는 뜻이다.

"이제 막 임신했는데 일자리를 구하겠다고?"

"아직 낳으려면 멀었어." 나는 내심 이선의 말이 마음에 든다. "당장 구한다는 게 아니라 그냥 천천히 알아보려고."

"나는 그냥 당신이 집에서 편하게 쉬면 좋겠는데."

이선의 말을 들으니 마음이 훈훈해진다. 내 친구들이 왜 이선을 탐탁지 않게 보는지 모르겠다. 내가 남편 이야기를 할 때마다 이것도 적신호, 저것도 적신호라고 한다. 하지만 이선은 정말 좋은 남자다. 부모님을 여의고 혼자라는 사실도, 연애 경험이나 친구가 많지 않다는 사실도 그가 좋은 남자가 아니라는 이유는 되지 않는다.

엄마에게 그 얘기를 했더니 친구들이 질투가 나서 그런다고 했다. 내가 돈 많고 잘생긴 데다가 나밖에 모르는 남편과 살고 있으니까.

"노트북 찾았어?"

이선이 맥북을 들어 보이며 말한다. "눈에 파묻힌 차에서 가까스로 꺼내왔지."

나는 헤일 박사가 쓰던 사무실을 둘러본다. 이선이 나중에 서재로 꾸미고 싶어 하는 공간이다.

"이 방에서 일하고 싶어?"

"흠……, 아니, 다 좋은데 채광이 별로네."

다른 방은 대부분 커다란 통유리창이 있는데 이 방에는 작은 창이 하나 있을 뿐이다. 어쩌면 바로 그래서 헤일 박사가 이 방을 상담 진료실로 사용했을 것이다. 조용하고 아늑한 분위기가 느껴지니까.

"나는 2층에서 일 좀 할게." 이선이 말한다. "당신은 계속 여기 있을 거야?"

"응, 이력서 좀 구상하려고."

"취업하고 싶다면 굳이 말리지는 않을게. 하지만 나는 당신이 평생 아무 일도 안 하고 살겠다고 해도 상관없어."

그게 꼭 내가 원하는 바는 아니지만, 진심으로 날 아끼는 마음이 느껴진다.

아마 내 친구들은 또 색안경을 끼고 이선이 돈으로 날 조종하려 하는 거라고 흉을 볼 것이다. 들을 가치도 없다. 이선은 그냥 좋은 남자일 뿐이니까.

"아무튼, 여기 혼자 있어도 괜찮겠어? 뭐 필요한 거 없어?" 이선이 묻는다.

"응, 괜찮아."

"진짜?"

"응, 진짜."

나는 어서 이선이 2층으로 올라가주었으면 하는 마음이다. 내 신경은 온통 녹음기에 가 있다. 이 테이프들을 다 들으면 에이드리엔 헤일 박사에게 무슨 일이 일어났는지 알아낼 수 있을지도 모른다.

이 집을 떠나기 전에 꼭 알아내고 싶다.

나는 책상 맨 아래 서랍을 열고 테이프들을 뒤적여 라벨이 다른 테이프를 찾아낸다. 루크. 헤일 박사의 남자친구이자 납치 용의자. 이 테이프에는 어떤 내용이 담겨 있을까?

나는 녹음기에서 EJ의 테이프를 꺼내고 새 테이프를 넣는다. 그런 다음 재생 버튼을 누른다.

# 23장

## 에이드리엔

**과거**

"루크 오늘 왔나요?"

내 물음에 글로리아의 눈이 반짝인다. 하지만 나는 무료 클리닉에 도착하자마자 루크를 찾는 이유를 글로리아에게 설명할 생각이 없다. "네, 왔어요. 지금 뒤쪽 문서실에서 그리피스 박사님을 돕고 있어요."

오늘 첫 환자 예약 시간까지는 15분 남았다. 그 전에 루크와 얘기하려고 일찍 온 것이다. 그가 올 거라고 확신할 순 없었지만, 이제껏 내가 오는 날마다 마주쳤다. 우연일까? 글쎄, 두고 보면 알겠지.

"그리고 카드가 또 왔어요. 초콜릿도요." 글로리아가 덧붙인다.

글로리아는 알록달록한 초콜릿 한 상자와 분홍색 편지 봉투를 건넨다. 겉면에는 '헤일 박사님께'라고 적혀 있다. 루크를 찾고 싶은 마음이 간절하지만, 잠시 짬을 내어 봉투를 열고 하늘을 나는 새가 그려진 카드를 꺼낸다. 형편없는 악필로 적힌 글이 눈에 들어온다.

헤일 박사님께

박사님은 저에게 이루 말할 수 없이 큰 도움을 주셨어요. 박사님을 처음 만났을 때 저는 인생의 암흑기를 겪고 있었어요. 박사님이 아니었더면 저는 아마 이 자리에 없을 거예요. 박사님은 제 생명의 은인이세요. 복 받으실 거예요.

롤라 에르난데스

나는 카드를 다시 봉투에 넣어 재킷 주머니에 챙긴다. 가끔 우울한 날에 꺼내 보는 다른 카드들과 함께 간직할 것이다. 하지만 지금은 감상에 젖을 여유가 없다. 내 의사 경력이 걸린 일이 우선이다.

"초콜릿도 챙기셔야죠, 박사님." 글로리아가 일깨운다.

카드는 고맙지만 초콜릿은 의심할 여지없이 싸구려다. 나는 고개를 젓는다. "가져가요, 글로리아. 손주들 나눠줘요."

"먹고 살 좀 찌우세요. 남자들은 너무 마른 것보다 조금 살집이 있는 걸 좋아하니까."

나는 움찔한다. 나에게 너무 말랐다며 걱정을 빙자한 오지랖을 부리는 사람은 글로리아뿐만이 아니다. 어떻게 남의 체형을 자기가 상관할 일이라고 여기는지 모르겠다. 나는 애써 대꾸하지 않고 초콜릿 상자를 내버려둔 채 문서실로 향한다.

문서실로 다가가자 루크와 그리피스 박사가 대화하는 소리가 들린다. 그리피스 박사는 잔뜩 신경이 곤두선 말투다. 그게 평소 말투이긴 하지만.

"그냥 화면을 보고 싶은데 클릭할 때마다 편집 화면이 열리거나 메모창이 뜬다고요."

"두 번 클릭해서 그래요. 한 번만 클릭해보세요."

"한 번만 클릭했어요. 이거 봐요. 또 그러잖아요."

"두 번 클릭했으니까요."

"아니라니까요."

나는 문서실에 들어선다. 루크가 몇 번이나 인내심 있게 설명했지만, 그리피스 박사의 덥수룩한 흰 눈썹이 잔뜩 구겨진 걸 보니 박사는 끝내 이해하지 못한 모양이다. 아마 영영 이해하지 못하리라.

문을 가볍게 두드리자 루크의 갈색 눈동자가 날 보고 반짝인다. 나는 오늘 옷장 구석에 걸린 빨간 원피스를 꺼내 입었다. 한 연구에 따르면 남성은 빨간 옷을 입은 여성에게 성적 매력을 느낀다고 한다. 빨간 옷을 입은 여성에게 데이트를 신청할 가능성이 더 크고, 데이트에 더 많은 돈을 지출하는 경향이 있다고 한다.

"에이드리엔! 여긴 어쩐 일이에요?" 루크가 반갑게 묻는다.

"잠깐 시간 있어요, 루크?"

그는 나와 그리피스 박사를 번갈아 본다. 노인을 돕고 싶은 마음과 나와 얘기하고 싶은 마음 사이에서 갈등하는 듯하다. 고맙게도 그리피스 박사가 눈치껏 엉거주춤 일어선다.

"나중에 다시 배우러 올 테니 두 분이 편안하게 말씀 나눠요."

그리피스 박사가 방을 나서자 루크가 내 앞으로 다가온다. 그는 오늘 좀 달라 보인다. 잘 다려 입은 하늘색 드레스 셔츠에 갈색 넥타이를 헐겁게 매고, 면도를 말끔히 한 얼굴이다. 항상 비누 냄새를 풍기던 그의 몸에서 머스크 향이 난다.

"어쩐 일이에요?" 루크가 묻는다.

나는 두 손을 꽉 쥐고 대답한다. "나 좀 도와줄 수 있어요?"

루크의 입꼬리가 씩 올라간다. "미리 경고하는데, 클릭이랑 더블 클릭의 차이를 묻는 거면 화낼지도 몰라요."

나는 억지로 웃어 보인다. 그 협박 영상을 본 뒤로 잠을 설친 탓에 좀 초췌하지만 오늘 아침은 정성스럽게 꾸몄다. 특히 다크서클을 가리려고 공들여 화장했다. "그건 아니고요. 집에 보안시스템을 설치하려고 하는데 당신이 좀 도와줄 수 있나 해서요."

그의 안경 너머 갈색 눈이 깜빡인다.

"어머니 댁에 설치해드렸다고 했죠?" 나는 목을 가다듬는다. "나도 하나 설치할까 하거든요."

루크는 깨끗하게 면도한 턱을 엄지로 문지른다. "그렇긴 한데……."

"물론 사례는 할게요."

괜한 말을 했다. 루크가 정색을 한다. "그게 아니라, 내 생각엔 차라리 보안업체를 부르는 게 나을 것 같아서요. 우리 어머니 집은 그냥 작은 시골집이거든요."

낯선 사람들이 내 집 주변에 감시 카메라를 설치하고 관리할 거라 상상하니 오히려 내가 감시당하는 느낌이다. 내 집의 감시자는 오직 나여야 한다.

"관련 장비는 이미 모두 구입했으니 설치를 도와줄 사람이 필요해요. 내가 직접 해보려고 했는데 쉽지 않더라고요."

"어떤 제품이든 전문가가 설치해야 뒤탈이 없을 텐데요."

"전문가는 필요 없어요. 당신이 해줬으면 좋겠어요. 부탁할게요."

"내가 할 수 있을지……."

"저녁 식사라도 대접할게요. 어디든 원하는 곳에서요."

"하지만……."

"제발요, 루크."

"알겠어요, 정 그렇다면 내가 설치해볼게요."

나는 안도의 한숨을 내쉰다. 물론 보안시스템을 설치한다고 EJ로부터 날 보호할 수 있는 건 아니지만 그래도 없는 것보다는 나을 것이다. EJ가 내 집 근처에 숨어서 날 지켜보고 있다고 생각하면 미칠 것 같다. 남의 꿍꿍이속도 모른 채 끌려다니는 느낌이 너무 낯설고 싫다.

"루크." 나는 고마운 마음에 나도 모르게 그의 팔을 잡으며 감사를 표한다. "정말 고마워요."

"뭘요." 루크가 씩 웃는다. 다림질한 셔츠와 넥타이, 말끔히 면도한 얼굴 때문인지 오늘따라 잘생겨 보인다. "그런데 식사 대접은 필요 없어요."

"작은 성의니까 거절하지 마요."

"정말 괜찮아요."

루크의 목소리에 단호함이 묻어난다. 사례 차원의 식사 대접은 받지 않겠다는 태도다. 그는 기회가 주어진다고 무조건

잡아서 밀어붙이는 남자가 아니다.

"마음 바뀌면 꼭 말해요."

"그럴게요. 그럼 설치는 언제 할까요?"

"빠를수록 좋아요."

"오늘 한가하긴 한데……."

왠지 그럴 거라고 짐작했다.

- - -

루크가 파란색 도요타를 내 렉서스 뒤에 세운다. 내비게이션에 집 주소를 입력해주긴 했지만 큰 도로를 벗어나면 GPS 수신이 끊길 가능성이 크니 내 차를 따라오라고 했다. 나는 보통 환자들에게 집에 찾아오는 길을 구체적으로 알려준다.

루크가 넥타이를 느슨하게 풀며 차에서 내린다. "이 정도로 외딴곳에 사는 줄 몰랐어요. 이 근방에 다른 집이 하나도 없던데요."

"맞아요." 여기서 가장 가까운 집은 3킬로미터 떨어져 있다.

루크가 좁은 비포장도로를 둘러싼 나무들을 둘러본다. "겨울에 눈 오면 어떡해요? 갇힐 것 같은데."

"제설 업체랑 계약했어요. 제설차들이 와서 눈을 싹 밀어

줄 거예요."

다행히 다른 질문은 이어지지 않는다. 루크는 차 트렁크에서 공구 상자를 꺼내 들고 날 따라 현관문으로 향한다. 내가 문을 열자 루크가 뒤따라 들어오면서 작게 감탄한다.

"와. 대저택이네요."

"좀 크긴 하죠."

루크가 쑥스러운 듯이 웃는다. "헤일 박사님이 성에 사는 줄은 몰랐네요."

나는 그 말을 못 들은 척하고 한쪽 벽 가까이 밀어둔 택배 상자를 턱짓으로 가리킨다. "저 상자 안에 보안시스템 키트가 들어있어요." 어제 20분에 걸쳐 설명서를 읽어봤지만 나 혼자서는 도저히 설치하기 힘들다고 판단했다.

루크가 쭈그리고 앉아 상자를 뒤적거린다. 나는 그가 도저히 못 하겠다고 할까봐 마음이 조마조마하다. 내가 보기에 루크는 누구보다 디지털 기기를 잘 다루는 사람이지만, 그건 기계치에 가까운 내 기준이다. 그래도 트렁크에 공구 상자를 챙겨 다닐 정도면 믿어도 좋을 것이다.

"할 수 있을 거 같아요?"

"못 할 거 없죠."

그제야 긴장이 조금 풀린다. "현관 앞에 카메라도 설치해줄 수 있어요? 내 휴대폰하고 연동해서 볼 수 있게요."

"물론이죠."

"완벽해요."

루크가 작은 봉지에 담긴 볼트를 꺼내 유심히 살핀다. "벽에 작은 구멍 몇 개 뚫어도 돼요?"

"필요하다면 얼마든지요."

루크가 날 올려다본다. "계속 거기 서서 지켜보게요? 시간이 제법 많이 걸릴 테니까 다른 일 하고 계시면 됩니다. 설치 끝나면 알려줄게요."

솔직히 루크가 작업에 열중하는 모습을 계속 지켜봐도 그리 지루할 것 같지는 않다. 인정하기 싫지만 루크가 공구함을 뒤적거리는 모습이 꽤 매력적으로 보인다. 나는 남자와 데이트한 지 제법 오래되었다. 관계를 이어갈 만한 남자가 워낙 드무니까. 대다수 여자들처럼 욕구불만에는 이미 면역이 된 줄 알았는데, 지금 루크를 보고 있자니 아직은 아닐지도 모른다는 생각이 든다.

나는 헛기침 하며 쓸데없는 생각을 저만치 밀어낸다. "그럼 난 사무실에서 일 좀 할게요. 필요한 게 있으면 말해요."

"그럴게요."

나는 사무실 책상에 앉아 한 시간 반 동안 이메일에 답장한다. 설치가 잘 되어가는지 들여다보고 싶지만 루크에게 방해가 될 수도 있으니 그가 제 발로 찾아올 때까지 인내심을 가지고 기다린다.

시간이 좀 지나서 이제 확인하러 가볼까 생각하는데 마침 노크 소리가 들린다. "헤일 박사님?"

"잠시만요."

나는 쓰던 이메일을 마무리하고 나서 사무실을 나선다. 루크가 근처 책장 앞에 서서 내 책을 들여다보고 있다. 곧 전국 서점가에서 주목할 내 최신작 《공포의 해부학》이다.

"아, 미안해요." 루크가 얼굴을 붉힌다. "박사님이 쓴 책이라 궁금해서 허락도 안 받고 들춰보고 있었어요."

"아직 출간 전인 책이에요. 그건 가제본이고요."

"흥미로워 보여요." 그가 다시 쑥스러운 미소를 짓는다. "전작도 읽어봤는데 정말 인상 깊었어요. 깊이 있는 내용인데도 잘 읽히더라고요."

"칭찬 고마워요."

"평소에 많이 들으시겠죠."

"나는 루크가 손에 든 책을 내려다본다. "한두 달 후에 출간될 책인데 공들여 쓴 작품이라 내심 기대가 커요."

"주제가 공포인가봐요?"

나는 고개를 끄덕인다. 책이 출간되면 여러 매체와 인터뷰를 하겠지만 당장은 책 이야기를 할 기회가 없어 입이 근질근질한 참이었다.

"이 책은 극한의 공포를 겪고 살아남은 사람들이 그 트라우마를 어떻게 극복해나가는지 다룬 책이에요."

"대체로 내용이 무겁겠네요."

"이 책에서 다룬 가장 인상적인 사례는 내가 몇 년 동안 상담 치료를 해온 환자 PL의 사례에요. 약혼자랑 절친한 친구 두 명과 함께 주말여행을 떠났었죠. 휴대폰도 안 터지는 산간벽지로요."

루크가 씩 웃는다. "아, 여기랑 비슷하겠네요?"

"여기보다 훨씬 깊은 숲속이었어요." 나는 루크를 흘겨본다. "어쨌든, 그날 네 사람은 술을 진탕 마시고 대마초도 피웠어요. 어떤 미치광이가 도축용 칼을 들고 오두막에 침입했을 때 완전히 무방비 상태였죠." 나는 책에 쓴 내용을 떠올리며 마른침을 삼킨다. "범인은 그들이 도망칠 수 없도록 차 타이어까지 펑크를 내놓을 만큼 용의주도했어요. 그리고 네 명 모두 칼로 찔렀죠. 유일하게 살아남은 PL은 간신히 숲을 빠져나와 큰 도로에 다다랐고, 결국 지나가는 차를 세워서 겨우 목숨을 건졌어요."

루크가 긴 한숨을 토해낸다. "정말이지 끔찍한 사건이었네요."

나는 그의 손에서 책을 넘겨받으며 말한다. "더 끔찍한 건 아직 범인이 잡히지 않았다는 거예요."

"맙소사, 경찰이 수사를 어떻게 했길래 아직도 범인을 못 잡았죠? 범행 동기는 밝혀졌나요?"

"숲속에서 생면부지 네 사람을 공격한 살인마에게 동기라는 게 있을까요?"

"그렇다면 범인이 사이코패스란 뜻인가요?"

"그렇겠죠. 유일한 생존자인 내 환자는 일 년 넘게 밤마다 악몽에 시달렸어요." PL의 충혈된 눈과 다크서클이 눈에 선하다. "꿈에서 자신을 지켜보고 있는 범인을 보고 비명을 지르면서 깨곤 했죠. 그리고 그 살인마가 밖에서 자유롭게 돌아다닌다는 생각에 괴로워했어요. 그 모든 고통을 이겨내고 삶을 되찾기까지 정말 많은 시간과 치료가 필요했죠."

"박사님 덕분에 극복할 수 있었겠네요."

"그랬으면 좋겠어요. 그렇게 극심한 트라우마는 극복하기 어렵거든요."

루크가 거실 쪽을 돌아본다. "그럼 이제 내가 설치한 보안 시스템에 대해 설명해줄게요."

이제 루크 덕분에 일 층의 모든 창문에 센서가 달렸고, 현관문 바로 안쪽에 제어판이 있다. 그는 나에게 제어판에 여섯 자리 암호를 입력하게 한다. 암호는 돌아가신 엄마의 생일이다.

　"암호를 입력하면 보안시스템을 작동하거나 해제할 수 있어요. 원한다면 특정 시간대에만 작동하지 않도록 설정할 수도 있고요."

　"감시 카메라는요?"

　"현관문 바로 위에 설치했어요. 휴대폰에서 앱을 다운받아 연결하면 연동될 거예요." 루크가 손을 내민다. "괜찮다면 내가 해줄게요."

　나는 휴대폰을 사무실에 두고 와서 루크와 함께 가지러 간다. 루크는 내 휴대폰을 건네받자마자 빠르게 작업을 마친다. 이제 나는 현관 밖을 실시간으로 감시할 수 있다.

　"정말 고마워요. 큰 신세를 졌네요."

　그런데 루크는 말없이 내 책상 옆 책장 한구석을 뚫어져라 보고 있다. "저 기기는 뭐죠?"

　수년 동안 이 방에서 환자를 봤지만 두 책 사이에 숨겨놓은 녹음기를 알아차린 사람은 그가 처음이다.

　"테이프녹음기예요."

"녹음기요?"

"환자들의 상담을 전부 녹음하거든요. 기록용으로요."

루크가 눈살을 찌푸린다. "전부 다요?"

"네." 나는 별일 아니라는 듯 어깨를 으쓱한다. 뉴욕주에서는 자신이 참여하는 대화라면 상대방 모르게 녹음해도 불법이 아니다. "수기 메모 대신 사용하는 거예요. 지난 상담에서 어떤 대화를 나눴는지 자세히 기억할 필요가 있거든요. 여긴 EMR 시스템이 갖춰져 있지 않아서요."

나는 루크의 표정을 살핀다. 환자에게 허락도 구하지 않고 상담 내용을 녹음하는 내 방식이 옳지 않다고 비난하거나 환자들에게 비밀 준수 위반 사실을 알려야 한다고 주장할 수도 있다. 그런데 마침내 입을 연 루크가 예상외의 말을 한다. "디지털 방식으로 해야죠."

"디지털이요?"

"네, 이 방식이면 어마어마하게 많은 테이프가 필요할 텐데, 컴퓨터나 외장 하드에 저장하는 편이 훨씬 깔끔하고 간편하지 않겠어요?"

"나는 아날로그 방식을 선호해요."

"설마 내가 타임머신을 타고 1980년대로 온 건 아니죠?"

루크의 농담에 나도 피식 웃음을 흘린다. 점점 그에게 호감이 간다.

"이래 봬도 이 녹음기 성능이 얼마나 좋은지 한번 확인해볼래요?" 내가 말한다.

"지금요?"

"네. 저 소파에 앉아봐요. 내가 상담 치료를 어떻게 하는지 보여줄게요."

루크가 내 가죽 소파를 돌아보며 미소 짓는다. "당장 여기서요?"

"네, 무료 상담이라고 생각해요. 재밌을 거예요."

"재미요? 긴장되는데요?"

"내 실력을 못 믿겠어요?"

루크가 소파의 팔걸이를 손으로 쓰다듬는다. "그런 뜻은 아니었어요. 그러니까 나한테 맛보기 상담 치료를 해주겠다는 거죠?"

"참고로 정식으로 받으려면 꽤 비싸요."

"아, 그렇겠죠." 루크가 다시 가죽 소파를 돌아본다. 선뜻 내키지는 않지만 거절하고 싶지도 않은 기색이다. 오늘 그는 나를 위해 상당한 시간과 노력을 들였다. 성품은 좋은 사람이지만 순수한 호의만은 아니었을 테다. "좋아요. 한번 체험해보죠."

# 24장

## 녹음본

*이 기록은 삼십 대 남성 LS와의 첫 번째 상담 기록이다.*

"정확히는 서른여섯입니다."

"그렇군요. 평범해 보이지만 컴퓨터와 전자기기를 능숙히 다루고 트렁크에 공구함을 넣어 다니는 36세 남성 LS로군요."

"내가 그 공구함을 가지고 있던 걸 고맙게 여기셔야 할 텐데요."

"네, 참 다행이었죠. 이제 자신에 대해 좀 얘기해볼래요?"

"어떤 얘기요?"

"뭐든지요. 보통은 첫 상담에서 직업 얘기를 많이 하죠."

"음……, 나는 대학에서 컴퓨터 공학으로 석사 학위를 받았고, 쭉 정보통신 분야에서 일해왔어요. 지난 5년 동안은 여러 의료 시설의 EMR 구축을 도왔고요."

"일이 즐겁나요?"

"아무래도 일이니까 꼭 즐겁지만은 않죠. 그래도 그럭저럭
할 만해요."

"배우자는 있나요?"

"없다는 거 아시잖아요."

"왜 내가 알 거라고 생각하죠?"

"결혼반지를 안 꼈으니까요."

"결혼반지를 안 끼고 다니는 기혼 남성도 많아요."

"그렇긴 하죠."

"결혼한 적 있나요?"

"음……."

"루크?"

"네, 있어요."

"이혼했나요?"

"사별했죠."

"아, 그런 아픔이 있는 줄은 몰랐어요."

"괜찮아요. 오래전 일이죠."

"얘기해볼래요?"

"아뇨, 그 얘기는 별로 하고 싶지 않아요. 그냥 넘어가도
되나요?"

"그럼요, 하지만⋯⋯."

"역시 괜한 짓이었어요. 녹음기 꺼주세요."

"난 아직 당신에 대해 궁금한 점이 많아요."

"정말요?"

"네, 당신은 아주 복잡하고 흥미로운 사람이니까요, 루크 스트라우스."

"하하."

"농담 아니에요. 잘 알지도 못하는 여자의 부탁을 들어주느라 소중한 저녁 시간을 포기했잖아요. 아무런 대가도 바라지 않고요."

"내가 보안시스템을 설치해주지 않아서 외딴곳에 혼자 사는 여자에게 무슨 일이라도 생기면 어떡합니까?"

"당신은 좋은 사람이군요."

"그렇게 봐주시니 고맙지만, 나는 그냥 기회주의자일지도 몰라요."

"왜요? 그 대가로 나한테 아무것도 바라지 않았잖아요."

"맞아요. 뭘 바라고 한 일은 아니에요. 나는 그저⋯⋯."

"그저?"

"아니에요. 신경 쓰지 말아요."

"편하게 얘기해봐요."

"그 여자는……, 아주 훌륭한 사람이거든요. 엄청나게 유능하고, 바쁜 시간을 쪼개 매주 무료 클리닉에 나와 환자들을 정성껏 진료해요. 본인은 대수롭지 않게 여기는 것 같아도 아무나 할 수 없는 일이죠. 나뿐 아니라 다들 그렇게 생각해요."

"그래서 그 여자를 돕고 싶었군요?"

"네, 그런 것도 있지만……."

"있지만……?"

"그 여자는 아름답기도 하거든요."

"정말 그렇게 생각해요?"

"네, 누구나 그렇게 생각할 거예요."

"그렇군요. 그러니까 남자로서 그 여자에게 매력을 느낀다는 건가요?"

"흠……."

"지금 얼굴 빨개진 거 알아요?"

"하하, 완전히 즐기시는 것 같네요. 그래요, 박사님. 나는 그 여자에게 관심이 아주 많아요."

"그 여자는 당신을 어떻게 생각하는데요?"

"글쎄요. 지난주까지만 해도 별로 관심 없어 보였는데, 지금은 잘 모르겠네요. 워낙 속을 읽기 어려운 분이라서."

"그래요?"

"네, 그 여자 집에 두 시간 넘게 있었는데, 갑자기 날 소파에 앉히더니 이런저런 질문을 던지더라고요. 질문을 받는 내내 생각했어요. 지금 당장 소파에서 일어나 그 여자에게 키스하면 어떨까, 하고요."

"왜 그렇게 하지 않는데요?"

"그 여자가 원하지 않으면요? 내 뺨을 때리면서 화를 내면요?"

"그럴 것 같지는 않은데요."

"정말요?"

"시도해보지 않으면 알 수 없죠."

# 25장

## 에이드리엔

**과거**

루크 스트라우스와 자게 될 줄은 몰랐다. 저녁 식사 때 술한잔쯤 하게 될지도 모른다고는 생각했지만, 이렇게 침대로 직행할 줄은 전혀 몰랐다.

그래서 불쾌한 것은 아니다. 오히려 그 반대다. 나는 평생 남자와 육체적 교감을 나누지 않고도 살 수 있다고 믿었는데, 루크가 나에게 키스한 순간 내가 그동안 단단히 착각하고 있었다는 걸 깨달았다. 나는 안달이 나도록 그의 몸을 원했다. 루크가 날 배려해 속도를 늦추려 하면 가만히 내버려두지 않고 더 적극적인 몸짓으로 이끌었다.

*에이드리엔, 당신이 원한다면.*

알고 보니 루크는 여자를 어떻게 만족시켜줄지 아주 잘 아는 남자였고, 우리는 더할 나위 없이 뜨거운 밤을 보냈다. 아주 만족스러웠다.

이제 나는 알몸으로 루크의 팔베개를 베고 누워 어떻게 하면 그를 기분 상하게 하지 않고 집으로 돌려보낼 수 있을지 궁리하고 있다. 자정이 훌쩍 넘은 시간인데 그는 아직 돌아갈 생각이 없어 보인다. 섹스는 좋았지만 한 침대에서 잠을 자고 싶지는 않다. 나는 잠을 잘 때 누군가 옆에서 몸을 뒤척이거나 코를 골거나 몸을 껴안는 걸 싫어한다. 잠은 아무런 방해도 받지 않고 혼자 편하게 자고 싶다. 뭐라고 말하면 좋을까?

*오늘 즐거웠어요. 많이 늦었는데 이제 슬슬 집에 돌아가야죠?*

너무 멋대가리가 없다. 어쩌면 이대로 꼼짝없이 그와 밤을 보내야 할지도 모른다.

루크가 내 귓가에 대고 중얼거린다. "나, 배고파요."

그 말에 맞장구치듯이 내 배에서 꼬르륵 소리가 난다.

루크가 웃는다. "함께 아래층에 가서 먹을 것 좀 가져올까요?"

"좋은 생각이에요."

냉장고 안에 먹을거리가 있긴 한지 모르겠다. 하지만 냉장고가 텅 비어 있다고 하더라도 루크는 대수롭지 않게 받아들일 것 같다. 그는 편안하고 털털한 스타일이다. 다만 내가 그런 기질을 계속 좋아하게 될지는 알 수 없다.

침대에서 일어나 여기저기 흩어져 있던 옷가지를 찾아 입던 루크가 바지 지퍼를 올리다가 내 시선을 감지하고 멋쩍게 웃는다. 나는 실로 오랜만에 행복감을 느낀다.

EJ, 그 개자식이 촬영한 영상이 내 머릿속을 다시 흐려놓는다.

*지금 그놈은 생각하지 말자.*

루크는 단추가 반쯤 풀린 셔츠를 집어 들고 그냥 뒤집어써 입는다. 넥타이는 주머니에 쑤셔 넣는다. 나도 아까 벗어던진 옷을 주워 입을까 하다가 그냥 욕실 문에 걸린 빨간 플리스 가운으로 몸을 감싼다. 내 모습이 마음에 드는지 루크가 흐뭇하게 웃는다. 어쩌면 나는 무의식중에 이런 순간을 기대하며 빨간색 가운을 샀는지도 모른다.

냉장고 상황은 내가 우려했던 것보다 심각하다. 루크가 집어 든 빵에는 녹색 곰팡이가 피어 있다. 찬장에는 마른 파스타가 있지만, 소스라고는 케첩뿐이다.

"나는 주로 외식을 하는 편이라서요." 내가 미안함을 담아 말한다.

"외식이라도 한다면 다행이네요. 끼니는 잘 챙겨야죠."

루크는 다른 찬장을 열어 오래된 소금과 땅콩버터 병을 꺼낸다. 나는 냉장고에서 생수 두 병을 꺼내 하나를 루크에게 건넨다. 루크가 식빵에 소금과 땅콩버터를 펴 바른다.

"미안해요."

"미안해할 거 없어요." 루크가 버터나이프에 묻은 땅콩버터를 핥으며 말한다. "이건 일곱 살 때부터 열 살 때까지 내가 제일 좋아했던 음식이니까."

나는 주근깨투성이 꼬마 루크를 떠올리며 미소 짓는다. "아주 귀여운 아이였겠네요."

"그땐 그랬겠죠." 루크가 짭짤한 땅콩버터 샌드위치 하나를 나에게 건넨다. 예상한 맛 그대로다. "십 대 때는 사고를 많이 쳐서 부모님 속을 썩였어요."

나는 눈썹을 치켜올린다. "상상하기 어렵네요."

루크가 윗입술에 묻은 땅콩버터를 핥는다. "법적인 문제를 일으킨 적도 있어요."

"무슨 짓을 했길래요?"

그는 방금 자기 입으로 꺼낸 말이 후회되는 듯 잠시 망설인다. 그도 거짓말을 할 때 나타나는 징후가 있을 텐데 아직 찾지 못했다.

"불법 해킹이요." 그가 부끄러운 듯이 대답한다. "사이버 수사대에 적발되었죠. 심각한 일이었는데 부모님이 유능한

변호사를 붙여줘서 다행히 사회봉사 처분에 그쳤어요. 미성
년자이기도 했고요."

"와, 놀랍네요."

"내가 해커였다는 게요, 아니면 감옥에 가지 않은 게요?"

"둘 다요." 나는 손끝으로 빵 부스러기를 더 잘게 부순다.
"아직도 해요?"

"뭘요?"

"해킹이요."

루크가 피식 웃는다. "가끔 장난삼아서요. 하지만 불법적
으로는 절대 안 해요. 이제 더는 그런 어리석은 짓을 하지 않
을 만큼 나이가 들었죠."

루크가 컴퓨터를 잘 다루는 건 알았지만 그 정도일 줄은
몰랐다.

"당신은 어렸을 때도 완벽했겠죠." 루크가 말한다. "선생
님들의 귀여움을 독차지하는 아이였죠?"

"꼭 그렇지는 않았어요."

루크가 눈을 가늘게 뜬다. "정말요?"

"선생님들은 자기보다 똑똑한 아이를 좋아하지 않으니까요."

루크가 날 바라보며 피식 웃는다. "네, 어련하시겠어요."

그는 농담이라고 받아들이는 눈치였지만 사실 농담이 아

니었다. 나는 어려서부터 웬만한 어른보다 아이큐가 높았다. 부모를 포함해 이 세상 모든 어른은 자기보다 똑똑한 아이를 그리 좋아하지 않는다.

다행히 루크는 내 어린 시절이나 가족에 대해 더는 묻지 않는다. 우리는 식탁에 앉아 짭짤한 땅콩버터 샌드위치를 먹는다. 대화를 나누고 싶어도 땅콩버터가 입천장에 자꾸 들러붙어 말을 하기 어렵다.

루크는 새삼 놀란 표정으로 집 안을 두리번거린다. "정말 크네요."

"네. 이 큰 집에 나 혼자 살죠."

루크가 혀로 앞니를 훑는다. "그건 안 물었는데요."

나는 손가락으로 식탁을 두드린다. "이 집에 오는 사람들 대부분이 내가 가정을 꾸려야 한다고 말하죠. 내가 결혼에 관심 없다고 하면 못마땅해하고요. 사람들은 타인이 자신의 기대에 못 미치는 걸 그냥 못 두고 보죠."

"흠, 당신은 내 기대를 뛰어넘는다는 걸 알아줬으면 해요."

나는 피식 웃는다. "그래요?"

"그럼요. 그리고 당신에게 남편이 없어서 다행이라고 생각하고요."

나는 자세를 고쳐 앉는다. "결혼 생각 없어요. 아까 당신은 결혼한 적 있다고 했죠."

아까도 그랬듯이 루크는 결혼 이야기를 꺼내자마자 벽을 친다. "그 얘기는 하고 싶지 않아요."

"알았어요."

하지만 서른여섯에 사별했다고 하면 그 사연이 궁금한 게 당연하다. 어떻게 그토록 젊은 나이에 아내를 잃었을까?

그는 내 표정을 보고 한숨을 내쉰다. "불의의 사고였어요. 냉정하게 들리지 않길 바라지만, 솔직히 당신과 함께 있을 땐 그런 생각을 하고 싶지 않아요."

"이해해요."

하긴 분위기가 무거워질 만한 얘기다. 궁금한 건 어쩔 수 없지만. 어떤 사고였을까? 루크가 연관된 사고였을까?

어쨌거나 오늘 밤에는 그 답을 알 수 없을 것 같다.

루크와 나는 샌드위치를 마저 먹어 치운다. 시계를 보니 새벽 1시가 다 되어가는데 루크는 옷도 제대로 입지 않은 상태다. 아마 그도 이 시간에 차를 몰고 브롱크스의 아파트로 돌아가느니 그냥 여기서 하룻밤 묵고 싶을 것이다. 어쩌면 밤새 날 껴안고 잘지도 모른다. 그 생각을 하니 목덜미에 식은땀이 난다.

나는 목청을 큼큼 가다듬는다. "아까는 정말 좋았어요."

루크의 입가에 미소가 번진다. "나도요."

"다음에 또 만날까요?" 다음번에는 내가 그의 집으로 가고 싶다. 볼일을 마치고 나서 내 발로 떠날 수 있게.

"나야 좋죠."

"그럼 문자할게요."

"네, 그래요."

잠시 어색한 침묵이 흐른다. 그러다가 별안간 루크가 웃음을 터뜨린다.

나는 당황한 표정으로 그를 쳐다본다. "왜 웃어요?"

루크가 웃느라 삐져나온 눈물을 닦는다. "당장 이 집에서 날 내쫓고 싶은데 적당한 말을 찾느라 고민하고 있죠?"

나는 가운을 여미며 팔짱을 낀다. "그냥 혼자 자는 게 익숙해서요. 당신도 혼자 편하게 자고 싶지 않나요?"

"물론이죠." 그가 몸을 기울여 나에게 가볍게 입 맞춘다. "어차피 내일 아침 일찍 시내에 있는 병원으로 출근해야 하는데 새벽녘에 집에 돌아가 씻고 준비하려면 번거로울 것 같아요. 이만 가볼게요. 푹 쉬어요."

안도감에 몸에 힘이 쭉 빠진다. "고마워요."

루크가 검지를 치켜든다. "그 대신 저녁 한번 사게 해줘요."

"저녁 식사를 빚진 사람은 나예요. 기억하죠?"

"안 돼요. 내가 대접하게 해줘요."

데이트할 때 꼭 남자가 밥을 사야 한다는 고정관념을 따르고 싶진 않지만, 기분이 썩 나쁘지 않다. "그래요, 그럼. 당신이 사요."

나는 루크를 현관까지 배웅한다. 그가 마지막으로 나에게 키스할 때 발끝까지 찌릿한 감각이 퍼진다. 그를 다시 만날 날이 벌써 기대된다.

그가 문을 나서는 순간, 한 가지 생각이 뇌리를 스친다.

*어쩌면 루크가 EJ 문제를 해결해줄 수 있을지도 몰라.*

# 26장

## 트리샤

**현재**

루크가 헤일 박사를 진심으로 좋아했다는 것이 목소리에서도 분명하게 느껴진다. 둘이 사귀기 전인 듯한데 루크는 이미 헤일 박사에게 홀딱 빠졌던 것 같다. 둘 사이에 오가는 성적 긴장감이 예사롭지 않았다. 어쩌면 둘은 그날 밤을 함께 보냈을지도 모른다.

루크의 목소리는 살인자와 연관시키기 어렵다. 약간 괴짜처럼 들리긴 해도 선한 사람 같다. 악의가 뚝뚝 묻어나던 EJ의 목소리와는 완전히 다르다.

하긴 이 테이프가 녹음된 시점은 두 사람의 관계가 막 시작될 때다. 사람은 시간이 지나면 얼마든지 변할 수 있다.

나는 또다시 몸을 부르르 떤다. 얇은 블라우스를 입어서인지 집에 난방이 돌아가도 추위가 가시지 않는다. 실내 온도를 더 올리고 싶은데 난방 장치가 어디에 있는지도 모르겠다. 이 거대한 집을 구석구석 뒤질 바에야 이선에게 묻는 편이 낫다.

나는 녹음기에서 루크의 테이프를 꺼내 책상 서랍에 넣고 사무실을 나와 2층으로 향한다.

해가 떠서 그런지 2층 복도는 어젯밤과 사뭇 달라 보인다. 이 집에서 사는 게 그렇게 나쁘지 않을 수도 있다는 생각이 든다. 커다란 창문으로 빛이 쏟아져 들어오니 실내가 더 밝고 쾌적해 보인다. 물론 벽의 균열이나 먼지가 더 잘 보이기도 한다.

그제야 눈에 띄는 게 또 하나 있다.

천장에 매달린 줄이다.

어젯밤엔 너무 어두워서 천장의 직사각형 프레임 중앙에 매달린 줄을 못 보고 지나쳤다.

그러고 보니 주디가 웹사이트에 소개한 정보에는 '창고로 쓰기에 딱 좋은 다락방'도 있었다. 어젯밤에는 생각도 못 했다.

우리가 확인하지 않은 방이 또 있을 줄이야.

손을 뻗어 줄을 힘껏 잡아당기자 찰칵 소리와 함께 직사각형 트랩 도어가 열린다. 안쪽에 접혀 있는 사다리를 당기자 내 발치까지 내려온다.

굳게 닫힌 옆방 문이 눈에 들어온다. 이선이 일하는 방인가보다. 다락방을 보러 가자고 하면 분명 싫어할 것이다. 이선은 이제 내가 이 집에 다른 사람이 있는 것 같다고 하면 짜증을 낸다. 심지어 나를 정신 나간 사람 취급한다. 나는 눈을 가늘게 뜨고 다락방 입구를 올려다본다. 창문이 많아 그리 어두워 보이지 않는다. 행여나 위험한 상황이 생기면 목청껏 이선을 부르면 된다. 이 집은 벽이 얇은 편이라서 내 소리가 잘 들릴 것이다.

사다리의 양쪽 가장자리를 잡고 발을 디뎌 체중을 실어 보니 안정적인 느낌이 든다. 나는 한발 한발 조심스럽게 사다리를 오르기 시작한다. 다락방에 무엇이 있는지 확인해야 직성이 풀릴 것 같다.

어느 정도 오른 뒤 그 자리에 서서 다락방 안을 들여다본다.

각오가 무색하게도 지극히 평범한 다락방이다.

잡동사니를 담아놓은 듯한 상자들이 있고, 또 다른 구석에는 오래된 플라스틱 크리스마스트리가 누워있다.

강렬한 녹색 눈을 지닌 여자가 끙끙거리며 이 거대한 크리스마스트리를 끌어내리려고 애쓰는 모습을 상상하니 피식 웃음이 나온다. 갑자기 헤일 박사의 초상화가 덜 무섭게 느껴진다.

나는 안도의 한숨을 내쉬며 다락방에 발을 들인다. 천장은 꽤 낮아서 기지개를 켜면 손이 닿을 정도다. 주변에는 먼지 투성이 상자들이 아무렇게나 쌓여 있다.

경찰들이 이 상자들 안에 무엇이 있는지 죄다 확인했겠지?

비밀의 방과 달리 다락방에는 딱히 특별한 물건이 없어 보인다.

나는 상자 더미로 가서 맨 위 상자의 먼지를 털어낸다. 이제는 익숙한 헤일 박사의 필체로 '장식품'이라고 적혀 있다. 상자를 흔들자 안에서 잡동사니들이 서로 부딪치는 소리가 난다.

만약 이 집을 사게 되면 이 물건들은 어떻게 처리하지? 몽땅 버려야 하겠지? 아니면 헤일 박사의 가족을 찾아 넘겨줘야 하나?

하긴 값비싼 가구들까지 그대로 놔둔 걸 보면 가족이 아무도 없었을지도 모른다. 현재 이 집의 소유주는 은행으로 되어 있다. 아마 헤일 박사가 실종된 후 은행에서 압류했을 가능성이 크다.

그때 장식품 상자 뒤에 있는 무언가가 눈에 들어온다. 천으로 된 그 무언가를 잡아당기자 주르륵 딸려온다.

침낭이다.

침낭을 다락방에 보관하는 건 그리 이상한 일이 아니다. 오히려 예상할 만한 일이다. 하지만 사방이 먼지투성이인데 이 침낭만 깨끗하다. 마치 최근에 세탁한 것처럼.

그 밑에 깔려 있던 베개도 깨끗해 보인다. 그렇다면 결론은 하나뿐이다.

아주 최근에 누군가가 이 침낭을 사용했다는 뜻이다.

# 27장

나는 침낭과 베개를 제자리에 처박는다. 심장이 두근거리고 손이 덜덜 떨린다. 어서 이 다락방에서 나가야 한다. 더는 여기에 나 혼자 있다고 확신할 수 없다.

나는 후들거리는 다리로 조심스럽게 사다리를 밟고 내려간다. 복도 바닥에 발이 닿자마자 이선이 있는 방으로 달려가 손잡이를 잡아 돌린다.

"트리샤?"

노트북 키보드를 두드리던 이선이 놀란 토끼 눈으로 날 쳐다본다.

"다락방에 누가 있나봐!" 나는 숨을 헐떡이며 말한다.

이선이 자리에서 벌떡 일어난다. "뭐?"

말을 하려는데 숨이 너무 가쁘다. 놀라서 과호흡 증세가 온 것이다. 이선이 다가와 내 어깨를 감싼다.

"낯선 사람을 봤어?"

나는 고개를 젓는다. "아니, 침낭이 있었어."

내 어깨를 부여잡은 이선의 손이 헐거워진다. "침낭이라고?"

"그래! 다락방에 침낭이 있는데 먼지 하나 없이 깨끗했어!"

"그게 대체 무슨 말이야, 트리샤?"

나는 김빠진 반응을 보이는 이선의 품을 떨치듯 벗어난다. "최근에 누군가가 다락방에서 잤다는 뜻이야!"

이선이 면도를 하지 않아 거뭇거뭇해진 턱수염을 문지른다. "다락방에 침낭이 있다고 해서 누가 거기서 잤다고 단정할 순 없어. 전 주인이 그냥 거기 둔 걸 수도 있잖아."

"주변이 온통 먼지투성인데 그 침낭만 새것처럼 깨끗했다니까!"

"뭔가에 가려져 있었던 거 아니야?"

나는 대답 없이 이선을 노려본다.

"미안, 트리샤." 이선이 한숨을 쉰다. "그냥 당신이 너무 과민 반응하는 것 같아서 그래. 이제껏 다른 사람은 아무도 못 봤잖아. 이 집에 침입자가 있다고 믿을 만한 증거도 없었고."

"장난해? 증거는 수두룩했어! 밖에서 2층에 켜진 불빛을 봤는데 와서 보니 꺼져 있었지. 냉장고에는 최근에 산 듯한 먹을거리들이 있고, 바닥에는 수상한 발자국이 나 있고, 한밤중 아래층에서 쿵 소리가 나기도 했고, 또 초상화도 옮겨졌고……."

나는 이선의 표정을 보고 말을 멈춘다.

"내 말을 못 믿겠다는 거야?"

"그게 아니라……."

"아니긴 뭐가 아니야?"

이선이 다시 내 어깨를 감싼다. 나는 뿌리칠 기운도 없어서 그냥 내버려둔다. "스트레스를 너무 많이 받아서 그래. 우린 휴대폰도 안 터지는 곳에 발이 묶였잖아. 게다가 당신은 임신 초기라서 호르몬 때문에 더 예민해졌을 거야." 이선이 내두 팔을 위아래로 문지른다. "당신 몸이 왜 이렇게 차?"

그제야 애초에 2층에 올라온 이유가 생각난다. "너무 추워, 이 집."

이선이 고개를 끄덕인다. "이 집은 단열 설비가 엉망이야. 뜯어고치려면 큰돈이 들겠어."

젠장. 너무 추워서 이가 딱딱 부딪힐 지경이다. "어떡하지? 다시 코트를 껴입을까?"

이선의 시선이 복도 끝을 향한다. "안방 옷장에 두툼한 옷 많던데."

나는 이를 꽉 깨문다. "죽은 여자 옷은 안 입을 거야."

"당신이 선택하기 나름이야. 그 여자 옷 입든지, 당신 코트 입든지, 그냥 추위를 견디든지."

실내에서 코트를 입고 다니는 건 불편하다. 내가 미련하게 구는 걸까? 어쩌면 침실 옷장에 한 번도 입지 않은 새 옷이 있을지도 모른다. 그래, 헤일 박사의 옷장이라면 사놓고 가격표도 안 뗀 옷이 몇 벌은 있을 것이다.

"알았어, 옷장 확인해볼게." 내가 투덜거린다.

이선이 내 정수리에 입을 맞춘다. "따뜻한 옷을 찾아 입고 아래층에 내려가서 점심을 먹자."

"점심도 볼로냐 샌드위치라면 사양할게."

이선이 한쪽 입꼬리를 올린다. "터키 햄도 있더라."

이 집에서 나가면 당분간 샌드위치는 안 먹을 것 같다.

이선은 일하던 책상으로 돌아가고 나는 복도를 따라 안방으로 간다. 더도 말고 스웨터 한 벌만 빌려서 입고 떠나기 전에 제자리에 돌려놓을 생각이다.

헤일 박사의 옷장을 열어보니 어젯밤보다 옷이 훨씬 더 많아 보인다. 하나같이 고급 디자이너 옷이고 캐주얼한 옷은 전혀 없다. 이 옷장에 200달러 미만인 옷은 하나도 없을 것이라 장담할 수 있다. 새 옷을 찾아 옷장 구석을 뒤지려는데 자꾸만 내 눈길이 어젯밤에 본 하얀색 캐시미어 스웨터로 향한다. 갓 내린 눈처럼 하얀 스웨터다.

옷걸이에서 스웨터를 끌어내려 뒤집어써 입는다. 피부에
닿는 촉감이 황홀하다. 이렇게 질 좋은 스웨터를 옷장에만
처박아두는 건 사람의 도리가 아니다.

게다가 헤일 박사가 살아 돌아와 자기 옷을 벗으라고 할
리도 없지 않은가?

# 28장

## 에이드리엔

**과거**

나는 루크가 주방 조리대에서 채소를 다듬는 모습을 지켜본다. 요리에 젬병인 내 눈에 그는 훌륭한 요리사다. 그는 내 집에서 밤을 보낼 때마다 날 위해 요리를 해준다. 그런 일이 점점 잦아지고 있다.

루크와 연인이 된 지 4개월이 지났다. 내 연애 경험으로는 최장 기록이다. 그는 일주일에 서너 번씩 이곳에 온다. 사귄지 한 달이 지났을 때부터 내 침대에서 자고 가는 것을 허락했다.

물론 루크가 지켜야 하는 기본 규칙이 있다. 잘 때는 날 껴안거나 내 구역을 침범하면 안 된다. 내가 혼자 있길 원하면 그는 군말 없이 떠나야 한다. 초반에는 그런 일이 몇 번 있었는데 지난 몇 주 사이에는 한 번도 없었다. 솔직히 그와 자고 함께 일어나는 게 점점 좋아지고 있다. 그가 없는 밤에는 침대 왼쪽 빈자리가 허전하게 느껴진다.

"맛있는 냄새가 나네요."

루크가 긴 주걱으로 걸쭉하게 끓인 소스를 젓는다. 능숙하게 요리하는 모습이 섹시하게 느껴진다. "처음 해보는 건데 마음에 들었으면 좋겠네요."

"당신이 만드는 건 다 맛있어요."

*'사랑해요.'*

나도 모르게 속으로 덧붙인 말이 날 조롱하듯 맴돈다. 그 말을 밖으로 내뱉을 수는 없다. 루크에게 그런 말을 들은 적도 없고, 들었다고 하더라도 나는 여전히 못 할 것 같다. 내가 정말 루크를 사랑하는지조차 확신할 수 없다.

나는 이 나이가 되도록 어떤 남자에게도 사랑한다고 말한 적이 없다. 들은 적은 몇 번 있다. 통계적으로 남자가 여자보다 훨씬 빨리 사랑을 고백한다. 나는 환자들에게도 진심이 아니면 사랑한다는 말을 함부로 해서는 안 된다고 조언한다. 그래서 나도 말한 적 없다. 상대방을 진심으로 사랑한다고 느낀 적이 없으니까.

아마 어릴 때 사랑을 듬뿍 받지 못하고 자라서일 것이다. 나는 부모님과 그리 친밀하지 않았다. 아빠는 우편 배달부였고 엄마는 접수대 직원이었다. 고졸 출신에 전문 기술도 없던 두 사람은 남달리 똑똑하고 학구열이 높은 나를 이해하지 못했다. 어릴 때 나는 내가 산부인과에서 실수로 바뀐 아이이거나 입양된 아이라고 확신했다. 언젠가 나를 이해하는 친부모와 재회하는 꿈을 꾸기도 했다. 물론 철없는 아이의 환상이었다.

대학에 다닐 때 엄마가 난소암 진단을 받았다. 애초에 내 대학 진학을 못마땅해했던 아빠는 나에게 간병을 도우라며 자퇴를 종용했다. 엄마는 진단을 받은 지 일 년 만에 세상을 떠났고, 심신이 쇠약해진 아빠도 6개월 뒤 심장마비로 엄마의 뒤를 따랐다.

루크는 사별한 아내 이야기를 극도로 꺼리지만 나는 노련한 상담사답게 몇 가지 정보를 알아냈다. 둘은 대학 시절부터 연인이었고, 아내는 불의의 교통사고로 그 자리에서 즉사했다고 한다. 교통사고 얘기를 할 때 루크는 감정을 차단한 듯이 무미건조하게 말했다. 그 후 상담을 받은 적 있냐고 물었더니 그렇다고 할 뿐 구체적으로 말해주지 않았다.

한편으론 그가 말을 아껴서 다행이라는 생각이 든다. 안 그랬다면 나도 돌아가신 부모님 얘기를 하지 않을 수 없었을 테니까. 루크 앞에서 부모님의 사랑을 별로 못 받고 자랐다는 사실을 굳이 밝히고 싶지 않다.

"몇 분만 가스레인지 좀 봐줄래요?" 루크가 묻는다.

나는 움찔한다. 내가 단 몇 초 만에 루크가 애써 만든 요리를 망칠 수도 있으니까. "왜요?"

"차에서 갈아입을 옷 좀 가져오려고요. 이따가 밤에 왔다갔다 하기 싫어서요."

"아, 얼른 다녀와요."

"언제까지 유목민처럼 살아야 할지 모르겠네요." 루크가 날 떠보듯이 말한다.

나랑 같이 살고 싶다는 뜻인가? 요즘 루크와 이 집에서 많은 시간을 보내긴 했지만 나는 한 번도 그와 같이 살 생각을 해보지 않았다. 만약 동거하게 되면 그는 매일 여기 있을 것이다. 그렇게 생각하니 이 큰 집이 갑자기 아주 좁게 느껴진다.

"여기서 살고 싶다는 뜻으로 한 이야기 아니니까 그렇게 놀랄 필요 없어요. 그냥 서랍 한 칸만 내주면 좋겠다는 뜻에서 한 말이니까."

빠르게 뛰던 심장이 그제야 안정을 찾는다. "아. 미안해요, 나는……."

루크가 피식 웃으며 주걱을 내려놓고 나를 끌어당겨 키스한다. 온몸의 감각이 깨어날 만큼 깊고 길게. 만난 지 4개월이 지난 지금도 그는 날 뜨겁게 달아오르게 한다.

조만간 루크는 나에게 사랑한다고 말할 것이다. 얼굴을 보면 알 수 있다. 시간문제일 뿐이다. 키스에 열중한 사이, 집 안에 초인종 소리가 울려 퍼진다. 저녁 8시 반에.

"누구죠, 이 시간에?" 루크가 묻는다.

휴대폰을 집어 들고 감시 카메라 앱을 열어 방문자를 확인하는 순간 가슴이 덜컥 내려앉는다. 현관문 앞에 서 있는 사람은 EJ다.

초인종이 다시 울린다. 루크가 현관으로 가려고 하길래 그의 팔을 덥석 붙잡는다. "그냥 내버려둬요."

루크가 인상을 찌푸린다. "누군데 그래요?"

"내 환자인데 그냥 무시해요. 곧 돌아갈 거예요."

"무슨 환자가 이렇게 늦은 시간에 찾아와요? 연락도 없이?"

나는 침을 꼴깍 삼킨다. "사생활 개념이 없는 사람이에요. 그냥 무시하는 게 좋아요."

또다시 초인종이 울리자 루크의 낯빛이 어두워진다. "내가 가서 한마디 할게요. 이렇게 무턱대고 찾아오면 안 된다고."

"아뇨, 그러지 말아요." 내가 루크의 팔을 다시 움켜잡는다. "그냥 무시하고 내버려두면 금방 떠날 거예요."

내가 팔을 안 놓고 버티자 루크가 한숨을 푹 내쉰다. "알았어요. 당신이 담당 의사니까 뭐가 최선인지 알겠죠."

초인종은 잠잠해졌지만 EJ가 아직 떠났을 것 같지는 않다. 루크가 저녁 식사를 마저 준비하는 동안 나는 재빨리 휴대폰을 확인한다. 마침 EJ가 보낸 문자 메시지가 뜬다.

**집에 있는 거 다 알아요.**

나는 루크를 힐끗 쳐다본 뒤 답장을 입력한다.

**지금 바빠요.**

**남자친구랑 같이 뭐 하시길래요?**

내가 요즘 누굴 만나든지 EJ에게 숨기기는 불가능하다. 다만 이전까지 EJ는 루크가 없는 날만 골라 밤늦게 찾아오곤 했다. 그놈은 점점 대담해지고 있다.

**진료 예약 좀 하려고 왔어요.**

**지금은 바쁘니까 내일 오후에 와요.**

**그럼 내일 아침에 다시 올게요.**


나는 아랫입술을 깨문다. EJ는 늘 간 보듯이 내 허용선을 실험한다. 내가 오전에 만나길 거부한다고 해서 그가 영상을 퍼뜨릴까? 아마 아니겠지만 장담할 수 없다. EJ는 충동 성향이 강해서 수틀리면 무슨 짓이든 저질러 버릴 수 있다. 그러니 어느 정도 비위를 맞춰줘야 한다.

어느새 그놈에게 놀아나고 있다. 일주일에 한 번이었던 상담 치료는 두세 번이 되었다. 그 정도로 잦은 상담 빈도는 어떤 환자에게도 도움이 되지 않는다. 게다가 EJ는 자신의 문란한 성생활을 역겨울 정도로 자세히 늘어놓곤 한다. 최악은 거기에 날 끌어들이고 싶다는 욕망을 내비치는 것이다. 노골적으로 강요하지는 않지만 말이다.

아직은.


**그럼 오전 10시에 시간 맞춰 와요.**


**내가 언제 늦은 적 있나요?**

# 29장

## 녹음본

*이 기록은 자기애성 인격 장애가 있는 29세 남성 EJ의
179번째 상담 기록이다.*

"급하게 요청했는데 시간 내주셔서 감사해요, 박사님."

"나한테 선택의 여지가 있었나요?"

"그렇게 말씀하시면 섭섭하죠. 박사님도 나만큼 이 시간을
즐기잖아요."

"오늘은 어떤 이야기를 나눌까요?"

"어제 박사님 조언에 따라 달리기를 했거든요. 좀 더 활동
적으로 살아보라고 하셨잖아요."

"잘했네요."

"그런데 달리다가 무릎을 삐끗했지 뭐예요."

"저런, 조심했어야죠."

"지금도 엄청 아파요. 고통지수가 10까지 있다면 아마 12쯤 될 것 같아요."

"다리를 절뚝거리는 것 같지는 않던데요."

"티가 안 나서 그렇지, 정말 아파요."

"유감이네요."

"그래서 박사님이 도와주실 수 있지 않을까 싶어요. 애초에 박사님 잘못도 있으니까요. 달리기를 추천한 장본인이시잖아요."

"난 무릎에 대해서는 잘 몰라요. 주치의를 만나 보지 그래요?"

"난 주치의가 없어요."

"정형외과에 가봐요, 그럼."

"심각한 병은 아닌 거 같아요. 그냥 진통제가 좀 필요해요. 옥시코돈 좀 처방해주실래요?"

"그거 중증 환자에게 쓰는 진통제인 거 알죠?"

"그럼요. 10밀리그램짜리 서른 알 정도면 충분할 것 같아요."

"나는 정신과 의사라서 정확한 진단을 내릴 수 없어요. 무릎에 대해선 전혀 몰라요."

"의대 다닐 때 기본적으로 배우잖아요?"

"오래전 일이죠."

"어디 부러지거나 한 건 아니에요. 그냥 옥시코돈만 좀 먹으면 돼요. 아까 말했듯이 서른 알이면 충분할 거예요."

"마약성 진통제를 함부로 처방할 순 없어요."

"웃기지 마세요. 훨씬 강한 약도 처방하시잖아요."

"정신과 치료용 약물이죠. 어쨌든 옥시코돈은 처방 못 해 줘요. 문제가 될 수 있어요."

"남의 타이어를 몰래 펑크 내는 영상이 유출되면 더 큰 문제가 되지 않을까요?"

"……."

"딱 서른 알만요. 팔거나 하진 않을 거예요. 그냥 무릎이 너무 아파서 그래요. 불쌍히 여겨 주세요."

"5밀리그램짜리로 스무 알 처방해줄게요."

"지금 나랑 흥정해요?"

"의사 면허를 잃을 수도 있는 일이에요."

"정 그러시면 5밀리그램짜리로 서른 알 주세요."

"그 대신 이번이 마지막이에요. 다음은 없어요."

"물론이죠, 박사님. 다시는 이런 부탁 안 드릴게요. 무릎을 또 다치지 않는 한 말이죠."

# 30장

## 트리샤

**현재**

내가 점심을 만들겠다고 하자 이선이 안 된다며 고집을 부린다. "이제 홀몸도 아니잖아. 그냥 쉬어."

임신 사실을 털어놓기를 계속 망설인 내가 바보처럼 느껴진다. 이선이 냉장고에서 터키 햄 한 팩을 꺼내더니 빵 위에 올리지 않고 접시에 담아 전자레인지에 넣는다.

"뭐 하는 거야?"

"임산부한테는 냉육이 안 좋대. 데워 먹어야 해. 그래야 박테리아가 죽으니까."

"정말?"

이선이 엄숙한 표정으로 고개를 끄덕인다. "잘못 먹으면 심하게 탈이 날 수도 있어."

어제 먹은 볼로냐 샌드위치가 생각난다. 며칠 전에 먹은 로스트비프 샌드위치도. 맙소사, 더 조심해야겠다. 임신하면 가려 먹을 게 정말 많은 것 같다.

"임산부한테 냉육이 안 좋은 건 어떻게 알았어? 여긴 인터넷도 안 되는데."

"예전 어딘가에서 읽었는데 방금 생각났어."

"아."

남편이 그런 내용을 왜 읽었을지 모르겠지만 그러려니 한다. 그냥 우연히 읽은 기사 내용이 인상적이었을 수도 있다. 나도 그럴 때가 있다. 달에서도 지진이 일어난다는 사실도 그렇게 알았다.

"아들일까 딸일까?" 이선이 전자레인지에서 데워진 햄을 꺼내며 묻는다.

"딸일 거 같아."

"무슨 근거로?"

나는 어깨를 으쓱한다. "그냥 느낌이 그래."

이선이 너그럽게 웃는다. 이선은 눈에 보이는 것만 믿는 사람이다. 우리 아이 성별을 느낌으로 알 것 같다는 말을 비웃지 않아서 다행이다.

"딸이면 당신 어머니 이름을 따고, 아들이면 당신 아버지 이름을 따서 짓자."

내 말에 이선의 얼굴이 별안간 어두워진다. 그는 식빵에 바른 마요네즈 덩어리를 펴 바르지도 않고 다른 빵으로 덮어버린다. "난 부모님이랑 별로 안 친했어."

나는 이선의 날 선 목소리에 눈살을 찌푸린다. "왜?"

"별 이유는 없어."

"싸웠어?"

이선이 칼로 샌드위치를 자르기 시작한다. "가끔 싸우기도 했지."

"무슨 일로 싸웠는데?"

"기억 안 나."

"그래도 한 가지 정도는 기억나겠지."

이선은 조리대에 칼을 탕 내리친다. "기억 안 난다고 했잖아, 트리샤."

나는 흠칫 놀라 한발 뒤로 물러난다. "미안, 화나게 하려던 건 아니었어."

이선이 날 향해 푸른 눈을 번뜩인다. "늘 그렇게 꼬치꼬치 캐물어야 직성이 풀려?"

나는 두 손을 꽉 쥔다. "그게 아니라……, 당신에 대해 더 많이 알고 싶은 것뿐이야. 당신은 내 남편이고 난 당신을 사랑하니까."

이선이 왜 내 마음을 몰라주는지 모르겠다. 이선은 내 가족을 모두 만나봤다. 심지어 99세의 고령인 베르타 고모할머니도 우리 결혼식에 참석했다. 그런데 나는 그의 가족을 아무도 못 만나봤다. 단 한 사람도.

내 배우자의 뿌리가 궁금한 게 그렇게 잘못된 건가? 내 아이의 아빠가 될 사람인데. 우리 사이에 비밀이 존재한다는 건 결코 바람직하지 않다.

"부모님 얘기는 하고 싶지 않아." 이선이 한결 차분하지만 단호한 목소리로 말한다. "별로 좋은 기억이 없어서 그래. 난 우울한 기억들은 뒤로하고 당신과 함께 미래만 보고 살아가고 싶어."

"알았어. 이해해."

이선이 샌드위치가 담긴 접시를 식탁으로 옮긴다. 우리는 평소보다 조용히 식사한다. 이선은 나에게 말 못 할 이야기가 따로 있다고 생각하지만, 그가 틀렸다. 이선은 나에게 뭐든 털어놓을 수 있다는 걸 알아야 한다. 탈출구 없는 외딴집에 갇힌 지금은 아니더라도 조만간.

내가 침묵을 깨고 묻는다. "여기서 어떻게 나가지?"

이선이 창문을 흘긋 내다본다. 세상을 하얗게 뒤덮은 눈은 조금도 녹지 않고 그대로 쌓여 있다. "지금쯤이면 주디가 제설차를 앞세우고 올 줄 알았는데."

"우리가 이 집에 와있다는 것도 모르는 거 아니야?" 나는 푸석푸석한 터키 햄 샌드위치를 씹으며 말을 잇는다. "우리한테 못 온다고 문자 메시지를 보내 놓고 태평하게 일상을 보내고 있는 거 아닐까?"

이선이 금빛 머리카락을 쓸어 넘긴다. "아무튼 월요일이 되면 다들 우리가 사라진 걸 알고 찾아 나설 거야. 당신 가족들하고 내 동료들이 가만있을 리 없잖아."

"뭐? 그럼 내일까지 여기서 하룻밤 더 보내야 한다는 말이야?"

"다른 방법이 없잖아."

어젯밤에 세 시간밖에 못 잤는데 이 집에서 또 하룻밤을 보낼 생각을 하니 맥이 탁 풀린다.

이선이 내 속도 모르고 덧붙인다. "어차피 우리가 살게 될 집이잖아."

나는 주먹에 대고 큼큼 헛기침한다. "음, 그거 말인데……."

이선이 눈썹을 치켜올린다.

어떻게 말해야 할까? 어떻게 말해야 이선이 이 집을 포기할까? 만약 여기 살게 되면 나는 매일 밤 흰색 캐시미어 스웨터에 목이 졸려 죽는 악몽에 시달릴지도 모른다.

"다른 집도 많잖아. 성급히 결정을 내렸다가 더 나은 집을 놓치면 어떡해?"

"더 나은 집? 지난 몇 달 동안 이 집 저 집 다녀보고도 몰라? 우리가 지금까지 본 집은 다 쓰레기였어. 내 눈에는 이 집이 최고야."

틀린 말은 아니다. 이 거대한 집이 지금껏 우리가 둘러본 집들 가운데 가장 멋지고 가격도 저렴하다. 하지만 난 여기서 살고 싶지 않다.

"좀 더 생각해볼게." 내가 얼버무린다.

"여기보다 나은 집은 없어." 이선이 희고 고른 치아를 드러내며 웃는다. 오랫동안 교정을 한 것 같지만 그에 대해 묻지는 않는다. 이선에게 과거 얘기는 금기나 다름없으니까.

"우리가 여기서 아이들을 키우며 함께 늙어가는 모습이 그려지지 않아?"

"그래, 근사할 것 같네."

거짓말이다.

# 31장

## 녹음본

이 기록은 극히 충격적인 사건에서 살아남은 뒤 외상 후 스트레스 장애에 시달리는 27세 여성 PL의 183번째 상담 기록이다.

"헤일 박사님, 실례가 안 된다면 작은 선물 하나 드리려고 요. 크기는 크지만……."

"세상에. 내 초상화에요?"

"엄마 아이디어였어요. 엄마는 항상 선물을 주는 사람에게 복이 있다고 하죠."

"나도 그 말에 동의해요."

"엄마가 아는 화가에게 박사님 초상화 제작을 의뢰했어요. 박사님 책 표지 사진으로요. 엄마는 벽난로 위에 걸면 딱 좋 겠다고 하더라고요."

"네, 그 자리가 좋겠네요."

"정말 마음에 드세요? 꼭 걸지 않고 지하실 같은 데 보관하셔도 괜찮아요."

"아니요, 마음에 들어요. 걸게요."

"뭐라도 해드리고 싶었어요. 박사님을 처음 찾아왔을 때만해도 사는 게 정말 괴로웠어요. 잠을 잘 수도 없었고 제정신으로 생각할 수도 없었죠. 박사님 덕분에 정말 사람 됐어요."

"끔찍한 일을 겪었잖아요. 약혼자와 두 친구를 그렇게 잃고 다시 삶의 의미를 찾기가 쉽지 않았을 거예요. 당신이 얼마나 강한 사람인지 증명한 셈이죠."

"박사님이 그렇게 이끌어주셨잖아요. 정말 감사해요."

"천만에요."

"새 책에 제 사연을 담아주신다니 영광이에요. 부디 제 이야기가 다른 사람들에게 도움이 되었으면 좋겠어요."

"네. 나도 그러길 바라요."

"이제야 비로소 앞으로 나아가는 기분이 들어요. 만나는 사람도 생기고, 잠도 잘 자고 있어요. 그런데 아직도 죄책감이 들긴 해요. 나 혼자 살아남아서 이렇게 계속 살아간다는 게……. 이게 정상인가요? 이런 마음도 언젠가 사라질까요?"

"……."

"헤일 박사님?"

"아, 네, 잘하고 있네요……. 요즘 잠은 잘 자요?"

"네. 이전보다는 훨씬 잘 자요."

"그렇군요……."

"박사님, 혹시 어디 불편하세요?"

"내가요? 아니, 괜찮아요."

"안색이 안 좋아 보이는데요. 그리고 방금 잠깐 멍해지셨잖아요. 어디 아프신 거 아니죠?"

"괜찮아요, 정말로. 그림 정말 마음에 들어요. 바로 벽난로 위에 걸어야겠네요."

# 32장

## 에이드리엔

**과거**

루크의 품에 안겨 누워있는 동안에도 EJ에게 써준 처방전
생각이 좀처럼 머릿속을 떠나지 않는다. 루크와 함께 있으면
마음이 편안해질 줄 알았다. 루크는 내가 기분이 착 가라앉
아있을 때도 날 웃게 하는 재주가 있으니까. 하지만 오늘 밤
은 소용이 없다. EJ가 다시는 처방전을 써달라고 하지 않겠
다고 했지만 거짓말이다. 그의 오른쪽 눈 밑이 경련하는 걸
보지 않고도 알 수 있었다.

그는 앞으로 더 많은 걸 요구할 테다. 나를 점점 더 강하게
밀어붙일 것이다. 그를 막아야 한다.

루크가 내 어깨를 쥐고 자기 품으로 끌어당긴다. 나는 EJ
생각을 떨쳐버리고 루크의 따뜻한 품에서 위안을 찾으려고

노력한다. 며칠 전, 서랍장 한 칸을 루크에게 내주고 그의 옷을 넣으면서 그와 함께 살아도 나쁘지 않을 것 같다는 생각이 들었다. 당장은 아니어도 언젠가 그가 항상 곁에 있으면 좋을 것 같다고.

"그 초상화 정말 멋지던데요. 처음엔 사진인 줄 알았어요." 루크가 말한다.

루크는 벽난로 위에 걸린 내 거대한 초상화를 보자마자 입을 떡 벌렸다. 그의 반응이 궁금하기도 했지만 정말로 환자의 성의를 생각해서 건 것이었다. 그 환자가 공유한 경험은 내 새 책의 근간이 되었다. 이제 많이 나아졌으니 곧 상담 치료를 종료하지 않을까 싶다.

"너무 크지 않던가요?" 내가 묻는다.

"당신이 워낙 큰 사람이니까."

"다행이네요."

"진심이에요." 그가 내 이마에 입술을 찍고 날 더욱 꼭 끌어안는다. "그리고……, 사랑해요."

지난 몇 주 동안 루크의 입 안에서 맴돌았을 한 마디가 드디어 밖으로 나왔다. 예상치 못한 말도 아니고 살면서 처음 듣는 말도 아닌데, 그 순간 생각지도 못한 일이 벌어진다.

울컥 눈물이 터진 것이다.

루크는 당황해서 침대에서 몸을 일으킨다. "에이드리엔, 울지 말아요."

"안 울어요." 나는 흐르는 눈물을 훔치면서 말한다. "괜찮아요."

루크가 내 손을 잡는다. "에이드리엔, 나한테 미안해할 필요 없어요. 그건 그냥 내 마음일 뿐이에요. 그런 말을 해서 후회하는 건 아니지만 지금과 달라지는 건 없어요. 그냥……, 당신이 내 마음을 알아줬으면 했어요. 당신이 같은 마음이 아니라고 해도 나는 상처받지 않아요. 정말로요."

정말이지 착하고 다정한 사람이다. 그와 함께 행복해지고 싶다.

"그래서 우는 게 아니에요……." 내가 손등으로 눈물을 닦자 루크가 휴지를 뽑아 건넨다. "다른 문제 때문이에요. 당신과 관련된 문제는 아니니까 오해하지 말아요."

"애정 결핍 문제요?"

나는 눈을 흘긴다. "아니, 그런 문제가 아니에요."

루크가 턱을 문지른다. 내 취향에 맞춰 매일 아침 말끔히 면도하지만 이제 잘 시간이라 턱이 까슬해 보인다. "미안해요. 무슨 문제인데요?"

"환자한테 협박당하고 있어요."

루크의 입이 크게 벌어진다. 벽난로 위에 걸린 거대한 초상화를 마주했을 때보다 놀란 기색이다.

"협박이요?"

나는 고개를 끄덕인다.

루크가 고개를 절레절레한다. "혹시 한밤중에 찾아와 초인종을 눌러대고 당신한테 계속 문자 메시지를 보내던 그 사람인가요?"

나는 다시 고개를 끄덕인다.

루크가 짧은 머리를 쓸어 넘긴다. "맙소사……. 뭘 빌미로 협박하는데요?"

"내 영상을 갖고 있어요. 내 의사 생명을 끝장낼 만한 영상이요."

루크가 눈을 크게 뜬다. "영상이라면……."

나는 루크가 상상의 나래를 펼치기 전에 재빨리 말한다. "성행위 같은 건 아니에요. 하지만 떳떳하지 않은 짓을 했어요. 그걸 내 환자가 찍었고요."

"그렇게 심각해요?"

나는 침을 꼴깍 삼킨다. "네, 그가 그 영상을 유포하겠다는 빌미로 날 휘두르는데 내가 할 수 있는 건 아무것도 없어요. 아니, 어쩌면 당신이 도와줄 수 있을지도 몰라요."

"어떻게요?"

손바닥에 땀이 차서 이불에 문지른다. "고교 시절에 해킹해본 적 있다고 했죠?"

루크가 날 바라보며 미간을 좁힌다. "그랬죠……."

"혹시……, 당신이 그 영상을 찾아 삭제해주면 안 될까요? 아마 그 사람 휴대폰하고 컴퓨터에 저장돼 있을 거예요."

루크가 경계하는 낯으로 몸을 뒤로 젖힌다. "그건 어려워요."

"왜요? 당신한테는 간단한 일 아닌가요?"

"그렇게 간단하지 않아요. 적어도 그의 휴대폰을 확보해야 해킹할 수 있어요. 그의 컴퓨터도 마찬가지죠. 내가 그 사람 집에 있다면 모를까……."

"내가 그 사람 집에 들어가게 해주면요?"

루크가 헛웃음을 터뜨린다. "그 영상에 대체 뭐가 들어있길래 그래요?"

멎었던 눈물이 다시 왈칵 샘솟는다. "그냥 날 믿고 도와주면 안 될까요? 루크, 이 상황에서 날 구해줄 수 있는 사람은 당신뿐이에요."

그가 고개를 푹 숙이고 관자놀이를 문지른다. 고민하는 모양이지만 나는 그가 결국 내 부탁을 들어주리란 걸 안다. 이제껏 한 번도 거절한 적 없는 사람이니까. 나도 루크를 좋아하지만 아직은 날 향한 그의 마음이 더 크다.

"그래서 내가 구체적으로 어떻게 해주길 바라는데요?"

나는 자세를 고쳐 앉는다. "내가 그의 아파트 열쇠를 가져다줄 테니까, 그 사람 집에 가서 컴퓨터에 저장된 영상을 있는 대로 다 지워줘요."

"그 열쇠는 어떻게 입수할 건데요?"

"그건 내가 알아서 할게요."

루크가 고개를 든다. "그 사람 휴대폰과 컴퓨터에서 영상을 찾아 지운다 해도 다른 곳에 사본이 있을지도 몰라요."

"그럴 것 같지는 않아요." 내가 아는 EJ는 그렇게까지 용의주도한 놈은 아니다.

루크는 다시 침대에 털썩 눕는다. "모르겠네요. 일이 잘못되면 정말 곤란해질 수도 있어요."

나는 그의 손을 찾아 손깍지를 낀다. 그의 손은 내 손보다 훨씬 크고 따뜻하다. "제발 도와줘요, 루크. 날 도와줄 수 있는 사람은 당신뿐이에요. 난 당신이 필요해요. 사랑해요……."

뭔가를 부탁하는 시점에야 그 말을 되돌려주다니 내가 생각해도 비열하다. 하지만 거짓말은 아니다. 나는 그를 사랑한다. 진심으로. 그 말을 하는 타이밍이 안 좋았을 뿐이다.

그런데 속이 뻔히 들여다보이는 그 말이 통할 줄은 몰랐다.

루크의 표정이 누그러지고 경계의 빛이 옅어진다.

그가 내 손을 꽉 쥔다. "알았어요, 해볼게요."

# 33장

## 녹음본

*이 기록은 자기애성 인격 장애가 있는 29세 남성 EJ의 181번째 상담 기록이다.*

"기다리게 해서 미안해요."

"괜찮아요, 박사님. 기다리는 동안 와인 잘 마셨어요. 제가 제일 좋아하는 와인이 슈발 블랑인 거 어떻게 아시고."

"취향이 워낙 고급이니 좋아할 줄 알았어요."

"제가 좀 그렇긴 하죠. 몇 년산이죠?"

"1948년산이요."

"와, 거금 들이셨네요."

"환자들이 진료비를 꼬박꼬박 내준 덕분이죠. 당신과 달리."

"하하, 그것참…… 안타까운……."

"왜 그래요?"

"죄송해요. 갑자기 좀 어지러워서……. 눈앞이 빙빙 도는
거 같아요."

"몇 잔이나 마셨어요?"

"그냥, 병에 있는 거 다 마셨는데……."

"다요?"

"네……."

"잘했네요."

"뭐라고요?"

"아무것도 아녜요. 괜찮아요?"

"그게…… 박사님, 기분이 좀……."

"괜찮아요?"

"……."

# 34장

## 에이드리엔

**과거**

EJ가 그토록 빨리 의식을 잃을 줄은 몰랐다. 와인에 신경 안정제를 너무 많이 탔나보다. 얼마나 마실지 몰라서 한 잔만 마셔도 의식을 잃을 만큼 넣었는데, 그가 몇 잔이나 마셔버린 것이다.

나는 의자에서 일어나 그를 내려다본다. 햇볕에 탈색된 머리는 젤을 얼마나 발랐는지 한 치의 흐트러짐이 없다. 잘생긴 얼굴은 편안해 보이지만 입가에 침이 살짝 고여 있다. 나는 순간적으로 책상 서랍에서 가위를 꺼내 들고 그의 가슴에 찔러 넣고 싶은 충동에 사로잡힌다. 그러면 더 이상의 협박은 없을 테니.

물론 어리석은 충동일 뿐 행동으로 옮길 생각은 없다. 경찰이 그가 사라지기 전 마지막으로 찾은 곳이 여기였다는 사실을 쉽게 알아낼 것이다. 그가 아무리 죽어 마땅하더라도, 그가 없는 세상이 더 나은 곳이라 해도 그를 죽이고 감옥에 가는 희생을 치를 수는 없다.

나는 휴대폰을 꺼내 문자 메시지를 보낸다.

## 내려와요.

나는 EJ에게 다가가 그의 바지 주머니에서 휴대폰을 꺼낸다. 그의 오른손을 잡고 지문 인식으로 잠금을 해제한다. 내가 내려놓은 손이 힘없이 소파로 떨어진다.

휴대폰에서 사진 앨범을 연다. 평소에 친구 얘기를 거의 안 해서 외톨이인 줄은 알고 있었는데 역시 혼자 찍은 사진이 대부분이다. 상의를 탈의한 채 거울 앞에서 근육이 도드라져 보이게 찍은 사진들이 많다. 심지어 완전히 나체로 찍은 사진도 있다. 나는 흐린 눈으로 화면을 빠르게 스크롤한다.

그러자 내 사진들이 나온다. 물론 몰래 찍은 사진들이다. 내가 집에서 나오는 모습, 차에 올라타는 모습도 있고, 내 침실 창문을 찍은 사진도 있다. 다행히 블라인드가 내려져 있어 내부는 안 보인다. 그 빌어먹을 영상을 지우고 나면 두 번 다시 내 집에 얼쩡거리지 못하게 할 것이다. 가능하면 법원에서 접근금지명령도 받아낼 작정이다.

마침내 내가 찾던 영상이 눈에 띈다. 주차장에서 찍은 영상. 나는 목구멍에서 쓴 물이 올라오는 걸 느끼며 영상을 한 번 더 본다. 역시 최악이다. 영상 속 나는 악마 같은 얼굴로 주위를 두리번거리다가 주머니칼을 꺼내 타이어를 푹 찌른다.

그때 사무실 문을 두드리는 소리가 난다. 문을 열자 루크가 미간을 잔뜩 찌푸린 채 서 있다.

"자, 내려왔어요." 그가 말한다.

나는 그에게 휴대폰을 내민다. "이 영상이에요. 휴대폰에서 완벽히 지워줘요."

루크는 굳은 표정을 풀지 않고 내 손에서 휴대폰을 받아 든다. 그가 화면을 터치하기 전에 내가 그의 팔을 붙잡는다. "영상은 보지 말아요."

"볼 생각 없었어요."

나는 입술을 깨문다. "재생하려는 줄 알았어요."

루크가 한숨을 내쉰다. "걱정하지 말아요. 안 보고 삭제할 테니까."

그가 휴대폰을 조작하는 동안 나는 방 안으로 돌아가 EJ를 확인한다. 그는 여전히 가죽 소파에 죽은 듯이 쓰러져 있다.

가만 보니 가슴이 오르락내리락하지도 않는다.

설마 내가 사람을 죽인 건 아니겠지?

나는 그의 왼쪽 손목에 손가락을 대고 맥박을 확인해본다.

맥박이 뛰지 않는다.

오, 안 돼!

머릿속이 하얘지는 순간 그가 몸을 뒤척인다. 다행히 그는 살아 있다. 제 발로 집에 돌아갈 만큼 의식을 차리려면 멀었지만.

나는 다시 그의 주머니를 뒤져 열쇠 꾸러미를 꺼낸다. 포르쉐 차 키에 다른 열쇠 몇 개가 달려 있다. 어떤 열쇠가 집 열쇠인지 모르겠지만 루크가 그 집에 도착해서 알아낼 테다.

사무실을 나서니 루크가 EJ의 휴대폰을 들고 서 있다. "다 됐어요."

"영상 안 봤죠?"

"안 봤어요."

"정말이죠?"

"맹세코 안 봤어요."

루크는 나에게 휴대폰을 건네고 나는 그에게 열쇠 꾸러미를 건넨다.

루크는 한숨을 푹 쉬며 고개를 절레절레 젓는다. "에이드리엔, 이건 정말 아닌 것 같아요."

젠장. 여기까지 와 놓고 또 실랑이라니. "별일 없을 테니까 너무 심각하게 받아들이지 말아요."

안경을 쓴 루크의 눈이 크게 벌어진다. "당신은 그에게 약을 먹여 기절시키고 나는 그의 집에 몰래 침입해 컴퓨터를 해킹하려 하고 있어요. 이건 엄연한 범죄에요."

예일대 심리학자 스탠리 밀그램이 실시했던 악명 높은 실험이 있다. 사람들이 얼마나 쉽게 권위에 복종하는지 측정한 실험이다. 피실험자들을 교사 역할과 학생 역할로 나누고, 교사에게는 학생이 문제를 틀릴 때마다 전기 충격을 가하도록 했다.

학생 역할을 맡은 피실험자들은 모두 연기자였고 전기 충격 장치도 가짜였다. 전압계 눈금이 300볼트를 가리키자 학생들은 고통스럽게 비명을 지르며 실험을 중단해달라고 애원했으나 감독관은 교사들에게 계속 전압을 높이라고 지시했다. 교사들은 불편해하면서도 절반 이상이 450볼트까지 전압을 높였다. 실제 상황이었다면 치명적인 수준이었다.

권위에 대한 복종 심리를 설명하는 실험이었다. 대량 학살을 저지른 나치의 구성원들도 결국 상부의 명령을 따랐을 뿐이라는 것이다. 인간은 누구나 충분한 압력을 가하면 부도덕

한 일을 저지를 수 있다. 루크도 마찬가지다.

"루크, 제발 도와줘요." 두 눈에 눈물이 고인다. 연기인지 진심인지 나조차 알 수 없다. "놈이 이 영상을 유포하면 나는 밖에 얼굴도 못 들고 다닐 거예요."

루크가 고개를 절레절레한다. "무슨 실수를 했는지 몰라도 이런 방식으로 해결하는 건 아닌 거 같아요."

"이제 와서 그만두겠다고요?"

"미안하지만 여기서 멈추는 게 나을 거 같아요."

나는 한 발짝 뒤로 물러선다. "막을 기회가 있는데도 그가 내 인생을 망치도록 내버려 두겠다고요?"

"그런 뜻이 아니잖아요."

이제 눈물이 뺨을 타고 흐른다. "그럼 왜 날 도와주지 않죠?"

루크는 손에 쥔 열쇠 꾸러미를 내려다보더니 한숨을 길게 내쉰다. "알았어요. 해볼게요. 하지만 성공한다고 장담은 못 해요."

"고마워요."

나는 평소의 나답지 않게 그를 와락 끌어안는다. 루크도 평소의 그답지 않게 그저 뻣뻣한 자세로 안겨 있다.

잠시 후 루크는 내가 알려준 EJ의 집 주소를 내비게이션에 입력한 뒤 출발한다. 루크가 EJ의 컴퓨터를 해킹하지 못할 경우 마땅한 차선책은 없다. 지금으로선 그를 믿는 수밖에 없다.

- - -

루크가 떠난 지 한 시간이 지났다.

나는 한 번씩 EJ가 숨을 쉬는지 확인하면서 그의 옆을 지키고 있다. 예상보다 일찍 정신을 차릴까봐 걱정했는데 괜한 우려였다. 그는 완전히 곯아떨어졌다. 지금 가장 큰 걱정은 EJ를 어떻게 집에 돌려보내느냐다. 루크에게 미안하지만 다시 한번 도와달라고 부탁할 수밖에 없다.

그나저나 루크는 왜 이리 오래 걸리지?

나는 손톱을 물어뜯으며 일이 잘못되었을 경우를 가늠해본다. 루크가 컴퓨터 보안을 못 뚫었을 수도 있고, EJ의 이웃이 루크를 보고 수상히 여겨 경찰에 신고했을 수도 있다. 아니면 루크가 다 포기하고 돌아섰을지도 모른다. 어쩌면 나까지 포기했을지도 모른다.

그때 휴대폰이 울린다. 루크의 전화다.

"루크?"

"처리했어요."

극도의 불안과 초조가 한꺼번에 가신다. "컴퓨터에서 영상을 찾아서 삭제했어요?"

"네."

나는 긴 한숨을 내뱉는다. "고마워요, 정말 고마워요. 어렵지는 않았어요?"

잠시 침묵이 흐른다. "별로 얘기하고 싶지 않아요."

나는 큼큼 목을 가다듬는다. "돌아오는 중이죠?"

"네." 그가 무뚝뚝하게 답한다.

나는 손이 아프도록 휴대폰을 꽉 쥔다. "조심해서 와요. 어려운 부탁 들어줘서 정말 고마워요, 루크. 사랑해요."

"이따 봐요." 루크가 전화를 끊는다.

나는 꺼진 화면을 바라본다. 속이 울렁거린다. 루크는 확실히 기분이 상한 말투였다. 그 몹쓸 영상을 봤을 수도 있고, 자신에게 범법행위를 하게 한 나에게 환멸을 느꼈을 수도 있다.

EJ를 내 인생에서 몰아내기 위해 한 일 때문에 루크를 잃게 될지도 모른다는 생각에 두 눈에 다시 눈물이 차오른다. 루크를 잃고 싶지 않다. 달리 선택지가 없었으니 루크에게 이 일을 부탁한 걸 후회하지는 않지만, 그와 헤어지기는 싫다. 그가 내 침실 서랍 한 칸을 비우지 않았으면 좋겠다. 아니, 더 많은 서랍을 그에게 내주고 싶다.

이전에는 한 번도 느껴보지 못한 낯선 감정이 내 마음을 가득 채운다. 루크가 매일 밤 내 곁에 있었으면 좋겠다. 내 남은 인생을 그와 함께하고 싶다.

이번 일로 그를 잃고 싶지 않다.

# 35장

# 트리샤

**현재**

나는 점심 식사를 마치고 나서 EJ의 마지막 테이프를 들어봤다. 이 마지막 테이프는 상담 종료를 뜻하는 빨간색이 아닌 검은색으로 표기되었지만 이 뒤에 다른 테이프가 없다. 그리고 녹음 분량도 짧다.

막바지에 EJ의 목소리가 몹시 이상했다. 그런데 헤일 박사의 말투에는 걱정하는 기색이 없었다. 환자가 갑자기 그렇게 말이 어눌해지면 의사로서 걱정해야 하지 않나?

EJ가 와인을 마셨다고 하긴 했다. 하지만 와인 한 병에 그 정도로 혀가 꼬부라질 리 없다. 이상하다.

어쨌든 EJ의 테이프를 모두 들었으니 잠시 쉬기로 했다. 오후 내내 테이프를 들었더니 어느새 해가 저물고 있다. 아무래도 이 집에서 하룻밤을 더 보내야 할 것 같다.

이선은 이 집에 홀딱 반했지만 나는 이 집에서 살아갈 엄두가 안 난다. 그를 사랑하지만, 여기서 살 만큼 깊이 사랑하는지 확신이 안 간다.

나는 손가락에서 결혼반지를 빼 물끄러미 들여다본다. 이선을 만나기 전에 나는 다른 남자와 결혼을 약속한 적 있다. 그와 성대한 결혼식을 꿈꿨는데 끝내 파혼하면서 없던 일이 되었다. 몇 년 뒤 이선이 이 반지를 끼워줄 때 나는 작지만 낭만적인 결혼식을 바랐다. 실제로 주례 앞에서 서약을 나누는 순간 세상에 우리 둘뿐인 것만 같았다.

나는 반지를 약간 기울여 그 안에 새겨진 문구를 읽는다. **이선과 트리샤, 둘이서 영원히.** 가끔 그 문구를 볼 때마다 마음이 푸근해진다. 우리는 서로의 반쪽이며 죽음이 우리를 갈라놓을 때까지 함께하리라고 마음속으로 되뇐다.

사무실 밖에서 울린 소음에 깜짝 놀란 나는 그만 반지를 떨어뜨린다. 책상을 가로질러 바닥에 떨어진 반지는 내가 막을 겨를도 없이 가죽 소파 밑으로 굴러 들어간다.

나는 무릎을 꿇고 팔꿈치를 바닥에 대고 엎드린다. 벽에 밀착한 소파 밑은 너무 좁아 손을 집어넣을 수도 없다. 눈을 가늘게 뜨고 살펴봐도 캄캄해서 아무것도 보이지 않는다.

책상 위에 놓아둔 핸드백에서 휴대폰을 꺼내 손전등을 켜고 소파 밑을 비추지만 먼지만 보일 뿐 반짝이는 물체는 눈에 걸리지 않는다.

젠장!

아차. 바닥에 엎드리기 전에 흰색 캐시미어 스웨터부터 벗었어야 했다. 나는 벌떡 일어나 옷에 묻은 먼지를 털어낸 뒤 주위를 두리번거린다. 소파를 옮기지 않고는 반지를 찾을 방법이 없다. 혼자서 무거운 소파를 옮기자니 엄두가 안 난다. 게다가 임산부는 가능하면 무거운 물건을 들지 않는 게 좋다.

그렇다면 이선에게 도움을 청하는 수밖에 없다. 이선은 아직 2층에서 일하는 중인 것 같다. 아니면 밖에서 무슨 소리가 들렸으니 저녁 식사를 준비하고 있을 수도 있다. 어느 쪽이든 기꺼이 도와줄 것이다. 내가 약한 척을 하며 부탁할 때마다 흐뭇한 얼굴로 소매를 걷어붙이곤 하니까.

사무실에서 나오니 사방이 고요하다. 그때 2층에서 뭔가 삐걱거리는 소리에 이어 문이 쾅 닫히는 소리가 난다.

이선이 낸 소리일 테다. 일하다가 화장실이라도 간 모양이다.

나선형 계단을 오르면서 2층 복도를 올려다보니 너무 어두워서 짜증이 난다. 이 집에는 전등 스위치가 지나치게 많다. 물론 이선은 간단히 해결할 수 있는 문제라고 주장할 것이다. 자동으로 켜지는 센서 등이나 조명제어판을 설치하면 될 거라고.

나는 2층에 이르자마자 복도의 등부터 큰다. 그리 밝지는 않아도 그나마 안심이 된다.

하지만 그것도 잠시, 다시 심장이 쿵쿵 뛴다. 다락방으로 이어지는 천장의 트랩 도어 줄이 흔들리고 있다.

바람 때문일까? 하지만 창문은 모두 닫혀 있다. 게다가 바람 탓으로 여기기엔 제법 많이 흔들린다.

이대로 가만히 서 있을 순 없다. 우선 이선에게 말해 반지를 찾고 나서 다락방을 확인해달라고 해야겠다. 타협은 없다. 이선이 다락방을 확인하지 않는다면 두 번 다시 이 집에 발을 들이지 않을 테다.

나는 이선이 있는 방문을 두드린다. 결혼반지가 빠진 손가락의 느낌이 휑하다. 반지를 끼고 다닌 지 반년밖에 안 되었는데 벌써 내 신체의 일부가 된 것 같다.

이선이 방 안에서 외친다. "들어와!"

이선은 몇 시간 전 자세 그대로 노트북 앞에 앉아있다. 조금도 움직이지 않은 것 같다.

"배고파?"

"아니, 나 좀 도와줘."

"무슨 일인데?"

나는 왼손을 들어 보인다. "결혼반지가 소파 밑으로 굴러 들어갔거든. 손이 안 닿아서 소파를 옆으로 좀 옮겨달라고."

이선이 눈을 가늘게 뜬다. "갑자기 반지를 왜 뺐는데? 싱글인 척하려고?"

나는 피식 웃는다. "그냥 그 안에 새긴 문구가 보고 싶어서."

그가 씩 웃는다. "이선과 트리샤, 둘이서 영원히."

"그래, 바로 그 문구."

이선이 의자에서 일어나며 늘어지게 기지개를 켠다. 티셔츠가 딸려 올라가 배에 난 금빛 털이 눈에 들어온다. 이선은 노트북을 닫고 책상에 그대로 놓아둔다. 돌아와서 일을 계속할 생각인 듯하다. 그는 스타트업 회사에 모든 걸 쏟아붓고 있다. 과거에 한 차례 실패의 쓴맛을 보았으나 이번엔 제법 전망이 좋은 것 같다.

"혹시 조금 전에 다른 방이나 화장실에 간 적 있어?"

이선이 콧잔등을 찌푸린다. "아니, 적어도 한 시간은 이 방에 쭉 앉아있었는데."

이제는 조금도 놀랍지 않다. 이 집에서 내가 들은 소리를 이선은 항상 듣지 못했다고 한다.

우리는 계단을 내려가 헤일 박사의 사무실로 향한다. 내가 녹음기를 서랍에 넣어두고 나왔는지 갑자기 기억이 안 나서 조마조마했는데 사무실에 들어서면서 보니 잘 넣어둔 모양이다. 내가 여기서 뭘 하고 있었는지 이선이 알게 되면 어떤 반응을 보일지 상상하기 힘들다.

이선이 팔짱을 끼고 소파를 내려다본다. "여기서 잃어버렸어?"

나는 고개를 끄덕인다. "응, 이 밑으로 굴러가는 걸 봤어."

"알았어."

이선이 허리를 숙여 소파 가장자리를 잡더니 옆으로 힘껏 민다. 그 즉시 반지가 눈에 들어온다.

"찾았다!"

반지를 집으려고 허리를 굽힌 순간 또 다른 무언가가 눈에 들어온다. 작은 고리로 보인다.

바닥에 웬 고리가 달려 있지?

나는 발로 마루판을 두드려 본다.

울리는 소리로 보아 속이 비어 있다.

이선이 묻는다. "왜 그래?"

나는 얼른 반지를 집어 손에 쥐고서 다시 발로 바닥을 두드려 본다. "여기 무슨 비밀 공간이 있나봐. 빈 소리가 나."

"정말?"

이선이 날 따라 발로 바닥을 두드린다. 틀림없이 안이 비어 있다.

나는 마룻판을 노려보며 말한다. "이 아래에 뭔가 있어."

이선이 고개를 끄덕이며 소파를 더 멀찍이 밀어서 치운다. 바닥에 커다란 직사각형 윤곽이 뚜렷하게 보인다.

바닥 아래에 뭐가 있을까? 또 다른 테이프들?

그럴 수도 있지만 왠지 아닐 것 같다. 이곳을 발견한 사람이 우리 말고는 없을 거라는 직감도 든다.

"당신은 여기 뭐가 있을 거 같아?" 이선이 씩 웃으며 묻는다. "금은보화?"

"글쎄. 나야 모르지."

"열어보면 알겠지, 뭐."

이선이 고리를 잡으려고 허리를 숙이자 내가 다급히 그의 팔을 잡는다. "열어보지 않는 게 나을 거 같아. 나중에 경찰에 신고해서 확인하게 하자."

"당신은 이 안에 뭐가 들어있을지 궁금하지 않아?"

나는 얼굴을 찡그린다. "궁금하긴 한데……, 혹시 무슨 범죄 증거면 어떡해? 함부로 건드렸다가는 곤란해질 수도 있잖아."

"딱 봐도 비밀 금고처럼 보이는데? 진귀한 보석이 있을지도 몰라." 이선이 윙크를 날린다. "탐나지 않아?"

내가 죽은 여자의 보석을 탐낼 사람으로 보이나? 이 스웨터도 마지못해 입었는데?

"별거 아닐 거야." 이선이 어깨를 으쓱한다. "그냥 열어보자."

"아니, 난 싫어."

하지만 이선은 내 말을 무시하고 고리를 잡아당겨 비밀 공간의 문을 열어젖힌다.

내부가 드러난 순간, 가슴이 쿵 내려앉는다.

# 36장

## 에이드리엔

**과거**

나는 현관문 앞에서 초조하게 서 있다. 마침내 루크가 돌아와 초인종을 누르기도 전에 문을 벌컥 열었더니 그가 놀란 눈을 깜빡인다. 그의 얼굴이 까칠해 보인다. 우리가 연인이된 이후 매일 면도를 했는데, 무료 클리닉에서 처음 봤을 때처럼 자란 턱수염이 눈에 들어온다.

루크가 주머니에서 열쇠 꾸러미를 꺼내더니 마치 불결한 오물을 넘기듯이 내 손에 떨어뜨린다. "자, 받아요."

"정말 고마워요."

"잘한 짓인지 모르겠네요."

나는 미안한 마음에 쭈뼛거린다. "다 지운 거 맞죠? 컴퓨터에서?"

"지웠다고 했잖아요." 그의 날 선 말투가 낯설다. 나에게 늘 다정하고 상냥했던 사람이 그런 식으로 말하니까 듣기 괴롭다. "하지만 아까 말했듯이, 다른 곳에 사본이 남아 있을 수도 있어요."

"그 집에서 컴퓨터 말고 다른 곳도 둘러봤어요?"

루크가 날 노려보며 대꾸한다. "아뇨."

나는 큼큼 목을 가다듬는다. "그 영상을 보진 않았죠?"

"봤어요."

얼굴에 확 피가 몰린다. "루크, 안 보겠다고 약속했잖아요!"

루크가 눈을 찌푸린다. "그렇게 위험한 짓까지 하면서 그 영상을 지워야 하는 이유를 나도 알아야 했어요."

나는 고개를 푹 떨군다. "당신한테 보여주고 싶지 않았어요."

"도대체 무슨 생각으로 그랬어요?" 평소에 온화하던 루크의 갈색 눈이 날카롭게 번뜩인다. "남의 차에 왜 그런 짓을 한 거예요?"

"홧김에 그랬어요. 나도 후회가 막심해요." 나는 그를 쳐다볼 수 없어 시선을 돌린다. 이제 그를 잃게 되었으니 못할 말도 없다. "당신은 그런 적 없어요? 화가 치밀어서 한심한 짓을 저지른 적이 단 한 번도 없어요?"

"남의 차 타이어를 칼로 찌른 적은 없어요."

"그렇다면 당신은 나보다 훌륭한 사람이네요."

루크는 운동화를 내려다보며 잠시 뜸을 들인다. "뭐 때문에 그렇게 화가 났는데요? 그 차 주인이 당신한테 무슨 잘못을 했어요?"

"내가 주차하려던 자리를 가로챘어요. 진료 예약 시간에 늦을까봐 서두르던 중이었죠."

루크가 입을 떡 벌린다. "농담이죠?"

나는 고개를 가로젓는다. "환자가 기다릴까봐 신경이 잔뜩 곤두서 있었어요."

내가 듣기에도 구차한 변명처럼 들린다.

루크가 주먹을 불끈 쥔다. "믿기 힘드네요. 겨우 주차 자리를 빼앗겼다고 그런 짓을 저지르다니."

대화를 이어가는 게 고통스럽다. 나는 직업상 타인의 기분을 어떻게 풀어주어야 하는지 잘 알고 있다. 하지만 내 경력을 통틀어 이렇게 곤란한 상황은 처음이다. 차라리 입을 다 물어버리는 게 나을 텐데, 나도 모르게 불쑥 내뱉고 만다. "이제 나한테 정이 떨어졌나요?"

루크의 눈썹이 삐죽 솟구친다. "뭐라고요?"

나는 땀에 젖은 손을 꽉 쥔다. "나한테 실망했잖아요. 말투도 퉁명스럽고, 나랑 눈을 마주치려고 하지도 않고."

루크가 한숨을 길게 내쉰다. "실망한 건 사실이에요. 하지만 왜 그 영상을 지우고 싶었는지 이해는 가요. 내가 도울 수 있어서 다행이고요. 또……." 루크가 허탈하게 웃는다. "마냥 완벽한 사람인 줄 알았는데 당신한테도 그런 허점이 있다는 걸 알게 된 게 그리 싫지만은 않네요."

"난 완벽하지 않아요. 오히려 부족한 게 많은 사람이죠."

루크가 내 사무실로 눈길을 던진다. "아무튼, 이제 골치 아픈 문제는 해결했으니 저 자식만 집에 돌려보내면 되겠네요."

– – –

루크와 함께 EJ를 집에 옮겨놓고 되돌아오는 길에 내 마음은 모처럼 홀가분하다. 루크는 EJ의 포르쉐 조수석에 그를 태우고 직접 운전했다. 30분 거리를 달리는 동안 녀석이 깨어날 수도 있으니 내가 운전하면 위험하다는 것이었다. EJ의 집 앞에 도착하자 루크는 포르쉐를 진입로에 세워두고 내 차에 올랐다. EJ는 여전히 기절한 상태로 조수석에 남아 있었다.

최근에 관람한 오페라 아리아를 틀고서 차창을 내리자 시원한 바람이 기분 좋게 얼굴을 스친다. EJ는 지난 4개월 동안 그 빌어먹을 영상을 손에 쥐고 날 조종했다. 드디어 그 문제를 해결했으니 속이 후련하다 못해 통쾌하다. 지금 차 안에 흐르는 오페라 아리아의 가사를 알았더라면 신나게 따라 불렀을 수도 있다.

루크는 조수석에 앉아 창밖을 멍하니 바라보고 있다. 정지 신호에 멈춰서 루크의 옆모습을 보니 애정이 샘솟는다.

"사랑해요."

루크가 나를 돌아본다. 내가 손을 내밀자 루크가 손을 포갠다. 태도가 약간 건성이지만, 오늘 하루 그가 나를 위해 해준 일을 생각하면 섭섭해할 수 없다.

"나도 사랑해요."

"그래서 말인데……, 조만간 같이 살래요?"

그의 눈이 크게 벌어진다. "진심이에요?"

가슴 한구석이 간지럽다. "진심이에요."

루크가 환하게 웃는다. "좋아요."

나는 운전대를 꺾어 좁은 진입로로 들어선다. 나는 항상 세상과 고립된 나만의 왕국을 사랑했지만 이제 그 왕국을 다른 사람과 공유할 준비가 되었다. 어차피 침실이 여섯 개나 되는데 남자친구와 좀 나눠 쓰면 어떤가?

차를 세우는 사이 주머니에서 휴대폰이 진동한다. EJ의 협박을 받기 시작한 뒤로 휴대폰이 진동할 때마다 심장이 내려앉곤 했다. 나는 이제 신기할 만큼 차분해진 마음으로 주머니에서 휴대폰을 꺼내 문자 메시지를 확인한다.

## 이 나쁜 년. 감히 내 집을 털어?

엄밀히 따지면 그의 집에 들어간 사람은 내가 아니라 루크다. 게다가 무엇을 훔친 게 아니라 녀석이 몰래 찍은 내 영상을 제거했을 뿐이다. 하지만 몹시 화난 EJ를 더 자극할 생각은 없다.

화면에 다음 메시지가 뜬다.

## 당신을 죽여버릴 거야.

"뭐예요?" 루크가 묻는다. 그는 차에서 내렸지만 나는 여전히 운전석에 앉아있다. 그가 열린 창문으로 날 살핀다.

EJ는 날 죽일 의도가 없을 것이다. 그냥 몹시 분노했을 뿐이다. 정말 날 죽이고 싶었다면 이렇게 대놓고 살인 의도를 표현하지 않고 분노를 삭이며 은밀히 살인을 계획했을 테다.

하지만 이 문자 메시지를 루크가 보면 심각하게 걱정할 게 뻔하다. 분명 우리가 끔찍한 실수를 저질렀다며 후회할 것이다.

그는 나와 달리 EJ 같은 부류의 심리를 이해하지 못한다.

"별거 아니에요."

나는 EJ의 휴대폰 번호를 차단한 뒤 차에서 내려 루크를 따라 집으로 들어간다.

# 37장

# 트리샤

**현재**

구역질이 치밀어서 손으로 입을 틀어막지만 소용없다. 나는 급히 주방으로 달려가 싱크대에 속을 게워낸다. 싱크대 가장자리를 잡고 숨을 고른다. 눈앞이 뿌옇게 흐려진다.

"트리샤?"

이선이 다가와 내 등을 어루만진다. 나는 눈을 꾹 감고 도리질치며 방금 본 광경을 떨치려고 노력한다. 하지만 불가능하다. 아마 죽는 날까지 뇌리에서 사라지지 않을 것이다.

여기 오는 게 아니었다. 애초에 기웃거리지도 말아야 했다.

이선이 착 가라앉은 목소리로 말한다. "헤일 박사에게 무슨 일이 일어났는지 이제 알겠네."

나는 목이 메서 대답도 못 한다.

이선이 비밀 공간을 여는 순간 처음 보는 광경이 눈을 강타했다. 썩어가는 시체 한 구가 웅크린 자세로 누워있었다. 변사체가 유골이 되기까지 얼마나 걸리는지 모르겠지만 아직 그 단계에 이르지 않은 상태였다. 검은색으로 말라비틀어진 피부가 아직 뼈에 붙어 있었다. 밝은색 티셔츠에 청바지 차림이었다. 변사체의 주인은 아침에 옷을 입으면서 그날이 자신의 마지막 날이 될 줄은 전혀 상상하지 못했을 것이다.

나는 숨을 헐떡이며 말한다. "나 밖에서 바람 좀 쐴게."

이선이 말리기도 전에 나는 비틀거리며 현관문을 향해 걸어간다. 떨리는 손으로 겨우 잠금장치를 풀고 포치로 나간다. 간밤에 쌓인 눈에 발이 푹 빠진다. 해가 지면서 기온이 뚝 떨어진 탓에 내가 입은 얇은 블라우스와 캐시미어 스웨터, 청바지와 양말로는 추위를 감당할 수 없다. 몸이 덜덜 떨리지만 뇌리에 박힌 끔찍한 이미지가 사라져 그나마 숨이 트인다.

이선이 나를 따라 나와 소리친다. "트리샤, 계속 밖에 있다가는 얼어 죽겠어!"

워커를 신고 스키 재킷까지 챙겨 입은 그가 내 코트를 건넨다.

"이거라도 얼른 입어."

이선은 멍하니 선 나에게 코트를 입혀준 다음 내 어깨를 감싼다. 나는 그를 밀어낸다. 지금은 그가 날 만지지 않았으면 좋겠다.

이선이 나직하게 말한다. "신발도 신어야 해. 그러다 동상 걸려."

나는 고개를 들어 온통 눈으로 덮인 지평선 끝을 바라본다. 여기서 어떻게 벗어나지?

우리는 변사체가 있는 집에 꼼짝없이 갇혔다.

"트리샤, 괜찮아?"

"아니, 안 괜찮아."

이선이 얼굴을 찌푸린다. "그런 걸 보게 해서 미안해. 내가 생각이 짧았어."

"나 시체 처음 봤어." 나는 그를 힐끗 본다. "당신은 본 적 있어?"

이선이 코트 주머니에 손을 집어넣는다. "장례식에서 종종 봤지. 관을 열어두기도 하니까."

"정말 오늘 밤도 이 집에 머물러야 해?"

이선이 먼 곳을 본다. "큰 도로까지 나가봐야겠어. 내가 지나가는 차를 잡아서라도 제설차 불러올게."

"시체가 있는 집에 나 혼자 내버려두겠다고?"

이선이 한숨을 푹 쉰다. "달리 방법이 없잖아. 일단 내일 아침까지는 이 집에 있어야 해. 해가 떠야 그나마 덜 추울 테니까."

발이 꽁꽁 얼어 감각이 느껴지지 않는다. 이대로 몇 분만 더 서 있다가는 영락없이 동상에 걸릴 것이다. "일단 안으로 들어가자."

"잘 생각했어."

집 안에 들어서자마자 다시 속이 메스껍다. 이선이 내 등에 손을 얹고 나를 거실로 이끌어 소파에 앉히며 말한다. "몸부터 녹이자."

"알았어." 나는 힘없이 말한다.

몸이 계속 으슬으슬 떨린다. 이선이 내 젖은 양말을 벗기자 붉게 언 발이 드러난다.

이선이 혀를 찬다. "따뜻한 물 좀 받아올 테니까 잠깐 기다리고 있어."

어쩌면 저렇게 침착할 수 있을까? 나는 살면서 그렇게 끔찍한 광경은 처음 봤다. 공포영화에나 볼 수 있는 흉측한 모습이었다. 그런데 이선은 전혀 동요하지 않는 기색이다. 그나마 이선이라도 냉정을 잃지 않아서 다행이다. 그는 훌륭한 남편일 뿐 아니라 훌륭한 아빠가 될 것이다. 어떤 위기가 닥

쳐도 침착하게 대처할 수 있는 사람이니까.

나는 주방에서 나는 물소리를 들으며 눈을 감는다. 떨림을 가라앉히려고 심호흡한다. 발소리가 들려서 다시 눈을 뜨니 이선이 김이 모락모락 나는 대야를 들고 내 앞에 서 있다.

"발 좀 담그자."

따뜻한 물에 언 발을 넣자 감각이 서서히 돌아오며 발가락이 찌릿찌릿하다.

"좀 어때? 괜찮아?"

나는 말없이 고개를 끄덕인다.

이선이 옆에 앉아 내 어깨에 팔을 두른다. 이번에는 그를 밀어내지 않고 그의 어깨에 머리를 기댄다. 떨림이 잦아드는 것도 잠시, 나는 고개를 홱 치켜든다. 방금 쿵 소리가 났기 때문이다. 그것도 헤일 박사의 사무실 쪽에서.

이선도 그 소리를 들었는지 온몸이 딱딱히 굳는다. 여태 내 말을 대수롭지 않게 여기더니 이제야 허튼 말이 아니라는 걸 깨달은 눈치다.

이 집에 다른 누군가가 있다. 아니면 시체가 살아났거나.

# 38장

## 에이드리엔

**과거**

루크와 함께 장을 보러 마트를 방문했다. 마트는 전략적으로 소비 심리를 부추기는 곳이다. 우유 한 팩을 사러 마트에 가더라도 우유만 사 들고 나오는 건 불가능에 가깝다. 마트에 한번 들어선 이상 계산대까지 가려면 매장 전체를 가로질러야 한다.

사람들이 가장 많이 찾는 유제품 코너는 매장 맨 안쪽에 있기에 수많은 유혹을 지나쳐야만 다다를 수 있다. 먼저 신선식품 코너를 거치는 동안 다양한 색상의 과일과 채소, 신선한 육류가 시각을 자극한다. 마트의 조명도 식재료들이 가장 먹음직스럽게 보이도록 설정되어 있다. 진열대에도 소비 심리를 자극하는 함정이 도사리고 있다. 상대적으로 가격이 비싼 프리미엄 품목은 성인 눈높이에 맞춰 진열하고, 일

반적인 품목은 그보다 아래에 진열한다. 설탕 함량이 높은 시리얼이나 형형색색 과자류는 어린이 눈높이에 맞춰 진열한다. 지나치게 큰 쇼핑 카트도 소비 심리를 부추긴다.

"심지어 마트에서 흘러나오는 음악도 소비 심리를 자극하는 촉매제예요." 내가 루크에게 설명한다. "사람들은 음악이 흐르는 매장에서 더 오래 쇼핑한다는 연구 결과가 있죠. 마트에 창문이나 시계가 없는 것도 시간 가는 줄 모르게 하려는 의도고요."

루크가 콘플레이크 한 상자를 카트에 넣으며 말한다. "마트가 그토록 음흉한 곳인 줄은 미처 몰랐네요."

"현명한 소비자라면 그런 상술에 놀아나지 말아야죠." 나는 카트를 끌고 시리얼 코너를 벗어난다. "충동구매를 하지 않으려면 구입 목록에 적힌 것만 사야 해요."

루크가 날 보며 웃는다. "정말이지 현명한 소비자네요."

"마트에 머무는 시간이 길어질수록 불필요한 물건을 사들이게 된다니까요."

루크가 진지한 얼굴로 고개를 끄덕인다. "그럼 이건 어때요?"

말이 끝나기가 무섭게 루크가 마트 한복판에서 내 입술에 키스한다. 나도 마트에서의 원칙 따위는 잊고 그 순간을 만끽한다. EJ의 휴대폰과 컴퓨터에서 영상을 삭제한 이후 우리 사이는 더욱 가까워졌다. 루크는 EJ의 보복이 염려된다면서 며칠 동안 내 곁에 머물겠다고 고집을 부렸다. 다행히 EJ는 나에게 한 번도 연락하지 않았고 현관 앞에 나타나지도 않았다. 며칠이 지난 뒤에도 루크는 자기 집에 가지 않았다. 옷을 가지러 집에 간 날에도 곧바로 되돌아왔다.

마트의 6번 통로 한가운데서 루크와 키스하는 동안 나는 지금이 내 인생에서 가장 행복한 시기라는 걸 깨닫는다. 내 곁에는 다정하고 멋진 남자가 있고, 새 책도 곧 나올 예정이고, 한동안 속을 썩였던 EJ 문제도 해결했다.

"헤일 박사님!"

나는 화들짝 놀라 루크에게서 떨어진다. 사람들이 오가는 마트에서 그렇게 낯 뜨거운 애정 행각을 벌이다니 정말 나답지 않았다. 하지만 루크는 나와 달리 조금도 민망한 기색 없이 덜 떨어진 미소를 짓고 있다.

나를 부른 사람을 돌아보니 내 환자 게일이다. 처음에는 우편 배달부, 그다음은 약사, 최근에는 아들이 자신을 살해하려 한다고 확신하던 여성. 나는 가끔 내 환자들의 정신세계를 들여다볼 때마다 그들이 어떻게 일상생활을 영위하는지 궁금하다. 지금 눈앞의 게일은 아주 멀쩡해 보인다. 공들여 화장한 얼굴에 분홍색 스웨터와 카키색 바지 차림이다.

내가 처방한 약은 잘 챙겨 먹고 있을까?

"안녕하세요." 나는 립스틱이 번졌을 게 분명한 입술을 닦으며 말한다. 얼굴이 화끈거린다. "이렇게 우연히 마주치기도 하네요."

"미안해요, 방해할 생각은 없었어요. 그저 헤일 박사님을 보고 반가운 마음에 이름부터 불렀네요."

"괜찮아요." 나는 옷매무시를 가다듬으며 루크를 힐끔 본다. 그는 호기심 어린 눈으로 지켜보고 있다. "루크, 이쪽은 내 환자 게일이에요. 게일, 이쪽은 루크예요. 내……, 남자친구요."

루크는 빙그레 웃고 게일도 즐거워하는 눈치지만 나는 '남자친구'라는 표현이 멋쩍게 느껴진다.

내가 어색해지려는 분위기를 무마하려고 묻는다. "그동안 어떻게 지내셨어요?"

"잘 지냈어요." 게일이 활짝 웃는다. "박사님 조언대로 아들과 마주 앉아서 진솔하게 대화를 나눴어요. 그동안 내가 주변 사람들을 얼마나 터무니없이 의심했는지 새삼 느꼈어요. 박사님의 상담 치료가 큰 도움이 되었죠."

게일의 표정을 보니 과연 이전보다 훨씬 나아 보인다. 가끔 약간 흐트러진 모습으로 술 냄새를 풍기며 진료를 받으러 왔는데 내가 그 사실을 지적하려고 하면 늘 웃으며 화제를 돌리기 일쑤였다. 오늘은 술 냄새가 아니라 라일락 향이 난다.

"잘 지낸다니 정말 기쁘네요." 그때 내 핸드백 안에서 휴대폰이 진동한다.

게일이 루크에게 시선을 돌린다. "헤일 박사님은 정말이지 훌륭한 분이세요."

루크가 나를 힐끗 보고 웃는다. "잘 압니다."

게일이 연신 나를 칭찬하는 동안 나는 휴대폰을 꺼내 확인한다. 화면에 낯선 번호로 온 메시지가 뜬다. 첨부된 영상은 정지된 이미지만 봐도 뭔지 알 수 있다. 빨간 제타 앞에 웅크린 내 모습. EJ에게 영상 사본이 또 있었다는 뜻이다.

루크와 게일은 열심히 대화를 나누고 있다. 나는 떨리는 손가락으로 답장을 입력한다.

**원하는 게 뭐야?**

화면을 응시하자 곧 답장이 뜬다.

**오늘 밤에 만나서 얘기하죠.**

내가 앓던 이를 뽑으려다가 상황을 더 악화시키고 말았다.

# 39장

## 에이드리엔

쇼핑한 물건들을 대충 정리해두고 나서 나는 두통이 심하다는 핑계를 내세워 루크를 집으로 돌려보냈다. EJ의 연락에 대해서는 말하지 않았다. 말했다가는 루크가 화를 낼 테니까. 그는 처음부터 반대했는데 억지로 나를 도왔고, 애초에 다른 곳에 사본이 있을 수 있다고 경고했다.

오늘 밤 EJ와 만나기로 했다는 것도 말하지 않았다. 루크가 자기도 그 자리에 함께 있겠다고 고집을 부릴 테니까. 나도 루크가 곁에 있으면 좋겠지만 내가 자초한 문제에 자꾸 그를 끌어들일 수 없다. 이제 나 혼자 부딪혀야 한다.

일단 돈으로 해결해볼 생각이다. 내가 제시한 금액으로 부족하다면 두 배까지 내줄 의향이 있다. 그가 내 인생에서 영원히 사라져주기만 한다면 전혀 아깝지 않다.

허기가 지지만 입맛이 없어서 땅콩버터 샌드위치 하나로

때웠다.

밤 9시가 넘어서야 초인종이 집 안 가득 울려 퍼진다. 소파에 앉아 손톱을 잘근잘근 씹던 나는 하마터면 아까 먹은 샌드위치를 토해낼 뻔했다. 차라리 루크에게 사실대로 털어놓고 곁에 있어 달라고 할 걸 그랬다. 혼자서 EJ를 상대하고 싶지 않다. 하지만 후회해도 이미 늦었다. 그는 원하는 걸 얻기 전에는 결코 돌아가지 않을 것이다.

감시 카메라 앱을 켜니 현관 앞에 서 있는 EJ의 모습이 보인다. 그의 금발이 현관 조명을 받아 반짝인다. 카메라 각도 때문에 표정까지는 안 보인다. 나는 숨을 훅 내뱉고 일어나 땀에 젖은 손바닥을 바지에 문지르며 현관문으로 향한다. 잠금장치를 풀고 문을 열자 그가 활짝 웃는 얼굴로 서 있다. 두 눈알을 뽑아버리고 싶은 충동을 느끼며 주먹을 꽉 쥔다.

"손님을 계속 밖에 세워두실 거예요?"

나는 한 발짝 옆으로 비켜서며 길을 터준다. 속이 울렁거린다. 두 번 다시 볼 일이 없길 바랐는데.

"안색이 안 좋아 보이네요. 혹시 감기라도 걸리셨어요?"

"나한테 원하는 게 뭔지나 말해요." 내가 씹어뱉듯이 말한다.

그가 고개를 뒤로 젖히며 요란하게 웃는다. "내가 별로 마음에 안 드시나봐요."

나르시시스트가 대부분 그렇듯이 EJ도 마음만 먹으면 얼마든지 매력적인 인상을 줄 수 있다. 사람들은 처음에 그에게 호감을 느끼다가 점점 본색을 알고 멀어지지만 나는 처음 봤을 때부터 EJ가 싫었다. 그의 어머니가 아무리 간곡히 부탁해도 그를 받아들이지 말아야 했다.

"시간 낭비하지 말죠." 나는 두려움을 감추려고 팔짱을 낀다. "지금 바로 수표 써줄게요. 얼마면 되겠어요?"

그가 히죽거리며 손을 내젓는다. "이미 소식 들으셨는지 모르지만 지난달에 부모님이 교통사고로 돌아가셨어요." 그가 과장스럽게 슬픈 표정을 짓는다. "아시다시피 내가 유일한 상속자라서 제법 많은 돈을 물려받게 되었죠."

나는 팔짱을 더욱 단단히 낀다. 언젠가 EJ가 말한 적 있다.

*엄마는 정말 지독하게 운전을 못 해요. 언젠가 아버지를 조수석에 태우고 가다가 트럭을 들이받아 나란히 돌아가실지도 몰라요.*

나는 EJ가 끔찍하게 싫긴 해도 딱히 위험한 인물이라고 생각한 적은 없다. 전문의로서 완전히 오진을 한 셈이다. 내 커리어를 통틀어 가장 끔찍한 실수였을지도 모른다.

EJ는 단순히 나르시시스트가 아니라 사이코패스다.

"돈 말고 나한테 바라는 게 뭐죠?" 목이 메어 쉰 소리가 난다.

EJ의 입가에 미소가 번진다. 주먹을 날리고 싶다. "나한테 뭘 해줄 수 있는데요?"

"마지막으로 옥시코돈 처방전 한 번 더 써줄게요."

EJ가 코웃음을 친다. "당신이 나한테 한 짓을 생각하면 그 정도로는 성에 안 차네요."

"그럼 원하는 게 뭔지 당신 입으로 말해."

"내가 원하는 거요?" 그가 한 발짝 다가오자 나는 팔짱을 낀 상태로 뒤로 물러선다. "나는 당신을 원해요, 에이드리엔."

머리가 핑 돈다. "상담 치료를 계속 받고 싶다는 뜻이야?"

그가 역겨운 미소를 띠고 한 걸음 더 다가온다. "옷을 다 벗고 내가 원하는 대로 하게 해줘요."

그 말에 무릎이 후들거린다. "꿈도 꾸지 마."

"그렇게 성급하게 거절하지 마요." EJ가 손을 뻗었고, 나는 또 한 발 뒤로 물러선다. "내가 즐겁게 해줄게요. 그 멀대 같은 녀석한테 질릴 때도 됐잖아요. 딱 봐도 밤일을 잘할 것 같지 않던데."

"헛소리하지 말고 내 집에서 당장 나가." 나는 이를 악물고 쏘아붙인다. "당장 나가지 않으면 경찰 부를 거야."

놈이 한쪽 눈썹을 치켜올린다. "정말 그러고 싶어요?"

"그래." 나는 턱을 쳐든다. "그 영상 퍼뜨리고 싶다면 네 마음대로 해. 더는 그깟 영상 때문에 네 협박에 놀아나지 않을 거야."

EJ가 땅이 꺼지도록 한숨을 푹 내쉰다. "이걸 어쩌죠? 안타깝지만 이건 당신만 연루된 문제가 아니거든요."

EJ가 주머니에서 휴대폰을 꺼내 잠시 화면을 두드리더니 나에게 내민다.

나는 완강하게 고개를 내젓는다. "저리 치워."

그가 휴대폰을 내 얼굴 가까이 들이민다. "보는 게 신상에 이로울 거예요."

제기랄. 이 상황은 또 뭐야?

손이 덜덜 떨려 하마터면 휴대폰을 놓칠 뻔했다. 화면에는 영상이 재생되고 있다. 얼핏 보기에도 내 영상은 아니다.

EJ의 집 외부를 촬영한 영상이다. 잠시 후 화면에 루크가 등장한다. 그가 주머니에서 열쇠를 꺼내 현관문을 연다. 화면이 집 안으로 전환된다. 루크는 EJ의 컴퓨터를 찾느라 온 집 안을 헤맨다. 이윽고 루크가 책상 서랍을 따더니 그 안에서 노트북을 꺼낸다. 그런 다음 한동안 작업에 몰두한다.

그 모든 게 영상에 고스란히 담겨 있다.

"남자친구분도 생각하셔야죠."

나는 별안간 헛구역질이 올라와서 몸을 확 숙인다. EJ는 그런 날 지켜보다가 웃음을 터뜨린다. "저런. 나랑 자는 게 그렇게 싫어요?"

"제발 이러지 마." 내가 숨을 헐떡이며 애원한다.

"그러게 왜 그 사람을 끌어들이셨어요." EJ가 고개를 절레절레 저으며 말을 잇는다. "내가 원하는 건 하나뿐이에요. 처음 여기 왔을 때 고고한 표정으로 인사를 건네던 당신을 본 순간부터 당신과 자고 싶었어요. 당신은 그 누구보다, 아니, 나보다 나를 더 잘 아는 사람처럼 보였죠. 그리고 원래 내 이상형이 붉은 머리였거든요." 그가 내 손에 들린 휴대폰을 턱짓으로 가리킨다. "사실 첫 번째 영상은 내용이 좀 약했죠. 그 정도로는 당신이 내 요구에 응하지 않을 줄 알았어요. 남자친구까지 끌어들여서 일을 더 쉽게 해줘서 고마워요."

내가 속삭이듯 애원한다. "제발, 약이든 돈이든 원하는 대로 줄 테니까 그 영상은 지워."

"약은 이미 다른 데서 구했어요." EJ가 내 손에서 휴대폰을 빼앗아간다. "돈으로 구할 수 있는 건 이제 관심 없어요."

나는 고개를 내저을 뿐이다.

EJ는 휴대폰을 주머니에 다시 집어넣는다. "이렇게 하죠. 며칠 시간을 줄 테니 잘 생각해봐요. 나랑 뜨거운 하룻밤을 보내는 게 나을지, 두 사람의 인생을 망가뜨리는 게 나을지."

나는 쥐어짜듯 말한다. "네 제안은 받아들일 수 없어."

EJ가 고개를 옆으로 기울이며 말한다. "곰곰이 생각해보면 마음이 바뀔 거예요."

그가 그 말을 끝으로 제 발로 걸어나간다. 문이 쾅 닫히자마자 나는 부르르 떨며 소파에 털썩 주저앉는다.

이제 어쩐담?

# 40장

# 트리샤

**현재**

"여기 꼼짝 말고 있어."

이선이 나에게 당부한 뒤 주방으로 달려간다. 소파에 앉아 눈으로 따라가 보니 이선이 주방에서 큼지막한 칼을 찾아 든다. 하지만 만약 침입자가 총을 들고 있다면 소용없을 것이다.

내 남편이 총에 맞아 죽을지도 모르는데 소파에 가만히 앉아 있을 수는 없다. 나는 물에 젖은 발로 이선의 뒤에 따라붙는다.

사무실에 도착한 이선이 소리친다. "꼼짝 말고 손 들어!"

나는 그의 어깨너머로 사무실 안을 들여다본다. 방 한가운데 두 손을 들고 서 있는 남자를 본 순간 심장이 덜컥 내려앉는다. 그는 덥수룩한 갈색 머리, 지저분하게 난 턱수염, 낡은 청바지에 구멍 뚫린 스웨트셔츠 차림이다. 안경을 쓰고 있다는 점을 빼면 영락없는 노숙자 행색이다.

이선이 쏘아붙이듯이 묻는다. "당신 누구야?"

남자의 목소리가 오랫동안 말을 하지 않은 것처럼 갈라진 다. "나는……."

"누구냐니까?"

"그냥 하룻밤 묵을 곳이 필요했어요." 그가 거친 목소리로 말한다. "이 집에 사람이 있을 줄은 몰랐어요."

이선과 낯선 남자는 경계를 풀지 않고 서로 바라보고 있지 만 나는 어느 정도 긴장이 풀린다. 내가 의심하던 대로 웬 부 랑자가 빈집인 줄 알고 들어와 지내고 있었던 것 같다. 가만 보니 무기를 숨기고 있거나 술에 취하거나 미친 사람 같지는 않다. 이선보다 키는 크지만 몸이 홀쭉한 걸 보면 오랫동안 제대로 식사를 못 한 것 같다. 다만 남자의 목소리가 묘하게 귀에 거슬린다. 어디선가 들어본 듯하다.

"미안해요." 남자가 가래 섞인 기침을 내뱉는다. "바깥이 너무 추워서 들어왔어요. 아무튼 허락도 없이 멋대로 들어와 서 미안해요. 다시 나갈게요."

이 추운 겨울에 노숙을 했다가는 얼어죽을 것이다. 그냥 여기 머물게 하면 안 되나? 하지만 그에게 나쁜 의도가 없다고 단언할 수 없다.

이선도 나와 비슷한 생각을 하고 있는지 칼을 든 손을 내려놓지 않는다. "그럼 어딘가에 몰래 숨어 있을 것이지 이 방엔 왜 들어왔어?"

제법 날카로운 지적이다.

헉!

그러고 보니 부랑자는 우리가 시체를 발견한 곳 근처에 서 있다. 분명 뚜껑이 열려 있었는데 지금은 닫혀 있다. 그럼 아까 들은 쿵 소리는 이 뚜껑이 닫히는 소리였나보다.

부랑자가 더듬거리며 말한다. "그렇지 않아도 숨어 있었는데……, 갑자기 무슨 소란이 난 것 같아 궁금해서 와봤어요."

그래, 그럴 수 있다. 그런데 간밤에 에이드리엔 헤일 박사의 초상화가 다시 걸려 있었던 이유는 뭐지?

해답은 하나뿐이다.

"당신이 루크군요. 에이드리엔 헤일 박사의 남자친구."

# 41장

## 에이드리엔

**과거**

루크가 저녁 식사를 차렸다. 닭가슴살에 마르살라 와인 소스, 버터, 마늘을 넣고 조린 요리다. 냄새가 근사하지만 나는 10분째 접시 위의 음식을 뒤적거리며 먹는 둥 마는 둥 하고 있다.

"닭고기를 너무 익혔나?" 루크가 내 접시를 들여다보며 말한다. "내 고기는 두께가 적당한데 당신 고기는 좀 얇네요. 혹시 맛이 없어요?"

"아니요." 나는 억지 미소를 짓는다. "정말 맛있어요."

"그런데 왜 이렇게 못 먹어요?" 루크가 인상을 찡그린다. "어디 아파요? 또 편두통이에요?"

EJ가 다녀간 지 이틀이 지났다. 어젯밤에도 편두통 핑계를 대며 루크를 오지 못하게 했다. 하지만 계속 그렇게 둘러댈 수 없어서 오늘 밤은 함께 보내게 되었다.

EJ의 제안을 머릿속에서 떨치려고 애썼지만 쉽지가 않다. 결국 그가 원하는 바를 들어주지 않으면 루크와 나는 나락에 빠지겠지만, EJ가 내 몸을 구석구석 만진다는 생각만으로 치가 떨린다. 애초에 루크가 아닌 다른 남자와 자는 건 상상할 수 없다. 며칠 전까지만 해도 루크를 내 남은 인생을 함께할 유일한 사람이라고 생각했는데…….

지난 이틀 동안 한순간도 마음이 편하지 않았다. 결국 이 문제를 해결할 방법은 단 하나뿐이다. 나는 포크를 내려놓고 접시를 밀어낸 다음 루크를 바라본다. 루크는 안경을 위로 밀어 올리면서 묘한 표정을 짓는다. 나는 두 손을 깍지 낀다.

"문제가 생겼어요."

루크는 씁쓸한 표정으로 고개를 끄덕인다. "내가 이 집에서 지내는 게 불편하군요."

"이런, 그런 거 아니에요."

"괜찮아요. 아직 마음의 준비가 안 된 거죠? 나도 강요할 생각 없었어요. 나야 당장 당신과 함께 살고 싶지만, 더 기다릴 수 있어요."

나도 그와 함께 살고 싶고, 그와 함께 여생을 보내고 싶다.

루크를 만나기 전에는 이런 감정을 느껴본 적 없다. 내 인생에서 유일하게 소중한 관계를 망치고 싶지 않다.

답답해서 속이 문드러질 것 같다. "루크……."

그가 손을 뻗어 내 손을 잡는다. "이건 알아줘요, 에이드리엔. 솔직히 다르시가 세상을 떠나고 나서 다른 누군가를 사랑하게 될 줄 몰랐어요. 하지만 당신을 만나면서 내 생각이 틀렸다는 걸 깨달았죠." 그가 내 손을 힘주어 쥔다. "아까 말했듯이 당장 함께 살지 않아도 돼요. 마음의 준비가 될 때까지 기다릴게요."

나도 모르게 눈시울이 뜨거워진다. "그게 아니에요. 나도 당신과 함께 살고 싶어요. 그런데……."

"그런데 뭐가 문제죠?"

"EJ가 영상 사본을 가지고 있었어요."

에어컨이 돌아가는 소리가 들릴 만큼 고요한 정적이 흐른다. 루크는 입을 굳게 다물고 내 말을 곱씹는다.

"어딘가 따로 저장해뒀었나봐요." 나는 아랫입술을 깨문다. "얼마 전에 나한테 또 보내왔어요. 당연하게도 그 자식은 화가 잔뜩 나 있어요."

루크가 잡았던 손을 슬그머니 뺀다. 얼굴에 나를 향한 애정은 사라지고 암담한 표정이 떠올라 있다. "지난번에 내가 영상 사본이 더 있을 수도 있다고 경고했죠. 어딘가에 백업 받아 놓았을 수도 있다고요."

그 당시에 루크는 다른 데를 둘러보지 않았다고 했지만 EJ가 보여준 영상에서 그는 다른 사본이 있을 만한 디스크를 찾느라 EJ의 책상을 샅샅이 뒤졌다.

"아무튼 그 자식이 다시 협박을 시작했어요." 나는 수치스러워서 EJ가 요구하는 바를 루크에게 털어놓을 수 없다.

"돈으로 해결하려고 해봤는데 씨알도 안 먹혀요."

루크는 한숨을 푹 내쉰다. "하……, 무슨 말을 해야 할지 모르겠네요. 더는 그놈에게 휘둘리면 안 될 것 같아요."

"그 영상이 유출되면 난 끝장이에요."

"하지만 언제까지 그놈이 원하는 대로 끌려다닐 수 없잖아요."

나는 숨을 훅 들이마신다. "그놈은 살아있는 이상 나를 끝까지 놓아주지 않을 거예요……."

내가 애매하게 말끝을 흐리자 루크의 얼굴에 당혹감이 번진다. "그게 무슨 뜻이에요?"

"내 말 알아들었잖아요."

루크는 고개를 세차게 젓는다. "그놈이 원한다면 그냥 영상을 유포하라고 해요. 결과는 우리가 함께 감당하면 돼요."

"내 인생을 포기하라고요?"

"그깟 영상 하나로 인생이 끝장나지는 않아요." 루크가 자세를 고쳐 앉는다. "극복할 수 있어요."

"내 생각은 그렇지 않아요."

루크가 인상을 찡그린다. "선택의 여지가 없잖아요."

나는 웅크렸던 어깨를 편다. 이제 돌이킬 수 없다. "그놈에게 또 다른 영상이 있어요."

루크의 긴 속눈썹이 가늘게 떨린다.

"무슨 영상이요?"

"당신 영상이요."

"내 영상이라니요?"

"당신이 그 집에 몰래 들어가 노트북을 해킹하는 장면이 찍힌 영상이요." 나는 빠르게 말한다. 어서 이 상황을 끝내고 싶다. "오프너로 자물쇠를 따고 책상 서랍을 여는 것까지요."

루크의 얼굴에서 핏기가 가신다.

"그놈의 집 안에 감시 카메라가 있었다는 말이에요?"

"그랬나봐요. 정말 미안해요."

그의 얼굴이 벌겋게 달아오른다. "내가 처음부터 잘못된 일이라고 했잖아요. 정말 곤란해질 수 있다고요."

"그랬죠." 나는 꺼질 듯한 목소리로 인정한다.

그가 손바닥에 얼굴을 파묻고 관자놀이를 문지른다. "정말이지 돌아버리겠네요."

"정말 미안해요." 나는 내 의자를 그의 옆으로 끌고 가서 앉는다. "그놈은 정말 악질이에요. 우리에게 이런 짓을 하다니."

루크가 끙 앓는 소리를 낸다.

나는 목소리를 낮춘다. "만약 우리가 그놈을 제거한다면……."

나는 루크를 흘끔 살핀다. 밀그램의 실험에서 피실험자의 절반 이상이 타인에게 전기 충격을 가했다. 실제였다면 사람을 죽일 수 있는 수준까지. 피실험자들은 불편해하면서도 결국 그렇게 했다. 주도권을 쥔 사람이 그렇게 하도록 종용했기 때문이다.

그가 손바닥에 묻었던 고개를 든다. "대체 무슨 말을 하는 거예요?"

"그게 이 문제를 해결할 수 있는 유일한 방법이에요. 당신도 알잖아요."

"살인을 저지르자는 거예요?"

"살아있는 한 그놈은 우릴 계속 쥐락펴락할 거예요. 당신도 그걸 바라지 않잖아요. 막을 방법은 하나뿐이에요."

"살인은 절대 안 돼요."

"생각해봐요. 이대로 계속 그놈한테 당하면서 살지, 아니면 그놈을 제거하고 편안하게 살지 둘 중 하나를 선택해야 해요."

루크는 몹시 괴로운 표정을 짓는다. "제발 그만해요."

"우리에게는 달리 방법이 없어요."

그가 갑자기 접시가 흔들릴 정도로 세게 식탁을 내리친다. "나는 그런 짓은 못 해요."

루크가 이렇게 언성을 높인 건 처음이다.

그가 의자를 뒤로 밀며 벌떡 일어나더니, 목덜미까지 새빨갛게 달아오른 얼굴로 날 보지도 않고 말한다. "이만 돌아갈게요."

"루크……."

그를 잡으려고 따라나섰지만 그는 나를 뿌리치고 현관으로 달려간다. 문이 쾅 소리를 내며 닫힌다. 나는 그 자리에 멍하니 서 있다가 차가 출발하는 소리에 퍼뜩 정신이 들어 문으로 달려간다. 문을 열고 나가보니 그의 차 후미등이 저 멀리 사라져 간다.

루크는 내가 EJ의 집에 잠입해 컴퓨터를 해킹해달라고 부탁한 건 받아들였지만 이번 제안은 도저히 받아들일 것 같지 않다. 눈빛을 보니 나에게 정이 뚝 떨어진 것 같다. 이제 다시는 날 만나려 하지 않는다고 해도 그를 원망할 수 없다.

나는 방금 루크를 잃었다. 내가 처음으로 사랑한 남자와의 관계를 나 자신이 다 망쳤다.

현관문을 닫고 문에 등을 기대자 눈물이 흐른다. 애초에 EJ를 환자로 받아들이지 말았어야 한다. 그의 어머니가 부탁할 때 거절했어야 한다. 처음 본 순간부터 꺼림칙했는데 직감을 무시한 내가 원망스럽다.

앞으로 루크를 더는 못 만나더라도 그가 그 괴물의 희생양이 되게 내버려두지 않을 것이다. 나 혼자서 EJ를 처리할 수밖에 없다.

# 42장

## 트리샤

**현재**

노련한 거짓말쟁이라면 아니라고 잡아뗐을 수도 있을 텐데, 이 남자는 대번에 얼굴이 하얗게 질리면서 표정이 일그러진다. 내가 제대로 짚었다는 뜻이다. 이 남자는 내가 테이프에서 목소리를 들었던 루크다. 에이드리엔 헤일의 남자친구.

"당신이 그 사람이라고?" 이선이 그를 향해 칼을 겨눈다. "그 정신과 의사를 죽인 남자친구?"

루크가 고개를 세차게 젓는다. "나는 그 사람을 죽이지 않았어요. 나는 에이드리엔을 사랑했어요."

이선이 눈을 가늘게 뜨고 다그친다. "그럼 왜 이 집에서 얼쩡거리고 있었는지 설명해."

루크가 손을 청바지에 문질러 닦는다. "아까 말한 대로예요.

달리 갈 곳도 없고, 마침 이 집이 비어 있어서 잠시 머물고 있었어요."

"갈 곳이 없다니?"

"살해 혐의를 받으면서 모든 걸 잃었거든요." 루크가 잔뜩 충혈된 눈을 든다. "난 정말 그 사람을 죽이지 않았어요. 법정에서 무혐의를 받고 풀려났는데 아무도 믿지 않았죠. 다니던 회사에서 해고되고, 그 후로 다른 일자리를 구할 수도 없었어요. 심지어 가족들마저 날 의심의 눈으로 바라봤죠." 목이 메는 듯 그가 잠시 말을 멈추었다가 잇는다. "아무튼 그래서 이 꼴로 지내고 있어요."

이선이 그를 노려보며 내뱉는다. "난 당신 말 못 믿어."

루크가 들고 있던 두 손을 내린다. "당신이 나에 대해 뭘 안다고요?"

"손 내리지 마."

이선의 날 선 목소리에 루크가 움찔하더니 손을 다시 들어 올린다. "알았어요. 하지만 내 말은 틀림없는 사실입니다."

이선의 관자놀이에 핏줄이 선다. "내가 보기에 당신은 어떤 목적을 가지고 이 집에 왔어. 이 집이 매물로 나온 걸 알고서 남들이 발견하기 전에 헤일 박사의 시체를 치우러 온 거야."

루크가 황당하다는 듯이 입을 떡 벌린다.

"그리고 방금 우리가 잠깐 집을 비운 사이에 재빨리 시체를 치우려고 했겠지."

루크는 인상을 와락 찌푸린다. "이봐요, 난 이 집이 매물로 나온 줄도 몰랐고, 여기에 시체가 있는 줄도 몰랐어요."

"그렇게 말하고 싶겠지."

루크는 손을 내렸다가 이선의 표정을 보고 다시 올린다. "정말 몰랐어요. 갑자기 비명이 들려서 무슨 일인지 확인하러 온 거예요. 혹시나 에이드리엔일까봐. 그 사람은 그냥 사라졌어요. 그날 밤에 만나기로 했는데, 나한테 아무 말도 없이 그냥 그렇게……, 그럴 사람이 아닌데." 그는 바닥을 내려다보며 얼굴을 일그러뜨린다. "난 그 사람을 진심으로 사랑했어요. 그런데 아직도 그 사람한테 무슨 일이 일어났는지 전혀 몰라요."

나도 모르게 눈물이 핑 돈다. 지난 10분 사이에 연기력이 크게 향상된 게 아니라면 루크는 진실을 말하고 있다. 그래도 이선의 표정은 변함없이 냉랭하다.

"개수작 부리지 마."

내가 끼어든다. "이선, 내가 보기에 거짓말 같지는 않아."

"오, 그래?" 이선이 빈정거리듯 말한다. 내 남편의 이런 면은 낯설다. "이 사람 말이 모두 사실이라고 치자. 그렇다고 이대로 집 안을 돌아다니게 내버려둘 순 없어. 안 그러면 당신은 오늘 밤 편히 잠들 수 있겠어?"

이선의 말은 일리가 있다. 루크가 살인자는 아니라고 하더라도 내 목숨을 걸고 그를 믿을 수는 없다.

"그럼 어떻게 하려고?"

이선이 남자를 훑어본다. "일단 묶어두자."

루크가 겁먹은 눈으로 주춤주춤 물러난다. 도망치긴 어려워 보인다. 이선은 현재 칼을 들고 있고, 무기가 없더라도 그에게 질 것 같지는 않다. 이선은 꾸준히 운동을 한다. 뉴욕 양키스 티셔츠 소매 사이로 뚜렷한 이두박근이 보인다.

"책상 서랍에 덕트테이프가 있어. 내가 가져올게." 나는 이선이 먼저 서랍을 열었다가 내가 숨겨둔 테이프들을 발견하기 전에 선수를 친다.

이선이 고개를 끄덕이고 나서 루크를 향해 칼을 흔들어 보인다. "소파에 누워, 당장."

남편이 능수능란하게 상황을 주도하는 모습에 살짝 소름이 돋는다. 몹시 긴장되는 상황인데 이선은 여유가 넘쳐 보인다.

루크는 체념한 듯 비틀거리며 소파에 등을 대고 눕는다.

나는 서랍에서 덕트테이프를 꺼내 그가 신은 지저분한 나이키 운동화 바로 위 발목에 감기 시작한다.

"이제 팔을 앞으로 내밀어." 이선이 그에게 명령한다.

루크의 눈동자가 마구 흔들린다. "제발 이러지 말아요."

이선이 날 향해 지시한다. "트리샤, 혼자서는 못 풀게 손목도 꽉 묶어."

나는 루크의 옆에 쪼그리고 앉아 그의 손목을 덕트테이프로 감는다. 잠시 눈이 마주친 순간 그가 보일 듯 말 듯 고개를 젓는다.

*제발 이러지 말아요.*

나도 이러긴 싫지만 그가 집 안을 마음대로 활보하도록 내버려둘 수는 없다. 그를 묶어 놓아야 그나마 안심할 수 있다.

루크가 누운 자세로 묻는다. "이제 어쩔 건가요?"

"당신은 몰라도 되니까 입 닥쳐."

나는 문을 나서는 이선을 뒤따른다. 사무실을 나오고 나서야 이선은 팽팽하게 곤두서 있던 긴장을 푼다.

"오늘 밤에 떠나야겠어." 이선이 말한다. "아침까지 도저히 못 기다리겠어. 저 수상한 놈이랑 같은 지붕 아래서 자려니까 너무 찜찜해."

"나도 그래." 아래층에 묶여 있는 남자를 떠올리면 잠이 올 것 같지는 않다. "하지만 방법이 없잖아."

"내가 큰 도로까지 나가서 도움을 요청할게."

가슴이 쿵 내려앉는다. "날 여기 두고 혼자 나가겠다고?"

"잘 들어봐. 여기서 큰 도로까지 1.5킬로밖에 안 돼. 눈길이긴 해도 나 혼자라면 충분히 걸어갈 수 있어. 지나가는 차를 세워 도움을 요청할게. 게다가 여기서 조금만 벗어나면 신호가 잡힐지도 몰라. 휴대폰이 터지면 큰 도로까지 가지 않고도 도움을 요청할 수 있을 거야."

창밖을 보니 눈이 너무 많이 쌓였고, 지난 한 시간 사이에 무척 어두워졌다. 이 근방에는 가로등이나 인공조명도 없다. 이선이 길을 잃으면 어떡하지? 눈길에 쓰러져 얼어 죽기라도 하면?

나는 이선의 팔을 세게 움켜쥔다. "너무 위험해."

"괜찮을 거야." 이선은 자신 있는 목소리로 나를 안심시킨다. "옷을 든든히 입고 나갈게. 큰 도로까지 30분 정도면 충분할 거야."

"정말 날 여기 혼자 두고 간다고?" 목구멍이 꽉 조여든다. "낯선 남자와 함께?"

"단단히 묶어뒀잖아. 금방 다녀올 테니 걱정 마."

나는 도리질을 치지만 이선의 눈빛은 단호하다.

"길어야 두 시간 안에 돌아올 거야. 약속할게."

나는 무심코 손바닥으로 아랫배를 문지른다. 앞으로 몇 달 안에 내 배는 새로운 생명이 자라면서 점점 더 부풀어 오를 것이다. 무척 설레는 여정이지만 나 혼자서 걷고 싶지는 않다. 이선 없는 삶은 상상할 수조차 없다.

"제발 조심해."

"걱정 마. 금방 다녀올 테니까."

이선이 몸을 기울여 내게 키스하는 동안 나는 그의 뜨거운 숨결을 느끼며 조용히 기도한다.

*제발 이 순간이 남편과의 마지막 순간이 되지 않게 해주세요.*

만약 이선에게 무슨 일이 생기면 나는 평생 죄책감 속에서 살아야 한다.

"그놈이 있는 방 근처에는 얼씬도 하지 마." 이선이 단호하게 당부한다. "그놈이 불러도 대꾸하지 말고. 알았지?"

"그래, 알았어."

"잘 묶어뒀으니까 당신이 풀어주지 않는 한 위험하지는 않을 거야."

"조심할게."

이선의 얼굴에 의심의 빛이 스치지만 곧 그는 고개를 절레

절레한다. "알았어, 이따 봐."

이선이 내 앞에서 돌아서려다가 멈칫한다. 무언가가 그의 시선을 붙잡은 것이다.

내 시선이 이선을 따라 계단 옆 책장으로 간다.

밀실 입구가 한 뼘쯤 열려 있다.

# 43장

이선의 주의를 다른 곳으로 돌리고 싶지만 그는 두 눈을 부릅뜨고 그곳을 쏘아보고 있다.

"저게 뭐지?"

"글쎄, 그냥 벽장 아니야?"

이선은 내 말을 무시하고 책장을 향해 걸어간다.

가슴이 쿵쿵 뛴다. 마지막으로 테이프들을 챙겨 나올 때 책장을 힘껏 밀어서 닫았는데, 아마 반동으로 다시 열린 모양이다.

내가 말릴 틈도 없이 이선이 문을 열어젖히고 밀실로 들어선다. 그가 줄 스위치를 찾아 불을 켜느라 잠시 시간이 걸린다. 마침내 밀실이 환해지자 그가 헉하며 놀란다.

"이게 다 뭐야?"

나는 이선의 뒤에 서서 두 손을 꽉 쥐고 있다. 아무것도 모르는 척하고 싶지만 이제 곧 들통날 게 뻔하다.

이선이 선반에서 테이프 하나를 꺼내 들고 살펴본다. "헤일 박사가 환자마다 상담 내용을 모두 녹음해두었나봐."

"그러게……."

그의 눈이 테이프로 가득 찬 진열대를 훑어본다. "이 방은 언제 발견했어?"

두 뺨이 확 달아오른다. "어제."

"왜 나한테 아무 말도 안 했어?"

"일 때문에 바빠 보여서. 별로 신경 안 쓸 줄 알았어."

"말도 안 되는 소리 하지 마, 트리샤." 그의 목부터 이마까지 벌게진다. "혹시 이 테이프들 들어봤어?"

나는 재빨리 부인한다. "아니, 전혀."

그가 눈썹을 치켜올린다. "이번엔 사실대로 말하지 그래?"

"그냥 한두 개 정도……."

"거짓말하지 마!" 이선이 날 선 목소리로 받아친다. 나는 그의 무서운 눈빛에 한 발짝 주춤 물러난다. "내가 일하는 동안 이 테이프들 계속 듣고 있었던 거야?"

"기껏해야 대여섯 개 정도 들었어."

사실은 그보다 훨씬 더 많이 들었다. 만약 이선이 헤일 박사의 사무실에 돌아가 책상 서랍을 열어보면 더 많은 테이프를 발견하게 될 테다. 부디 그런 일이 벌어지지 않길 바랄 뿐이다.

"앞으로 더는 듣지 마." 이선이 낯선 목소리로 말한다. "안 듣겠다고 약속해."

나는 헐떡이듯 대답한다. "약속할게."

이선이 잠시 그대로 선 채로 내 얼굴을 바라본다. 나는 그의 시선을 피하지 않으려고 애쓴다. 그를 알게 된 지 일 년이 조금 넘었을 뿐이라는 사실이 떠오른다. 평생 함께하기로 맹세했고 배 속에서 그의 아이가 자라고 있지만, 나는 아직 그에 대해 모르는 게 너무 많다. 내가 과거 얘기를 물어볼 때마다 이선은 입을 꾹 다물어버린다. 우리는 부부다. 그는 나에게 뭐든 털어놓을 수 있어야 한다. 우리 사이에 비밀은 없어야 한다. 조만간 우리 아이와 함께 단란한 가정을 이루려면 서로 숨기는 게 있어서는 안 된다.

마침내 이선이 날 보던 시선을 거두고 밀실 문을 달칵 닫는다. 그새 얼굴색이 원래대로 돌아와 있다.

"나가서 도움 요청하고 돌아올게."

나는 마지못해 고개를 끄덕인다.

이선이 손을 뻗어 내 팔을 꽉 잡는다. "다시는 여기에 들락거리지 마. 알았지?"

"알았어……."

이선의 손아귀에 힘이 들어간다.

"저 테이프들은 환자들의 개인 정보야. 나중에 경찰한테 넘기면 중요한 증거자료가 될 수도 있으니까 함부로 손대면 안 돼."

"글쎄 알았다니까."

"근데 이 방은 어떻게 열었어?"

"스티븐 킹의 《샤이닝》을 꺼내려고 잡아당기니까 책장이 저절로 움직이더라고."

"정말 철저하게 숨겼네." 이선은 외투 주머니에서 검은색 비니를 꺼내 머리에 눌러 쓰고 현관문으로 향한다. 그는 마지막으로 내 얼굴을 한 번 더 돌아보고 나서 밖으로 나선다.

문이 쾅 닫히는 소리가 거실에 울려 퍼진다. 나는 그 자리에 서서 이제부터 무엇을 해야 할지 궁리한다.

이제 이선도 밀실의 정체를 알게 되었다. 그가 정말로 경찰에게 밀실의 존재를 알릴 작정이라면 내가 들었던 테이프들을 모두 제자리에 돌려놓아야 한다. 경찰이 증거자료에 손을 댄 걸 문제 삼을 수도 있으니까. 다만 그 테이프들을 돌려놓으려면 헤일 박사의 사무실에 가봐야 한다는 게 문제다.

# 44장

    사무실에 들어가 책상 서랍에서 테이프들을 꺼내 코트 주머니에 집어넣고 다시 나오면 되니까 그리 어려운 일은 아니다. 루크와 말을 섞을 필요도 없다. 그는 손발이 모두 묶여 있으니 날 해칠 수 없다. 이선이 돌아올 때까지 가만히 앉아 기다릴 수도 없다. 만에 하나라도 이선이 경찰과 함께 돌아오면 심각한 문제로 이어질 수 있다.

    사무실로 다가가 문에 귀를 바짝 붙여보니 아무 소리도 나지 않는다. 이선이 책장 선반에 두고 간 칼을 집어 들까 하다가 그만둔다.

    손잡이를 잡고 잠시 심호흡을 한 다음 문을 연다. 우리가 떠났을 때와 딱히 달라진 점은 없어 보인다. 바닥의 비밀 공간은 뚜껑이 닫혀 있고 소파는 여전히 한쪽으로 비스듬히 밀쳐져 있다. 루크는 결박된 상태 그대로이지만 아까는 무기력하게 누워있었다면 지금은 상체를 일으켜 앉아있다. 몸을 세워 앉을 수 있다면 곧 일어설 수도 있다는 뜻이다. 이선이 도움을 청하러 가길 잘했다는 생각이 든다. 이 남자와 한 지붕 아래에서 밤을 보내긴 싫다.

루크의 퀭하고 충혈된 눈이 나를 쏘아본다.

"뭐 좀 가져갈 게 있어서요."

나는 무심코 말하고 나서 후회한다. 그에게 설명할 필요는 없었는데.

"방해하지 않을 테니 편하게 볼일 보세요." 그가 빈정거리듯이 대꾸한다.

참나.

소파가 옮겨진 탓에 책상까지 가려면 루크의 바로 옆을 지나쳐야 한다. 다가서는 나를 루크가 뚫어지게 바라본다.

"트리샤, 맞죠?"

나는 그와 눈을 마주치거나 대꾸하지 않는다.

"트리샤." 그가 갈라진 목을 가다듬는다. "손이 너무 저려서 그러는데 결박을 좀 더 느슨하게 해주면 안 될까요?"

나는 코웃음을 친다. "이봐요, 내가 그렇게 만만해 보여요?"

심각한 상황인데도 루크가 피식 웃음을 흘린다. "말이라도 해봐야죠."

힐끗 보니 그는 자조적인 미소를 짓고 있다. 내 남편만큼은 아니지만 제대로 씻고 머리를 다듬으면 제법 잘생겨 보일 것 같다. 테이프로 목소리를 들었던 루크의 모습이 얼핏 보인다. 에이드리엔 헤일 박사와 루크는 분명 서로 사랑하는 사이였다. 사랑하지 않았다면 모든 게 달라졌을지도 모른다.

나는 그를 지나쳐 책상으로 간다. 서랍을 열어보니 테이프들이 그대로 들어있다. 당장 코트 주머니에 챙겨 넣고 싶은데 루크가 눈도 깜빡이지 않고 쳐다보고 있어 신경이 쓰인다.

내가 쏘아붙인다. "나한테 뭐 할 말 있어요?"

"음……, 네."

나는 팔짱을 낀다. "안 풀어줄 거예요. 경찰이 올 때까지 얌전히 앉아있다가 당신 여자친구의 시신이 왜 사무실 바닥 비밀 공간에서 썩어가고 있는지 그 이유나 제대로 설명해줘요."

루크가 소파에 등을 툭 기댄다. "그 시신 말이에요……, 에이드리엔이 아니던데요."

나는 흠칫 굳는다. "뭐라고요?"

"알아들었잖아요."

분명 나를 겁주려고 아무 말이나 지껄이는 것이다. 이 집에 나 혼자 남았다는 걸 눈치채고 날 혼란에 빠뜨리려는 수작이다. 애초에 말도 섞지 말았어야 한다.

"처음에는 나도 에이드리엔인 줄 알고 쳐다보는 것만으로도 끔찍했어요. 남들이 뭐라고 날 의심하든 난 그 사람을 절대 죽이지 않았어요. 평생 함께하고 싶을 만큼 사랑했는데……."

"왜 헤일 박사의 시신이 아닌 것 같은데요?"

그 변사체는 신원은커녕 남자인지 여자인지도 알 수 없을 만큼 부패가 심했다.

"다른 건 모르겠고, 청바지를 입고 있었잖아요. 에이드리엔은 청바지를 싫어했어요. 단 한 번도 입은 모습을 본 적 없죠."

나는 마른침을 꼴깍 삼킨다. "그날따라 한 번쯤 입고 싶었나보죠."

"그럴 사람이 아니에요." 그가 고개를 젓는다. "티셔츠도 처음 보는 옷이었고요. 저 아래 있는 시신은 에이드리엔이 아니에요. 내기해도 좋아요."

우리는 마루판의 직사각형 윤곽선을 동시에 바라본다. 하긴 헤일 박사의 옷장이나 서랍장에서 청바지를 본 기억이 없다.

"그럼 혹시 짐작 가는 사람이라도 있어요?"

루크가 잠시 뜸을 들인다. "네, 알 것 같아요."

등골이 쭈뼛 선다. 나는 얼른 이 방에서 나가려고 루크가 보든 말든 책상 서랍에서 테이프들을 꺼내 코트 주머니에 쑤셔 넣는다.

"난 사람을 죽인 적 없어요, 트리샤." 날 물끄러미 바라보던 루크가 나지막이 말한다. "나는 그런 짓을 할 수 없는 사람이에요."

나는 서랍을 쾅 닫는다. "그걸 판단할 사람은 경찰이지 내가 아니에요."

양 코트 주머니가 불룩한 상태로 그의 옆을 지나친다. 이선이 돌아오기까지 아직 시간 여유가 있지만 작은 위험도 감수하고 싶지 않다. 남편이 돌아올 때쯤 밀실은 내가 처음 발견한 그대로여야 한다.

《샤이닝》의 윗부분을 잡아당기자 달칵 소리가 나며 문이 열린다. 방 안에 들어서서 줄 스위치를 잡아당겨 불을 켠다.

하나씩 테이프를 선반에 꽂아 넣는다. 대부분 EJ의 것이다. 원래 꽂혀 있던 순서대로 정리하느라 시간이 좀 걸린다. 나는 정리를 마치고 코트 주머니에 손을 넣는다. 직사각형 물체 하나가 만져진다. 나는 그것을 꽉 쥔다.

마지막으로 밀실을 둘러본다. 모든 테이프가 제자리에 잘 꽂혀 있다.

단 하나만 빼고.

# 45장

## 녹음본

*이 기록은 극히 충격적인 사건에서 살아남은 뒤 외상 후 스트레스 장애를 앓는 27세 여성 PL의 185번째 상담 기록이다.*

"헤일 박사님, 저 곧 이사하기로 했어요."

"어디로요?"

"맨해튼으로요. 저, 취직했거든요."

"오, 정말요? 면접 보러 다니는 줄도 몰랐네요."

"엄마는 항상 기회가 오지 않으면 스스로 만들어야 한다고 했죠."

"평소에 어머니가 지혜로운 조언을 많이 해주시는군요."

"네, 맞아요. 어쨌든, 맨해튼에 괜찮은 원룸이 있는지 알아보는 중이에요."

"잘됐네요. 축하해요."

"감사해요. 그래서 박사님께 받는 상담은 오늘이 마지막이 될 것 같아요."

　"물론이죠. 이해해요. 앞으로 나아가기 위해 큰 결정을 했네요."

　"네. 박사님이 도와주신 덕분이죠. 정말 감사해요, 헤일 박사님."

　"내 치료가 도움이 되었다니 나도 기뻐요."

　"진심이에요. 처음 박사님을 만났을 때만 해도 혼자서는 집 밖을 나서지도 못했는데 이제 제 발로 집을 멀리 떠나게 되었네요. 이제 고통스러운 과거를 뒤로할 수 있을 것 같아요."

　"내가 보기에도 정말 건강해 보여요."

　"언젠가는 제 약혼자와 친구들을 살해한 그놈도 잡히겠죠."

　"흠, 글쎄요."

　"물론 이렇게 많은 시간이 흘렀으니 범인을 잡긴 쉽지 않겠지만요."

　"시간이 많이 흘렀다는 이유로 못 잡는 건 아니죠."

　"그럼 무슨 이유로 못 잡는데요?"

　"엉뚱한 데서 범인을 찾으려고 하기 때문이죠."

　"무슨 말씀이신지?"

　"내 말뜻을 잘 알아들었을 텐데요."

"아뇨, 모르겠는데요."

"오두막 살인사건은 당신이 지어낸 얘기였다는 거죠. 오두막에 침입한 괴한은 애초에 존재하지 않았어요. 당신이 약혼자와 친구들을 살해하고 가상의 살인자를 만들어낸 거죠."

"나도 칼에 찔렸어요!"

"상처가 그리 깊지는 않았죠. 스스로 찔렸잖아요. 오두막에 침입한 괴한이 당신만 빼고 다른 사람을 다 찔러 죽였다고 하면 아무도 믿지 않을 테니까."

"그건……, 말도 안 되는 억측이에요. 대체 무슨 근거로 내가 다 지어냈다고 생각하죠?"

"나는 거짓말하는 사람을 척 보면 알거든요."

"내가 왜 그런 거짓말을 하겠어요?"

"정확한 자초지종은 모르겠지만, 아마 당신의 약혼자인 코디가 알렉시스와 바람을 피웠고, 분노한 당신은 그들에게 복수하려고 했겠죠. 메건은 무고한 희생자였을 테고요. 메건이 다른 두 사람보다 먼저 죽었으니까. 아닌가요?"

"……."

"내 추측이 맞나봐요?"

"나는 지난 3년 동안 박사님에게 상담 치료를 받았어요. 박사님의 책에도 내 이야기가 나오잖아요."

"그래요. 흥미진진한 이야기였어요. 엄청나게 설득력 있었고요. 그 모든 걸 지어내는 게 불가능하다고 말해주고 싶지만, 당신도 알다시피 가능하죠. 다들 당신의 거짓말에 홀딱 속아 넘어갔으니까."

"상상력이 지나치시네요."

"그런 눈으로 보지 말아요. 나만 당신을 의심한 건 아니니까. 가드너 형사도 당신이 스스로 벌인 짓일 가능성을 염두에 두고 수사했지만 끝내 증명해내지 못했죠. 가드너 형사와 달리 나는 지난 3년 동안 당신을 상담하는 과정에서 작은 모순들을 수집할 수 있었고요."

"추리소설을 너무 많이 읽으셨나봐요. 더는 못 들어주겠네요. 이만 갈게요."

"멀리 안 나갈게요. 형사에게 전화해야 하니까."

"잠깐만요."

"간다면서요?"

"알았어요, 알았다고요."

"범행을 인정하는 건가요?"

"원하는 게 뭐예요, 박사님?"

"골치 아픈 문제가 하나 있는데, 당신의 도움이 필요해요."

"무슨 문제인데요?"

"내 약점을 잡아 괴롭히는 인간이 있어요. 처리하고 싶은
데 나 혼자서는 무리예요."

"내가 뭘 어떻게 도와주면 되는데요?"

"오, 잘 알잖아요, 패트리샤."

# 46장

## (패)트리샤

나는 살인자가 아니다. 아니, 엄밀히 따지자면 살인자가 맞지만, 내가 생각하는 살인자는 아무 이유 없이 선량한 사람을 죽이는 악한이다.

내 약혼자 코디는 선량한 사람이 아니었다.

우린 두 달 뒤 결혼할 예정이었다. 고작 두 달! 이미 청첩장도 뿌렸고, 인스타그램을 화려한 다이아몬드 반지 사진으로 도배하기도 했다. 성대한 결혼식을 위해 여러 업체와 계약을 마쳤고 슬슬 결혼 선물도 들어오고 있었다. 그때 코디가 내 절친 알렉시스와 몰래 만나고 있다는 걸 알게 되었다.

그 배신감이 상상이 가는가? 나와 평생을 약속한 남자가 내 가장 친한 친구와 내 뒤에서 붙어먹은 것이다. 코디가 잠시 화장실에 간 사이 휴대폰 화면에 알렉시스의 문자가 뜬 걸 못 봤더라면 끝까지 속아 넘어갔을지도 모른다.

그 연놈들은 내가 정말 멍청하다고 생각했는지 부주의하기 짝이 없었다. 코디의 휴대폰 패스워드는 진작 알고 있었다. 그다음 날 밤 나는 코디가 잠든 사이 알렉시스와 나눈 문자 메시지를 낱낱이 확인했다. 두 사람은 우리가 약혼한 직후부터 몰래 만나기 시작했고, 제법 진지한 사이가 된 듯했다. 심지어 코디는 알렉시스와 함께하기 위해 나와 파혼을 고려하고 있었다.

*트리샤는 정신적으로 문제가 있어.*

코디의 메시지를 보는 순간 분노가 치밀었다. 약혼자가 결혼식을 불과 두 달 앞두고 자기 절친과 바람이 나서 파혼하려 한다면 누구라도 제정신을 유지할 수 없을 것이다. 그보다 더한 굴욕은 없다. 게다가 하객들에게 일일이 전화해서 결혼식이 취소됐다고 말해야 하고, 당연히 자초지종을 물을 테니 서로 성격이 잘 맞지 않았다는 둥 얼버무려야 한다. 하지만 모두 뒤에서 수군거릴 터였다.

그러니 내 복수를 누가 비난할 수 있겠는가? 솔직히 나와 같은 일을 당한 사람이라면 누구나 날 이해할 것이다.

나는 알렉시스에게 전화해 코디와 주말을 보낼 오두막을 빌렸다며 침실이 두 개 더 있으니 메건과 함께 오라고 했다. 그때 알렉시스가 날 얼마나 멍청하게 여겼을지 눈에 선하게 그려진다. 딱히 잘못한 게 없는 메건을 그 자리에 끼워 넣은 건 어쩔 수 없는 선택이었다. 알렉시스만 초대하면 의심스러울 테니까. 솔직히 나는 틈만 나면 남의 흉이나 보는 메건을 좋아하지 않았다. 장담컨대 이 세상은 메건이 없는 편이 나았다.

나는 그날 밤 초대를 받고 오두막에 온 그들을 위해 테킬라, 라임, 소금 그리고 대마초 한 봉지를 준비했다. 다들 기분 좋게 만취해야 내 복수가 성공할 수 있으니까.

일기예보를 보고 일부러 비가 올 예정인 날을 골랐다. 오두막 주변이 진흙탕이 되어야 괴한의 발자국을 찾아내지 못하더라도 경찰이 날 의심하지 않을 테니까. 메건을 가장 먼저 처리했다. 현관 포치에 앉아 메건이 오두막 밖으로 나온 순간을 노렸다. 단둘이 할 말이 있다며 숲으로 데려간 뒤, 미리 준비한 칼을 꺼내 목을 찔렀다.

그다음은 코디의 차례였다. 내 옆에서 늘어지게 자던 그를 연속으로 세 번 찌른 뒤 그가 의식을 잃기 전에 귀에 대고 속삭였다. "나 몰래 내 친구랑 붙어먹으면 이렇게 되는 거야."

자신이 왜 이런 일을 당하게 됐는지 코디가 똑똑히 깨닫고 죽길 바랐다.

그다음은 알렉시스 차례였다. 나는 사실 코디보다 알렉시스에게 더 화가 났다. 다섯 살 때부터 가장 가깝게 지낸 친구였으니까. 감히 나에게 그런 짓을 하다니. 나는 바닥에 쓰러져 피를 철철 흘리며 살려달라고 애원하는 알렉시스를 천천히 죽도록 내버려두었다.

그리고 마지막으로 나를 찔렀다. 나만 혼자 멀쩡하면 내가 하는 말을 아무도 믿어주지 않을 테니, 어쩔 수 없이 급소를 피해 살짝 찔렀다. 피투성이가 된 채 경찰서에 도착했지만 그 피는 대부분 내 피가 아니었다.

내가 생각해도 연기를 꽤 잘했다. 아카데미상을 받을 만한 연기력이었다. 내 부모님과 동생은 내 말을 철석같이 믿었다. 칼에 찔린 우리 넷이 악랄한 사이코패스의 희생자들이었다고 믿어 의심치 않았다. 그 집요한 형사도 결국 내 말이 거짓이라는 증거를 못 찾았다. 누가 봐도 나는 피해자였다.

아니, 나는 지옥 같은 살인 현장에서 홀로 살아 돌아온 영웅이었다.

헤일 박사에게 상담 치료를 받으라고 떠민 사람은 엄마다.

*에이드리엔 헤일 박사가 외상 후 스트레스 장애를 특히 잘 다룬다더라.*

엄마는 항상 정신 건강보다 더 중요한 건 없다고 강조했다. 나는 엄마의 말을 따랐고, 헤일 박사를 만나 제법 유익하고 즐거운 시간을 보냈다. 비록 내가 실제 피해자는 아니지만 숲속 오두막에서 어느 정도 트라우마가 생긴 건 사실이다. 약혼자와 절친을 죽이는 건 나로서도 썩 유쾌한 일이 아니었다. 그래서 피해자 행세에 몰입했고, 헤일 박사는 장단을 잘 맞춰주었다.

헤일 박사가 내 거짓말을 눈치채고 있을 줄은 전혀 몰랐다. 헤일 박사의 입에서 진실이 흘러나오는 순간 피가 싸늘하게 식는 느낌이었다. 처음 만났을 때 헤일 박사는 상담 내용을 모두 녹음할 거라고 했고, 나는 관련 동의서에 서명까지 했다. 나 자신을 지나치게 믿은 실수였다. 3년이나 상담을 하면서 내가 한 말에 허점이나 모순이 전혀 없었다고 장담할 수 없다.

따라서 나는 헤일 박사가 무엇을 요구하든 거절할 수 없었다.

# 47장

## 에이드리엔

**과거**

　자정이 훨씬 넘은 시각, 패트리샤의 아우디가 집 앞에 멈춰 선다. 한때 내 저작권 대리인이었던 페이지가 몰던 차와 같은 모델이다. 패트리샤의 차는 부모님이 사준 것이다. 끔찍한 살인사건에서 홀로 살아 돌아온 딸이 원한다면 무엇이든 사줬을 것이다. 몸에 착 붙는 빨간 원피스 차림의 패트리샤가 운전석에서 내리더니 차 문을 쾅 닫는다. 오늘 밤, 나는 누가 우리 집에 드나들었는지 기록이 남지 않도록 감시 카메라 작동을 해제해 놓았다.

　패트리샤가 거짓말을 하고 있다는 건 첫 상담 때부터 눈치챘다. 패트리샤의 거짓말이 서툴렀다는 것은 아니다. 오히려 아주 능숙했다. 하지만 나는 거짓말의 징후를 포착하는데 훨씬 더 능숙하다. EJ도 그랬듯이 패트리샤에게도 거짓말을 할 때 특유의 습관이 있는데 오른 다리를 왼 다리 위로 포개는 것이다. 담당 형사도 촉이 좋은 수사관이었지만 직감으로 아는 것과 증명하는 것은 별개의 문제다. 가드너 형사는 패트리샤가 자기 약혼자와 두 친구를 살해했다는 증거를 끝내 찾아내지 못했다. 그 결과 패트리샤는 피로 얼룩진 살해 현장에서 기적적으로 살아 돌아온 피해자로 남았다.

하지만 패트리샤 로튼은 애초에 피해자일 수 없다. 지난 3년 동안 나는 패트리샤를 반사회적 인격 장애로 진단했다. 물론 비공식 진단이었다. 타인에 대한 공감 능력 부족, 폭력적이고 반인륜적인 행위, 습관적인 거짓말과 위선 등이 근거였다. 패트리샤는 지능이 높고 어떻게 해야 자신이 매력적으로 보이는지 잘 알았다. 그렇게 똑똑하지 않았다면 진작 철창신세를 졌을 것이다.

그동안 알아낸 몇몇 단서도 내 진단을 뒷받침했다. 패트리샤는 작년에 할머니가 심장마비로 돌아가셨다며 펑펑 울었지만, 자기가 실수로 할머니에게 심장에 안 좋은 약을 챙겨 줬다거나 장례 후 상당한 유산을 받았다는 점은 언급하지 않았다. 내가 패트리샤의 어머니인 로튼 부인에게 조의를 표하려고 전화했을 때 알아낸 사실이다. 다음 상담 치료 때 그 얘기를 꺼내자 패트리샤는 오른 다리를 왼 다리 위로 포개며 자신 때문에 할머니가 돌아가신 것 같아 심적으로 괴롭다고 말했다.

로튼 부인은 맏딸인 패트리샤 주변에서 사건 사고가 끊이지 않자 늘 걱정이 많았다. 함께 놀다가 의문스럽게 다친 친구들, 건강하다가 갑자기 죽은 반려동물들이 줄을 이었다.

*우리 트리샤는 어쩜 그렇게 불운할까요?*

아마 로튼 부인은 딸의 주변에서 일어난 사건 사고들이 우연이 아니었음을 어느 정도 알고 있었을 것이다. 그렇게 순진한 사람은 아니니까 딸의 본성을 어느 정도 짐작했으리라. 하지만 부정은 강력한 방어기제다. 지난 일화들을 털어놓으며 나에게 딸을 부탁하는 로튼 부인의 목소리에서 모종의 안도감을 느낄 수 있었다.

그리고 나는 그 모든 단서를 어떻게 써먹어야 할지 정확히 알았다.

현관문 앞에서 패트리샤가 짧은 치맛자락을 신경질적으로 끌어내리며 날 노려본다.

"그 사람은 차 안에 있어요."

"아직 의식 없는 상태죠?"

"그렇긴 한데 이제 곧 깰 것 같아요."

"힘들었나요?"

"아뇨, 아주 쉽던데요."

겉으로는 툴툴거리지만 패트리샤는 내가 시킨 일을 어느 정도 즐겼을 것이다. 한껏 꾸미고 카지노에 가서 포커 테이블에 있던 EJ에게 접근해 가벼운 대화를 즐기다가 자기 차로 유인한 것이다. 나는 EJ가 어떤 판타지를 품었고 어떤 유혹에 잘 넘어갈지 패트리샤에게 자세히 알려줬다. 차에 오른 EJ는 카지노에서 패트리샤가 권한 술을 마신 탓에 깊은 잠에 빠졌고, 이내 의식을 잃었다. 농담이 아니라 EJ는 이제 여자가 권하는 술을 한 번쯤 의심할 필요가 있다. 이미 늦었지만.

"호텔에서 체크아웃시켰나요?"

"네, 그 사람 휴대폰으로 체크아웃 마쳤어요." 패트리샤가 검붉은 매니큐어를 칠한 자신의 손톱을 내려다보며 말한다. "그의 차는 장기 주차 가능한 곳으로 옮겼어요. 주차비는 한 달 치 선불로 내고요."

EJ는 친구도 없고 직업도 없다. 부모님은 사망했다. 그가 사라지더라도 당분간은 아무도 실종 신고를 하지 않을 것이다. 나는 패트리샤를 따라 아우디로 가니 EJ가 뒷좌석에 널브러져 있다. 패트리샤가 정말 해냈다. 루크가 못 한, 아니

안 한 일을 해낸 것이다.

"덕트테이프로 팔을 묶어놨어요. 다리도 결박했는데 걸을 수는 있게 해뒀죠. 종이봉투를 쓰고 있어서 안 보이지만 입도 틀어막았어요."

배짱이 두둑하다는 건 인정하겠다. 패트리샤는 한밤중에 낯선 남자를 차 뒷좌석에 태우고 코네티컷에서 이곳까지 운전해왔다. 만약 경찰의 불심검문에 걸렸다면 여지없이 체포되었을 것이다.

"결박한 건 20분쯤 전이에요." 패트리샤가 내 생각을 읽은 듯이 말한다. "몸을 꿈틀거리길래 만일에 대비해서요."

"이 사람 휴대폰은요?"

패트리샤가 핸드백 안에서 휴대폰을 꺼내 건넨다. 나는 어둠 속에서 그것을 가만히 내려다본다. "전원은 꺼두었죠?"

"네. 하지만 배터리가 남아 있으면 추적이 가능하다고 들었어요. 조심해요."

물론이다. 나는 이 휴대폰을 형체조차 안 남도록 망치로 부숴버릴 작정이다.

차 뒷좌석의 EJ가 뒤척거리자 머리에 씌워둔 종이봉투가 구겨진다. 손발이 묶여있는 상태라 의식이 돌아왔는지 모르겠지만 어차피 이제 깨워야 한다.

패트리샤가 차 뒷문을 열고 하이힐 신은 발로 EJ의 정강이를 힘껏 걷어차며 소리친다.

"일어나!"

EJ가 놀란 듯 고개를 번쩍 쳐들지만 남의 도움 없이 차에서 내릴 수는 없는 처지다. 패트리샤가 또다시 그를 사정없이 걷어찬다. 그는 끙끙거릴 뿐 여전히 몸을 가누지 못한다.

나는 그의 다리를 붙잡고 차에서 끌어 내린다. 패트리샤와 내가 그를 겨우 일으켜 세운다. 그는 테이프로 입이 틀어막혀서 알아들을 수 없는 소리를 웅얼거린다. 그의 회색 티셔츠는 땀에 젖어 축축하다.

우리는 그를 집 안의 내 사무실로 데리고 간다. 발목에 덕트테이프를 헐겁게 감아두어서 그는 마구 비틀거리며 걷는다.

사무실에 들어서자 패트리샤가 주위를 둘러보며 묻는다. "여기 뭔가 바뀐 거 있죠?"

"아니, 없는데요."

패트리샤가 눈을 가늘게 뜨고 고개를 갸우뚱한다.

사실은 소파를 옮겨놓았다. 하지만 패트리샤는 그 이유를 몰라야 한다.

EJ를 소파에 앉히려는데 사지가 묶이고 앞도 못 보는 그가 휘청거리다가 바닥에 쓰러진다.

패트리샤가 눈살을 찌푸리며 묻는다. "다시 일으켜 세워요?"

나는 고개를 가로젓는다. 바닥에 쓰러져 있는 편이 더 낫다.

"괜찮아요. 당신은 이제 돌아가도 좋아요."

패트리샤가 미간을 찌푸린다. "이제 어쩌려고요?"

"당신은 신경 쓰지 않아도 돼요."

패트리샤가 초조한 표정을 내비치며 구두 굽으로 바닥을 툭툭 두드린다. 만약 왼쪽으로 두 발짝만 떨어져 있었다면 그 바닥 아래가 비어 있다는 사실을 알아챘을 것이다.

"어쨌거나 나도 가담한 일이잖아요. 내가 그 사람을 여기까지 끌고 왔으니까."

"당신이 곤란해지는 일 없게 잘 처리할 테니까 걱정하지 말아요."

"혼자 하기 어려우면 내가 도와줄게요. 엄마가 말하길 서로 도우면 행운을 기대하지 않아도 된다고 했죠."

"호의는 고맙지만, 내가 알아서 할게요."

패트리샤의 얼굴에 호기심이 스친다. "죽일 건가요?"

"아무도 못 찾게 할 테니 안심하고 돌아가요."

패트리샤는 잠시 입을 삐죽거리더니 손을 내젓는다.

"그래요, 그럼 나는 이만 빠져줄게요."

패트리샤가 금발을 쓸어 넘기고 사무실을 나서다가 벽난로 위에 걸린 내 초상화를 올려다보며 인상을 찌푸린다.

"저 대문짝만한 그림을 정말 걸어두시다니, 딱 내가 생각했던 것만큼 거만하신 분이네요."

"난 마음에 드는데요."

모든 근심의 원흉인 EJ가 내 사무실에 꽁꽁 묶인 상태로 널브러져 있으니 기분이 좋다.

패트리샤를 돌려보내고 나는 현관문을 잠근다. 이제 패트리샤를 다시 볼 일은 없을 것이다. 다른 부탁을 할 생각도 없다. 겉으로는 사근사근하게 굴지만 실상은 매우 위험한 인간이니까.

이제 나 혼자 남았으니 일을 마무리할 수 있다.

사무실로 돌아와 보니 EJ는 여전히 누워있다. 정신이 돌아온 그는 덕트테이프를 풀려고 몸을 버둥거리고 있다. 나는 그에게 다가가 머리에 씌워놓은 종이봉투를 벗긴다.

아드레날린이 패트리샤가 먹인 약의 효능을 제압했는지 그의 회색 동공은 크게 확장되었고 티셔츠가 흠뻑 젖을 만큼 땀을 흘리고 있다. 덕트테이프로 막은 입에서 알아들을 수 없는 소리가 흘러나오더니 이내 바짓가랑이에 어두운 얼룩이 번진다.

내가 그의 옆에 웅크리고 앉는다. "안녕."

EJ가 희미한 신음을 낸다.

나는 그의 회색 눈을 바라본다. "네 제안을 곰곰이 고려해 봤어. 네 말대로 단둘이 시간을 보내도 나쁘지 않을 것 같더라고." 나는 씩 웃으며 말을 잇는다. "나도 꽤 즐길 수 있을 것 같고 말이야."

그의 눈이 튀어나올 만큼 커진다. 만약 루크가 이 자리에 있었다면 나만큼 이 상황을 기꺼워할지 궁금하다. 잠시 눈을 감고 상상해본다. 바닥에 무력하게 누워있는 EJ를 내려다보는 루크의 얼굴을. 상상 속에서도 루크는 웃지 않는다. 아무래도 그는 이런 행위를 달가워하지 않았을 것 같다. 선량한 사람이니까.

"그 사람과 헤어졌어. 짐작하겠지만 너 때문이야." 내가 말한다. 루크가 나에게 공식적으로 이별을 고하지는 않았지만, 지난 일주일 동안 전화도 받지 않고 문자 메시지를 보내도 답이 없었다. 그와 끝났다는 사실을 받아들여야 한다.

루크에게 살인을 부탁한 것이 결정적인 이유였다. 나한테 정나미가 떨어졌다 해도 원망할 수 없다. 어차피 나 같은 사람은 결국 혼자 살 운명이다.

"그는 좋은 사람이었어."

내가 왜 EJ에게 이런 얘기를 하는지 모르겠지만, 내친김에 나오는 대로 내뱉는다.

"다정하고, 똑똑하고, 내 모든 결점을 이해해줬어. 아니, 오히려 완벽하지 않은 모습까지 사랑해줬지."

나는 숨을 크게 들이마시며 눈가에 고인 눈물이 흐르지 않도록 눈을 부릅뜬다. EJ에게 약한 모습은 보이지 않을 것이다. "나도 그를 진심으로 사랑했는데 너 때문에 영영 잃었어. 넌 내 인생을 망치기로 작정한 개자식이니까."

EJ가 막힌 입으로 알아들을 수 없는 말을 웅얼거린다. '정말 죄송해요'일 수도 있지만 '지옥으로 꺼져'일 수도 있다.

솔직히 그가 무슨 말을 하든 관심 없다.

내가 오른발을 뒤로 빼자 EJ가 크게 움찔한다. 하지만 나는 그를 발로 차지 않는다. 그 대신 오늘 아침에 옮겨놓은 가죽 소파로 다가간다. 이 집을 처음 구입할 때 매력적으로 느껴졌던 것 중 하나가 바로 마루판 아래의 비밀 공간이다.

이 집을 보여준 부동산 중개인이 자랑스럽게 웃으며 말했다.

*'귀중품을 보관하기에 안성맞춤인 공간이죠.'*

지난 몇 년 동안 중요한 물건들을 보관해왔는데 오늘 아침에 모두 비워두었다.

마루판에 얼핏 봐서는 안 보이는 자그마한 고리가 있다. 손가락을 걸어 잡아당기면 직사각형 문짝이 열리면서 비밀 공간이 드러난다.

*'사람 하나 정도는 들어갈 만한 크기죠.'*

부동산 중개인이 농담 삼아 말했다.

EJ의 눈이 큼지막하게 벌어진다. 무슨 일이 벌어질지 짐작하지만 막을 방법이 없어 절망하는 표정이다.

나는 미소를 머금고 그를 내려다본다.

"우리 둘이 함께하는 시간은 여기까지야. 이제부터는 너 혼자 보낼 시간이 더 많을 거야."

나는 발로 그를 밀치기 시작한다. EJ는 안간힘을 다해 버둥거리지만 단단히 묶여 있어서 소용없다. 결국 비밀 공간에 굴러떨어진 녀석의 동공이 걷잡을 수 없이 흔들린다. 설마 내가 진짜로 이런 일을 감행할 줄은 몰랐나보다.

나는 잠시 그를 지켜보다가 문짝을 덮는다. 이제 나 말고는 이 아래 뭐가 있는지 아무도 모를 것이다. 하지만 나지막이 웅얼거리는 소리가 난다.

안 되겠군.

원래는 그냥 그대로 방치하려고 했다. 하지만 이렇게 소리가 나면 의심받을 것이다. 그래서 나는 덕트테이프를 가져다가 직사각형 윤곽을 따라 붙이기 시작한다. 그 안의 산소 공급을 차단하려고.

작업을 마치고 나서 소파에 앉아 가만히 귀를 기울인다. 웅얼거리던 소리가 점차 잦아든다. 이제 그냥 흐느끼는 소리 같다. 소리는 점점 더 잦아들다가 완전히 멎는다.

"잘 가, 에드워드."

# 48장

## 트리샤

**과거**

　헤일 박사가 에드워드 제이미슨을 정말 살해할 줄은 몰랐
다. 물론 누군가에게 약을 먹이고 손발을 묶고 머리에 종이
봉투를 씌웠다면 좋게 끝나지는 않으리라고 짐작할 수 있지
만, 그저 더는 자신을 괴롭히지 않도록 단단히 혼을 내주려
는 것일지도 모른다고 생각했다.

　그날 이후 나는 인터넷에서 에드워드 제이미슨의 이름을
수시로 검색했다. 그의 페이스북 페이지는 제법 오랫동안 잠
잠했다. 한 달이 지나서야 그의 실종 기사를 발견했다. 그제
야 헤일 박사가 정말 그를 죽였다는 걸 알게 되었다.

　에이드리엔 헤일이 살인을 저질렀다는 사실이 그리 놀랍지
는 않다. 그 강렬한 녹색 눈동자에는 비범한 구석이 있었다.

헤일 박사는 마음만 먹으면 정신 조작으로 사람을 죽일 수 있는 사람 같았다.

내가 헤일 박사에게 주로 호소했던 것이 외상 후 스트레스 장애로 생긴 불면증이었는데, 아이러니하게도 그날 밤 박사를 도운 이후로 불면증이 더 심각해졌다. 죄책감 때문은 아니다. 나는 이미 여러 사람을 죽였다. 하지만 순전히 내 방식대로였다. 나는 헤일 박사가 에드워드를 어떻게 죽였고 시체를 어디에 유기했는지 모른다는 게 답답해서 미칠 지경이었다.

이미 내 뒤통수를 크게 때린 여자였다. 난 그 여자를 믿지 않았다. 밤마다 잠을 설치며 헤일 박사가 에드워드의 시신을 어떻게 처리했을지 생각했다.

잠자코 있을 수 없었다.

# 49장

# 에이드리엔

**과거**

오늘은 주차 문제가 없어서 다행이다. 원래 오늘은 무료 클리닉에 오는 날이 아니지만 저녁 7시까지 쉴 틈 없이 바쁘게 환자들을 진료해야 한다. 《뉴욕타임스》 베스트셀러 8위에 오른 《공포의 해부학》의 홍보 일정을 다니느라 한 달 넘게 자리를 비운 탓이다. 오두막에서 괴한에게 습격을 당했으나 기적적으로 생존한 여자의 이야기가 순 허구라는 사실은 아무도 모른다.

EJ가 내 인생에서 사라진 지 4개월이 지났다. 아니, 내 인생의 영원한 일부가 되었다고 해야 할까. 그날 밤늦게 바닥에서 덕트테이프를 떼어내고 그의 휴대폰을 망치로 잘게 부순 다음 소파를 제자리로 옮겼다.

며칠이 지나자 바닥에서 악취가 나기 시작하더니 견딜 수 없을 만큼 심해졌다. 어쩔 수 없이 환자 예약을 모두 취소하고, 두 달 동안 사무실에 들어가지 않았다.

한동안은 그 근처에만 가도 역한 냄새가 나서 속이 뒤집힐 것 같았는데 북 투어를 마치고 집에 돌아와 보니 냄새가 많이 가신 상태라 한시름 놓았다.

인터넷으로 강력한 화학 약품을 사서 창문을 활짝 열고 구석구석 뿌리고 닦아냈더니 악취가 모두 사라졌다. 이 집 어딘가에 시체가 있다는 사실은 나 말고 아무도 모른다.

언젠가 경찰이 찾아와 그의 실종과 관련해 물어보리라 예상했다. 적당한 답변도 준비해두었다. 북 투어에서 독자가 산 책에 사인해주고 있을 때 경찰이 불쑥 나타나 나를 연행하는 모습을 상상하기도 했다. 하지만 그런 일은 일어나지 않았다. 아무도 나에게 그에 관해 묻지 않았다. 이제 4개월이나 지났으니 안심해도 될 것 같다는 생각이 든다. 어쨌거나 EJ와 나 사이에는 금전 거래 내역이 없다. 그가 내 환자였다는 사실을 아는 유일한 사람은 그의 어머니뿐인데, 이미 사망한 지 오래다.

나는 애초에 경찰의 수사망에 걸리지도 않았다. 사람을 죽여 내 집 비밀 공간에 숨겼는데 나 말고는 아는 사람이 전혀 없다. 패트리샤가 내가 그를 죽였으리라 짐작하더라도 시체를 어디에 숨겼는지는 알 리 없다.

지금까지는 문제가 되지 않았지만 패트리샤가 이 일에 가담했다는 사실이 찜찜하다. 언젠가 이 일을 빌미로 나를 협박할지도 모른다. 물론 내가 알고 있는 패트리샤의 비밀이 훨씬 더 악질이다. 어쨌거나 당장은 패트리샤를 걱정할 때가 아니다. 북 투어 기간에 진료하지 못한 환자들을 만나봐야 하고, 앞으로 몇 주는 사인회와 텔레비전 출연이 이어질 예정이다.

무료 클리닉에 들어서자 프런트 데스크에 앉아 콧노래를 흥얼거리던 글로리아가 날 보고 환히 웃는다.

"헤일 박사님, 깜짝 선물이 있어요."

환자가 전달하고 간 먹거리일 가능성이 크다. 아마 직접 만든 쿠키나 초콜릿 따위일 것이다. 글로리아가 아무리 살 좀 찌우라고 오지랖을 부려도 나는 환자들이 직접 만든 음식은 웬만해서는 먹지 않는다.

글로리아가 윙크를 보내며 말한다. "문서실에 있으니 지금 가보세요."

나는 순순히 문서실로 향한다. 만약 도넛이라면 오늘 아침을 걸렀으니 한 개쯤 먹어도 되지 않을까 고민한다.

설마 죽기야 하겠는가?

문서실에 다다랐을 때 내 눈에 들어온 건 도넛이 아니다.

루크다.

심장이 쿵쿵 뛴다. 거의 5개월 만에 보는 얼굴이다. 그가 얼마나 잘생겼는지 잊고 있었다. 그는 깔끔하게 면도한 얼굴에 짙은 갈색 머리를 단정히 자르고, 갓 다림질한 드레스 셔츠에 갈색 넥타이를 매고 있다. 우리가 처음 함께한 밤에 맡았던 향수 냄새도 난다.

내 기척을 듣고 그가 컴퓨터 화면을 보고 있던 고개를 든다. 날 보고 적잖이 놀란 기색이다.

"에이드리엔······."

나는 흘러내린 머리카락 가닥을 귀 뒤로 넘긴다. "아직도 여기에 오는 줄 몰랐어요."

"소프트웨어 업데이트 때문에 왔어요." 루크가 주먹에 대고 헛기침을 한다. "당신은 원래 화요일에 오잖아요. 목요일이라 없을 줄 알았는데······."

"환자가 좀 밀려서요."

나는 루크와 이렇게 형식적인 대화를 나누는 게 싫다. 한때 내 집에서 살다시피 한 사람, 내가 처음으로 사랑한 남자와 이렇게 데면데면하게 구는 게 싫다.

"북 투어 때문에 많이 바빴거든요."

"책 나온 거 봤어요. 베스트셀러에 올랐던데요. 축하해요."

"고마워요. 혹시 읽어봤어요?"

그가 잠시 뜸을 들인다. "네, 훌륭하던데요. 저번 책보다 좋았어요."

"정말요?"

"난 거짓말은 안 해요."

나는 입꼬리를 끌어올린다. "고마워요."

"천만에요."

우리는 잠시 서로를 바라본다. 그를 마지막으로 봤던 순간이 떠오르면서 공기가 무거워진다. 내가 그 일을 부탁했을 때, 루크는 뒤도 돌아보지 않고 내 집을 떠났다.

그때 루크가 불쑥 말한다. "보고 싶었어요."

가슴이 울컥하면서 목이 멘다. "정말요?"

루크가 의자에서 일어나 책상에 기대선다. "당신은 상상도 못 할 만큼요."

나는 목소리를 쥐어 짜낸다. "그 일은 내가 잘 처리했어요. 그에게 거금을 쥐여줬어요. 먹고 떨어지라고."

물론 거짓말이다. 루크도 눈치챘을 수 있다. 어쩌면 그 문제를 더는 신경 쓰지 않기로 했거나.

"그렇게 도망치다시피 떠나고 나서 많이 후회했어요." 루크는 안경을 콧대 위로 민다. "사실……, 그런 부탁에 부담을 느낀 건 사실이지만 당신이 상황을 침착하게 판단할 때까지 곁에 있어 줘야 했어요. 그런데 겁이 나서 내뺐죠. 미안해요. 사과하고 싶었어요."

"원망한 적 없어요. 충분히 그럴 만했으니까." 나는 목을 가다듬는다. "그리고……, 나도 당신이 많이 보고 싶었어요."

긴장이 풀린 듯 루크의 어깨가 축 늘어진다. "솔직히 몇 달 동안 당신을 잊으려고 애썼지만 소용없었어요. 내 잘못을 곱 씹느라 밤에 잠도 잘 못 잤어요."

"수면제 좀 처방해줄까요?"

나에게 다가온 루크가 내 손을 잡는다. 이 온기와 느낌이 너무나 그리웠다.

루크가 입가에 미소를 머금고 말한다. "오늘 밤에 나랑 저녁을 먹어주는 게 효과가 더 좋을 거 같은데요."

나도 입가에 미소가 번진다. "일이 좀 늦게 끝날 텐데 기다릴 수 있어요?"

"얼마든지요." 그가 몸을 기울여 속삭이듯 덧붙인다. "실은……, 당신에게 거짓말한 게 하나 있어요."

갑자기 가슴이 철렁 내려앉는다. 내가 EJ에게 한 짓을 알아챈 걸까?

"뭔데요?"

루크가 멋쩍게 웃는다. "사실은 오늘 당신이 여기 오는 거 알고 있었어요. 글로리아에게 당신 일정을 물어봤거든요."

안도감에 다리가 후들거린다. 나는 그의 셔츠 깃을 잡아당겨 그에게 키스한다. 내가 그리웠다는 말이 빈말이 아니었는지 그가 열정적으로 호응한다.

루크는 내가 한 짓을 몰라야 한다. 내가 영영 모르게 할 것이다.

– – –

밤 9시에 루크와 만나기로 했다. 최대한 서두른 덕분에 예상보다 일찍 일을 마치고 집으로 돌아왔다. 글로리아는 내가 루크와 약속을 잡은 걸 알고 들뜬 낯으로 문밖까지 배웅해주었다.

루크가 집 앞까지 와서 나를 레스토랑에 데려가기로 했다. 아직 썩어가는 EJ의 시체가 있는 집에 루크를 들일 수는 없다. 기분 탓일지도 모르지만 사무실에는 여전히 희미한 죽음의 냄새가 감도는 것 같다. 내가 저지른 짓을 알면 루크는 날 절대로 용서하지 않을 것이다.

그런 불상사가 벌어지기 전에 시체를 없애야 한다. 어렸을 때 두꺼운 책으로 큼직한 벌레를 내려쳐 죽였던 일이 떠오른다. 아무리 징그러워도 결국에는 찌부러진 벌레를 내다 버려야 한다. 나는 살인을 하고도 아무런 가책을 느끼지 못하는 사이코패스가 아니다. 그렇게 벼랑 끝에 내몰리지 않았더라면 EJ를 죽이지 않았을 것이다.

나는 시간을 확인하며 운전대를 꺾어 어두운 진입로에 접어든다. 루크가 도착하기 전에 샤워하고 옷을 갈아입으려면 서둘러야 한다. 루크를 집에 들이지 않는 이유에 대해서는 새로 페인트칠을 해서 냄새가 고약하다고 둘러댈 생각이다. 루크는 내가 어떤 핑계를 대도 곧이곧대로 받아들일 것이다. 아무튼 최대한 빨리 EJ 시체를 처리해야 한다.

집 앞에 아우디 한 대가 세워져 있다. 한때 내 저작권 대리인이었던 페이지의 차다. 나와 다시 일하고 싶다고 애원하러 왔다면 단호하게 거절하고 돌려보낼 생각이다. 페이지와 말을 섞는 건 시간 낭비다.

아우디 차체에 기대어 선 어두운 형체가 눈에 들어온다. 길고 매끈한 다리와 부드러운 금발이 달빛을 받아 반짝인다. 지난 4개월간 한 번도 만난 적 없고, 다시는 볼 일이 없기를 바란 사람이다. 패트리샤 로튼이 페이지와 같은 모델의 차를 몰았다는 사실을 잊고 있었다.

나는 아우디 옆에 차를 세우고 시동을 끈다. 패트리샤가 무슨 용건으로 찾아왔는지 모르겠지만 지금은 상대해줄 시간이 없다. 루크에게 매력적인 모습을 보여주려면 한시바삐 준비해야 한다.

"안녕하세요, 헤일 박사님. 오랜만이네요."

"웬일이에요?"

패트리샤가 하얀 치아를 드러내며 활짝 웃는다. "잠깐 얘기 좀 나눌 수 있을까요?"

나는 노골적으로 시계를 들여다본다. "저녁 약속이 있어서 좀 바쁜데요."

"잠깐이면 돼요."

나는 고개를 끄덕인다. "그럼 여기서 얘기해요. 일 분 줄게요."

패트리샤가 엄지손톱을 물어뜯으며 뜸을 들인다. "그 일 때문에 걱정이 돼서요. 혹시 누가 우릴 추적하면 어쩌죠?"

"몇 달 동안 잠잠했으니 별일 없을 거예요."

"실종된 시체가 발견되면 대대적으로 수사하겠죠."

"걱정할 필요 없어요. 발견될 리 없으니까."

"그걸 어떻게 장담해요?" 패트리샤가 아랫입술을 깨문다. "그리고 가만 생각해보니 카지노에 감시 카메라가 있잖아요. 경찰이 그 사람의 마지막 행적을 추적하다가 그 영상을 보게 되면 난 끝장이에요. 내가 그에게 다가가 말을 걸고, 그와 함께 떠나는 모습이 고스란히 찍혔을 테니까요. 아니면 주차장에서 그를 차에 싣고 떠나는 모습이 찍힌 영상이 있을지도 모르고요."

충분히 가능성 있는 추론이다. 조만간 뭔가 수를 써야 할지도 모른다. 하지만 당장은 루크와의 저녁 약속 때문에 마음이 급하다.

"나라면 걱정 안 할 거예요. 시체가 발견되지 않는 한 사건은 이대로 종결될 가능성이 커요."

"한 가지만 알려주세요." 패트리샤가 내 눈을 빤히 들여다본다. "그 시체 어쨌어요?"

숨이 막힐 뻔한다.

"패트리샤, 안심해요. 걱정할 일 없으니까."

"시체가 어딨는지 알기 전에는 마음이 놓이지 않을 것 같아요."

패트리샤의 집요함이 역겨워서 신음이 나온다.

"나는 지금 이럴 시간 없어요. 그만 돌아가줘요."

"이 집 어딘가에 숨겼나요?"

내가 곧바로 대답하지 못하자 패트리샤의 눈이 빛난다. "집에 시체를 뒀다고요? 어디에요?"

"그만하죠."

"헤일 박사님."

더는 이 여자의 응석을 받아줄 시간이 없다.

"그 일에 대해 아는 사람은 우리 둘뿐이에요. 우리에게는 비밀 유지가 가장 중요하고요."

패트리샤는 눈도 깜빡이지 않고 날 응시한다. "엄마가 항상 그랬죠. 두 사람이 비밀을 지킬 수 있는 유일한 방법은 한 사람이 죽어서 사라지는 것뿐이라고."

패트리샤가 내 팔을 덥석 잡는다. 서늘한 한기가 덮치면서 나는 끔찍한 실수를 저질렀다는 사실을 깨닫는다. 패트리샤를 이 일에 끌어들이지 말았어야 했다. 얼마나 위험한 인간인지 잘 알고 있었으니까.

이제 나는 그 실수의 대가를 치러야 한다.

루크, 부디 나를 용서해줘요.

# 50장

# 트리샤

## 현재

내가 처음으로 죽인 사람은 휘트니 영이라는 여자애였다. 열여섯 살 때 학교에서 나에 대해 안 좋은 소문을 퍼뜨리고 나와 친한 친구들을 모두 자기편으로 만들었다. 심지어 빅터라는 남자애를 시켜 나에게 데이트 신청을 하게 하고서 내가 약속 장소에 나가자 친구들을 데리고 나타나 나를 실컷 조롱했다. 알고 보니 빅터는 휘트니의 남자친구였다. 우습게도 빅터는 휘트니의 시신이 강가에 떠밀려 왔을 때 유력한 용의자로 지목되어 곤욕을 치렀다. 둘 다 당해도 쌌다.

코디와 알렉시스, 메건을 죽인 건 어쩔 수 없는 일이었다. 그리고 할머니는 이미 연로하신 분이라 내가 약을 제대로 챙겨드렸더라도 머잖아 돌아가셨을 것이다.

평소 거만한 태도로 일관하던 에이드리엔 헤일 박사는 비교적 수월하게 처리했다. 나이 어린 휘트니도 악을 써대며 저항했는데 헤일 박사는 체념한 듯 운명을 받아들였다.

나는 헤일 박사의 시체를 이곳에서 차로 두 시간쯤 떨어진 으슥한 숲에 묻었다. 나는 헤일 박사처럼 시체를 집 안에 숨겨두는 어리석은 짓 따위는 하지 않으니까. 박사 학위가 없는 나도 그게 얼마나 위험한 짓인지 안다.

그다음에 내가 할 일은 에드워드 제이미슨의 시체를 찾아서 처리하는 것이었다. 그날 나는 에이드리엔을 처리한 뒤 바로 집 안을 뒤지려고 했다. 열쇠까지 챙겨두었다. 그런데 갑자기 헤일 박사와 저녁 약속을 한 남자가 나타나는 바람에 경황이 없었고, 다음 날 아침에는 그 집에 실종 신고를 받고 온 듯한 경찰들이 있어서 물러설 수밖에 없었다.

경찰이 그 집에서 제이미슨의 시신을 발견할 줄 알았는데 못 찾은 모양이었다.

어차피 중요한 건 경찰이 나를 찾아오지 않는 것이었다. 그 무렵 나는 이미 부모님의 집을 떠나 맨해튼에 살고 있었다.

헤일 박사 문제를 해결하고 나서 나는 본격적으로 내 인생을 살아 나갔다. 처음 경험하는 대도시에서의 삶과 새 직장 생활을 즐겼고, 내 과거에 대해 전혀 모르는 이선을 만나 결혼했다. 나는 행복했다. 그러다 우연히 헤일 박사의 집이 매물로 나온 사실을 알게 되었다. 부동산 웹사이트에 올라온 집을 보고 주디에게 물었더니 아직 청소가 안 돼서 보여줄 수 없다고 했다. 조만간 주디가 청소하기 위해 그 집을 구석구석 살펴볼 거라고 생각하니 등골이 오싹했다. 게다가 그 집이 팔리기 전에 얼마나 많은 사람이 그 집에 드나들겠는가? 그러다가 누군가가 제이미슨의 시체를 발견하기라도 한다면?

카지노의 감시 카메라 영상이 얼마나 오래 보관되는지 몰라도 에드워드 제이미슨 살인사건이 나와 연결될 가능성은 충분하다. 나는 감옥에서 아이를 낳고 싶지 않다. 결국 다른 사람이 발견하기 전에 어떻게든 내가 먼저 그 집을 뒤져서 에드워드의 시체를 찾아 없애야 했다. 나는 일기예보를 보고 일부러 심한 눈보라가 예상되는 날을 골랐다. 그런 날씨에는 아무도 그 집에 얼씬거리지 않을 테니까. 이틀 정도면 충분히 에드워드 제이미슨의 시체를 찾아낼 수 있을 거라 생각했다.

책장 뒤 밀실을 처음 발견했을 때 여기구나 싶었는데 아니었다. 비록 거기에 내가 찾던 시체는 없었지만, 헤일 박사가 녹음해둔 테이프들을 발견했다. 그중에는 헤일 박사가 날 협박하는 내용이 담긴 테이프도 있었다. 만약 그것이 경찰 손에 넘어가면 난 끝장이었다. 과거의 거짓말이 탄로 나는 것은 물론이고 헤일 박사와 에드워드 제이미슨을 죽인 혐의까지 받게 될 터였다.

마침내 사무실에서 헤일 박사가 숨겨둔 시체를 발견했지만, 도저히 건드릴 엄두가 나지 않았다. 막 숨이 끊어진 여자의 시체를 차 트렁크에 옮겨 싣고 다닐 수는 있어도 흉측하게 부패한 시체는 근처에도 다가갈 수 없었다. 내 구토는 연기가 아니었다. 진짜 역겨웠다.

게다가 루크 스트라우스도 그 시체를 봤다. 그는 그 시체의 주인이 에이드리엔 헤일이 아니라는 사실도 알고 있다. 그는 멍청한 남자가 아니다.

내 다음 행보는 더 신중해야 한다.

# 51장

　이선이 도움을 요청하겠다며 길을 나선 지 한 시간이 훌쩍 넘었다. 그사이 기온이 급격히 떨어져서 눈길이 빙판길로 변하고 있다. 이선이 미끄러져 다치기라도 할까봐 걱정된다.

　만약 걸을 수도 없이 다치면 어떡하지?

　모두 내 잘못이다. 애초에 내가 이선에게 집을 보러 가자고 부추겨 여기로 데려왔으니까. 게다가 애초에 목표한 일도 제대로 처리하지 못했다. 에드워드 제이미슨의 시체는 아직 마루판 아래 비밀 공간에 누워있다.

　이선에게 연락할 수도 없어 답답하다. 나는 이 일대의 통신 환경이 형편없다는 걸 이미 알고 있었고, 일부러 그 점을 노렸다. 만약 이선이 통화가 가능했다면 내가 주디와 함께 집을 보러 가자는 약속을 하지 않았다는 사실을 알게 되었을 테니까. 아니면 내가 시체를 찾아내기도 전에 제설차를 불렀든지.

이선에게 불상사가 생겼을 수도 있는데, 내가 할 수 있는 일은 아무것도 없다. 매사에 철저한 내가 어쩌다 일을 이 지경까지 끌고 왔을까? 임신했다고 두뇌 회전까지 느려지나?

나는 구역질이 나서 주방의 개수대로 달려간다. 임신 초기에도 입덧이 이렇게 시도 때도 없이 도질 줄은 미처 몰랐다.

이제 어떡하지? 이대로 이선이 돌아오지 않으면?

그렇게 되면 루크의 도움이 필요할지도 모르지만, 나는 그를 믿을 수 없다. 루크는 헤일 박사를 사랑했다. 만약 내가 헤일 박사에게 무슨 짓을 저질렀는지 그가 알게 된다면 날 가만두지 않을 것이다.

그때 현관문을 두드리는 소리가 들린다. 이선인가? 아니면 끔찍한 사고 소식을 전하러 온 경찰?

현관문을 열고 이선을 보자마자 안도감에 쓰러질 뻔했다. 내가 두 팔을 벌리며 뛰어들자 이선이 활짝 웃으며 나를 안아준다.

"걱정했잖아!" 나는 축축한 그의 외투에 얼굴을 묻는다. "왜 이렇게 늦게 왔어?"

"큰 도로까지 나가는 게 생각보다 오래 걸렸어. 눈 때문에 걷기가 오죽 힘들어야 말이지."

"그래서 성과는 있었어?"

이선이 주머니에서 휴대폰을 꺼낸다. "큰 도로에 다다르기 직전 신호가 터지더라고. 이 지역 제설 업체 전화번호를 찾아서 연락했어. 내일 아침 일찍 제설차가 올 거야."

"오늘 밤이 아니라 내일?"

내가 실망한 표정을 짓자 이선이 한숨을 푹 내쉰다. "눈보라가 심해서 교통 상황도 엉망진창이래. 그나마 날이 밝아야 제설차를 운행할 수 있다고 하더라."

하지만 아래층에 묶여 있는 루크와 하룻밤을 더 보내긴 싫다.

"근데 정말 이상한 일도 다 있네."

"뭔데?"

이선이 쓰고 있던 비니를 벗고 헝클어진 머리를 정리한다. 이 와중에 그 모습이 무척이나 섹시해 보인다.

"전화를 받은 직원이 제설차 예약이 다 찼다는 거야. 그런데 내가 여기 주소를 말했더니 이미 내일 아침에 제설차를 보내기로 예약되어 있다고 하더라고."

"정말 희한하네."

실은 내가 일요일 아침에 이 집 주소로 제설차를 예약해 뒀다. 여기 오기도 전에 눈 때문에 발이 묶일 줄 알았기 때문이다. 그때까지는 시체를 찾아 처리할 수 있으리라 확신했는데 계획대로 되지 않았다.

이선이 이맛살을 찌푸린다. "주디가 부른 건가?"

주디는 우리가 이 집에 와있다는 사실도 모른다. 이선이 화분 밑에서 '발견'한 열쇠는 에이드리엔이 죽을 때 지니고 있던 열쇠다. 내가 3년 전에 화분 아래 심어두었다.

"어쨌든 선결제가 되었다고 하니까 우리야 잘됐지 뭐야."

제설차 비용 역시 내가 결제했다. 꼬리가 밟히지 않도록 현금으로. 나는 무심코 엄지손톱을 물어뜯다가 손을 내린다. 엄마가 항상 고약한 버릇이라고 타박했다.

"경찰에 신고했어?"

이선이 고개를 절레절레 젓는다. 나는 티 안 나게 안도의 한숨을 내쉰다.

"내일 아침에 전화하지 뭐."

이선은 내가 그 변사체의 죽음에 깊이 연루되어 있다는 사실을 모른다.

적어도 내일 아침에는 이 집에서 나갈 수 있을 것 같다. 그나마 가장 결정적인 테이프를 내가 확보해서 다행이다.

에드워드 제이미슨의 시체를 어떻게 처리해야 할지는 아직 뾰족한 수가 떠오르지 않는다. 하지만 곧 해결할 수 있을 거라는 예감이 든다. 나는 이런 쪽으로 운이 잘 따르는 편이다.

# 52장

이선이 전자레인지에 데운 냉육을 넣어 만든 샌드위치로 저녁 식사를 해결했다. 부실한 음식이지만 불평할 수 없다. 내일 아침이면 여기서 나갈 테고, 저녁에는 근사한 레스토랑에서 식사할 수 있을 테니까. 새 식구가 생긴 것을 축하할 겸 말이다.

식사를 마치고 2층으로 올라가려는데, 헤일 박사의 사무실에서 루크의 갈라진 목소리가 들려온다.

"거기 누구 없어요?"

이선과 나는 눈빛을 교환한다. 이선이 내 등에 손을 얹고 발걸음을 재촉한다.

루크가 다시 외친다. "목이 말라서 그러는데 물 좀 주세요!"

나는 걸음을 멈춘다. "물 좀 갖다주자."

이선이 굳은 얼굴로 고개를 젓는다. "목 좀 마른다고 죽지는 않아. 어차피 내일 아침이면 누군가가 구해줄 거야. 그때까지는 충분히 버틸 테니까 내버려둬."

"그래도 물 한 컵만 주면 어때? 불쌍하잖아."

"당신은 너무 착해서 탈이라니까."

그 말에 하마터면 웃음이 나올 뻔했다. 이선이 날 착하다고 생각해서 다행이다.

"그냥 몇 모금만 마시게 해주자. 결박은 풀지 말고 우리가 먹여주면 되잖아."

이선이 엄지로 사무실을 가리킨다. "이미 결박을 풀고 문이 열리기만 기다리고 있으면 어쩌려고? 문 열고 들어가자마자 우릴 공격하면?"

"그건 아닐 거야. 문이 잠겨 있는 것도 아니고, 손발이 자유롭다면 알아서 나왔겠지. 아직 잘 묶여 있는 것 같아."

루크가 다시 외친다. "제발 물 한 모금만 마실 수 있게 해줘요!"

마음이 못내 불편하다. 내가 사람을 몇 명 죽이긴 했어도 고문을 한 적은 없다. 죽어도 싼 사람들을 죽였을 뿐이다.

"오줌도 마려워요!" 루크가 덧붙인다.

이선이 날 보며 피식 웃는다. "화장실 시중도 들고 싶어?"

그건 아니다.

이선이 사무실로 다가가 문틈에 대고 외친다. "목 말라도 좀 참아! 오줌이 마려우면 그냥 바지에 싸고!"

방 안에서 욕설이 터져 나온다. 도와주지 않길 잘한 것 같다. 나는 순순히 이선의 손길을 따라 나선형 계단을 오른다.

"저놈에게 여지 주지 마." 이선이 말한다. "자기 애인을 살해한 놈이야. 인간적으로 대우할 필요 없어."

이선은 진범이 누군지 모를뿐더러 마루 아래 비밀 공간에서 썩어가는 변사체가 여전히 헤일 박사라고 믿고 있다.

"아주 질이 나쁜 놈이야." 이선이 덧붙인다. "목이 타서 뒈지라고 해."

"알았어." 나는 웅얼거린다.

"당신은 너무 착해서 탈이라니까."

우리는 나선형 계단을 올라 침실로 향한다. 헤일 박사의 침실에서 하룻밤 더 자야 한다니. 죽어 마땅한 짓을 했지만 내가 살해한 사람의 침대에서 자는 것이 영 찜찜하다. 분노한 사자의 망령이 찾아올지도 모르니까.

침실로 들어선 나는 흰색 캐시미어 스웨터를 벗는다. 한쪽 소매에 머스터드 소스 얼룩이 묻어 있다. 젠장. 아까 샌드위치를 먹을 때 묻힌 듯하다. 욕실 세면대로 가져가 뜨거운 물을 적셔 비벼 보지만 좀처럼 얼룩이 지워지지 않는다.

이선이 욕실 문틈으로 고개를 내민다. "트리샤, 뭐 해?"

"스웨터에 얼룩이 묻어서 지우려고."

"귀찮게 뭐 하러? 다시 입을 옷도 아닌데."

나는 여전히 찜찜해서 계속 옷을 문지른다. 잠시 후 이선이 욕실로 들어오더니 등 뒤에서 나를 껴안고 목덜미에 입술을 묻는다.

"어서 침대로 가자. 오늘 겪은 일들을 싹 다 잊어버리고 싶지 않아?"

나도 그러고 싶다.

# 53장

한밤중에 눈을 뜨니 나 혼자다. 잠시 두리번거리고 나서야 여기가 어딘지 깨닫는다. 여기는 우리 집이 아니라 에이드리엔 헤일의 집이고, 나는 에드워드 제이미슨의 시체를 치우러 왔다가 실패했다. 그리고 우리는 아래층 사무실에 한 남자를 묶어놨다.

눈앞이 어질어질하다. 어둠에 적응하려고 눈을 가늘게 뜨고 침실을 둘러본다. 이선은 방 안 어디에도 없고, 욕실에도 없다.

어디로 갔지?

잠이 오지 않아서 다른 방에 일하러 갔을 수도 있다.

나는 헤일 박사의 빨간 가운을 찾아 걸치고 푹신한 슬리퍼를 신는다. 이렇게 쉽게 박사의 물건들을 사용하게 될 줄은 몰랐다. 옷 사이즈는 비슷하지만 헤일 박사는 나보다 마른

편이었다. 가녀리지만 독보적인 오라가 있었다.

나는 복도로 나간다. 눈이 어둠에 적응되어 딱히 불을 켜지 않아도 된다. 아래층에서 인기척이 들린다. 설마 루크가 결박을 풀고 이선을 공격했을 리는 없다.

나는 살금살금 계단을 내려간다. 이선이 아래층 벽난로 앞에 혼자 쭈그리고 앉아있다. 가만 보니 성냥에 불을 붙이려는 듯하다.

에이드리엔 헤일의 초상화는 여전히 벽을 본 상태로 놓여있다. 우리 엄마가 화가에게 의뢰해 제작한 초상화. 내 눈엔 그저 우스꽝스러웠다. 대체 누가 자신의 거대한 초상화를 갖고 싶겠는가? 하지만 헤일 박사는 마음에 들었는지 떡하니 벽난로 위에 걸어두었다. 하긴 자신감이 충만한 여자였으니까. 다시는 저 초상화를 볼 일이 없었으면 좋겠다.

치직 소리가 나더니 이내 벽난로 안이 환해진다. 이선이 일어나서 청바지에 손을 툭툭 턴다. 뭔가 후련해 보이는 동작이다. 불이 쉽게 붙지 않아 고생한 듯하다.

이선은 내가 지켜보고 있는 줄도 모르고 커피 테이블에 놓여있던 물건들을 집어 들고 하나씩 불 속으로 던져 넣는다. 그러고는 잘 타는지 확인하려고 한동안 벽난로를 바라본다.

내가 말을 건다. "이선."

이선이 움찔하며 벽난로 앞에서 물러선다. "트리샤?"

나는 소파 옆을 돌아 그에게 다가간다. "거기서 뭐 해?"

"그게……."

그가 당황한 표정으로 벽난로를 흘끗 본다. 불 속에 던져 넣은 물건들은 아직 다 타지 않았다. 하지만 나는 굳이 확인하지 않아도 그 물건들이 뭔지 안다.

테이프다. 언뜻 보기에도 수십 개는 된다. 모두 GW라는 이니셜이 새겨져 있다.

GW는 몇 년 동안 헤일 박사에게 상담 치료를 받은 환자다. 끊임없이 누군가가 자신을 해치려고 한다는 피해망상을 품었던 환자.

게일 와일리.

이선의 어머니다.

이선은 어떻게든 적당한 말을 찾아 둘러대려고 쩔쩔맨다. "그냥 이 테이프들이 좀……."

이선은 내가 처음부터 모든 사실을 알고 있었다는 걸 전혀 모른다. 이 집에서 상담 치료를 받고 나오는 길에 게일 와일리와 몇 번 마주친 적 있다. 게일은 피해망상이 심할 뿐 아니라 입도 가벼웠다. 나에게 자기 아들이 자기가 죽기만을 바란다는 이야기까지 했다.

*헤일 박사님은 나에게 자꾸 과대망상이라고 하는데, 그 녀석은 돈 문제로 큰 골치를 앓고 있어요. 내가 죽으면 보험금을 타서 해결할 수 있겠죠. 그리고 그 녀석은 예전부터 나를 몹시 미워했다니까요.*

나는 그 말을 듣고 그냥 웃어넘겼다. 언젠가 헤일 박사 집에 게일을 데려다주는 이선을 본 적이 있다. 잘생긴 얼굴을 보니 그렇게 나쁜 사람일 것 같지 않았다. 게다가 정말 나쁜 사람이 어머니를 차로 모시고 다니겠는가? 물론 이선은 게일이 헤일 박사에게 어떤 이야기를 하는지 몰랐고, 상담 내용이 녹음된다는 사실도 몰랐다.

하지만 헤일 박사가 실종되고 나서 몇 달이 지난 후, 게일과 같은 사교 모임에 나가던 우리 엄마가 놀라운 소식을 전해줬다. 게일이 과음 후 계단에서 넘어져 목이 부러지는 바람에 사망했다는 소식이었다. 첫 사업 실패로 빚더미에 앉은 외아들이 채무를 모두 청산하고도 남을 만큼 거액의 보험금을 남긴 채 말이다.

솔직히 말하자면 나는 그 소식을 듣고 나서 이선에게 각별한 관심이 생겼다. 잘생긴 건 둘째치고, 나랑 결이 비슷하다고 느꼈다. 그도 나처럼 원하는 바를 얻기 위해 남들이 쉽게 상상할 수 없는 일을 해내는 사람이었다.

이선은 우리의 첫 만남을 우연이라 생각하겠지만 사실은 내가 치밀하게 설계한 만남이었다. 하지만 결혼 후 이선은 나에게 모든 걸 털어놓지 않았다. 중요한 비밀을 공유할 만큼 나를 신뢰하지는 않는다는 뜻이다. 이번 여정에 그를 대동한 이유 가운데 하나다. 나 혼자라면 일이 훨씬 수월했을 것이다. 이 집을 구석구석 뒤져 시체를 찾아내 없애버렸을 것이다. 하지만 내 평생의 반려자와 함께 그 일을 하고 싶었다. 벽에 걸린 헤일 박사의 초상화를 보기 전까지 이선은 어머니를 데려다주려고 이 집에 와 본 적이 있다는 사실을 까마득히 잊고 있었다. 이제야 그는 자신의 어두운 비밀이 이 집에 숨겨져 있다는 걸 알아챘다.

"거기서 뭐 하냐고 물었잖아." 나는 이선이 입을 열기 전에 덧붙인다. "거짓말은 하지 마."

이선이 더듬거리며 말한다. "난 당신한테 거짓말 안 해."

나는 눈을 부릅뜬다.

이선의 어깨가 축 처진다. "우리 엄마 테이프 들었구나?"

"그래, 몇 개 들었어."

이선이 머리를 움켜쥔다. "엄마가 헤일 박사한테 무슨 말을 했는지 잘 알아. 하지만 난 절대……."

"나한테 거짓말하지 마."

침묵 속에 벽난로 불꽃이 탁탁거리는 소리와 이선의 숨소리만 들린다.

이선이 마침내 인정한다. "그래, 내가 엄마를 죽였어."

# 54장

이선은 진실을 털어놓고 나니 한결 차분해 보인다. 쩔쩔매던 모습은 사라지고 다시 당당한 내 남편의 모습으로 돌아왔다.

"당신은 몰라." 이선이 씁쓸하게 말한다. "엄마는 제정신이 아닌 사람이었어. 아빠는 아빠라고 부르기도 싫은 인간이었는데, 그나마 내가 어릴 때 일찍 죽어서 다행이지. 엄마는 예전부터 강박증이 심했어. 주변 사람들이 온통 자길 해치려 한다며 불안해했지. 아들인 나까지 말이야."

이선이 잠시 말을 멈추고 벽난로의 불길을 노려본다. "엄마도 아빠처럼 술을 마시면 제어가 안 되었어. 조금만 취하면 내가 자기 물건을 훔쳐 갔다고 소리를 버럭버럭 질러댔지. 툭하면 싹수없는 놈, 아무짝에도 쓸모없는 놈이라고 욕하곤 했어."

"정말 유감이야."

"몇 번은 진짜로 엄마 돈을 훔치기도 했어. 안 훔쳐도 욕먹을 텐데 억울하잖아."

이건 이선의 또 다른 면이다. 내 남편의 처음 보는 모습이 조금 짜릿하다.

"그래서 어쩌다가 그렇게 된 거야?"

"돈이 절실히 필요했어." 이선이 두 손을 내려다본다. "내가 몇 번이나 사정했는데 엄마는 단 한 푼도 안 빌려줬어. 그런데 피해망상이 워낙 심해서 보험은 든든하게 들어놨더라고. 사실 그날 밤 엄마가 그렇게 취하지 않았더라면 나도 그런 선택까지는 안 했을 거야. 술에 찌든 채로 나보고 배은망덕한 놈이라고 소리치길래 홧김에 계단에서 밀어버렸어."

이선이 천천히 고개를 든다. "그길로 도망쳤어. 그리고 스물네 시간이 지나서야 경찰에 신고했지. 엄마가 연락이 안 돼서 걱정된다고. 그때쯤 엄마는 이미 세상을 떠난 지 오래였지."

이야기를 마친 이선이 소파에 주저앉아 두 손에 얼굴을 파묻는다. 나는 옆에 앉아서 그의 등을 토닥인다. 그의 어깨가 가늘게 떨린다.

"이런 내가 끔찍하겠지. 싫어졌다고 해도 이해해."

"아니, 그렇지 않아."

그가 눈물 젖은 얼굴을 든다. "트리샤, 나는 당신을 진심으로 사랑해. 한 번도 사랑을 못 받고 자라서 내가 누군가를 사랑할 수 있을 줄 몰랐는데, 당신을 만나서 깨달았어. 이 사람과 평생 함께하고 싶다고."

"왜 나에게 진작 모든 사실을 털어놓지 않았어?"

"어떻게 털어놓겠어! 당신이 알면 날 떠날 텐데."

"그렇지 않아." 나는 손을 뻗어 그의 손을 잡는다. "사실은……, 이미 알고 있었어."

이선의 얼굴이 혼란으로 물든다. 지금이 이선에게 모든 진실을 털어놓아야 할 때다. 겁이 나지만 이제 뒤로 물러설 수 없다. 언젠가 털어놓아야 한다면 바로 지금이 적기다.

나는 처음부터 이야기하기 시작한다. 코디와 알렉시스가 날 어떻게 배신했는지, 내가 그들에게 어떻게 복수했는지, 헤일 박사를 어떻게 만나게 되었는지, 헤일 박사가 날 어떻게 협박했고 무슨 짓을 시켰는지, 사무실 바닥 아래 시체의 정체는 누구인지, 헤일 박사의 최후와 이번 주말에 내가 여기 온 목적까지.

이선은 알 수 없는 표정으로 그 모든 이야기를 듣는다. 어느 순간 나와 잡고 있던 손을 떼고 팔짱을 끼지만 내 말을 중간에 끊지는 않는다. 문득 너무 많은 비밀을 털어놓았나 싶은 생각에 두려워진다. 이선은 어머니를 죽였다고 고백했지만 나는 무려 네 사람을 죽였다고 고백했다. 죄의 경중이 다르다.

내가 말을 마치자 이선은 한동안 벽난로를 바라보며 가만히 앉아있다. 물론 한꺼번에 소화하기 어려운 이야기다. 나는 이선에게 충분히 곱씹도록 시간을 주고 행운을 비는 의미로 검지와 중지를 꼰다.

이선은 분명 나를 이해해줄 거야.

"와우." 이선이 의미심장한 감탄을 내뱉는다. 여전히 벽난로에서 눈을 떼지 않은 채로.

나는 방금 엄청난 도박을 했다. 이선이 나를 사랑한다고 믿고 모든 비밀을 털어놓았다. 무엇보다 이제 이선의 아이가 내 배 속에서 자라고 있으니 우리는 한배에 탄 공동운명체라고 믿었다. 이선이 실망하거나 겁을 집어먹고 나를 떠날 리 없다.

하지만 이 세상에서 확실한 건 아무것도 없다.

내가 묻는다. "그래서……, 어떻게 생각해?"

이선의 푸른 눈동자가 벽난로의 불꽃을 반사한다. "글쎄……."

내가 그를 잘못 봤을 수도 있다. 그가 내 허물을 전부 품어주리라 생각한 내가 순진했을지도 모른다. 그렇다면 끔찍한 실수를 저질렀다. 이선은 물론이고 이 세상 누구도 날 이해해줄 수 없다는 걸 알았어야 했는데.

"이선?"

그제야 이선이 불에서 눈을 떼고 날 똑바로 본다. "저 사무실 안에 묶여 있는 루크라는 놈 말이야, 너무 많은 걸 알고 있다고 생각하지 않아?"

심장이 가파르게 뛴다. "맞아, 나도 그게 걱정스러웠어."

이선이 다시 내 손을 잡는다. "당신을 도와줄 수 있어서 기뻐. 우리가 이 문제를 함께 해결할 수 있게 되어서."

나는 이선의 크고 따스한 손을 꽉 잡는다. "당신이라면 지금 뭘 해야 할지 잘 판단할 줄 알았어."

우리는 동시에 소파에서 일어난다. 이선이 책장으로 걸어가 선반에 놓아둔 칼을 집어 든다. 그의 얼굴이 벽난로의 이글거리는 불빛을 받아 섬뜩하게 빛난다. 나는 오래전부터 집에 벽난로가 있었으면 했는데 맨해튼에서는 쉽게 구하기 어려웠다. 그리고 이 집의 벽난로는 정말 아름답다.

나는 신중하게 말한다. "나, 이 집이 점점 마음에 들어. 여기서 살아도 나쁘지 않을 거 같아."

"그래?" 이선의 얼굴이 환해진다. "다행이다. 나도 이 집이 정말 마음에 들거든."

이선이 눈썹을 치켜올리며 덧붙인다. "같이 들어갈 거야, 트리샤?"

"응. 잠깐만."

나는 소파 팔걸이에 걸쳐둔 코트를 집어 들고 주머니를 뒤져 테이프를 꺼낸다. 측면에 내 이니셜이 새겨진 테이프. 나는 더 이상 이 테이프 속 목소리의 주인이 아니지만 어떤 면에서는 하나도 변하지 않았다.

나는 그 테이프를 쥐고 벽난로 앞으로 간다. 그 안에서 뿜어져 나오는 열기가 뺨을 간지럽힌다. 나는 천천히 타는 테이프 더미에 내 테이프를 던져 넣고 잠시 그 자리에 서서 물끄러미 바라본다.

그러고는 남편을 따라 사무실로 들어간다.

에필로그

# 트리샤

## 2년 후

우리 딸 딜라일라는 뒤뜰에서 놀기를 좋아한다. 아이는 얼마 전 첫 생일을 지나 유아기에 접어들었다. 오동통한 양팔을 벌리고 금방이라도 넘어질 듯이 걷는 모습이 무척 사랑스러운 시기다. 나는 흔들의자에 앉아 그 모습을 지켜본다. 푹신한 잔디밭에서 걷다가 넘어진 아이가 울지도 않고 벌떡 일어선다.

딜라일라는 목표 지향적인 아이다. 지금 딜라일라의 목표는 풀밭에서 뽑은 데이지꽃을 나에게 전해주는 것이다. 아이가 마침내 내 앞에 이르러 꽃을 든 자그마한 손을 내 무릎에 올려놓는다.

"엄마. 이거."

나는 약간 구겨진 데이지꽃을 받아든다. "예쁘네."

딸아이가 활짝 웃는다. 꼭 내 아이라서가 아니라 지구상에 딜라일라보다 예쁜 아이는 없을 것이다. 나보다 제 아빠를 많이 닮았다. 이선과 나는 둘 다 금발이지만 나는 염색한 머리다. 딜라일라는 이선의 금발, 곱슬머리, 푸른 눈을 물려받았다. 이 집을 사고 나서 얼마 뒤 이선이 나에게 보여준 아기 때 사진을 보고 딜라일라가 그를 빼닮았다는 걸 실감했다.

딜라일라는 작은 일에도 크게 기뻐한다. 첫 생일 선물로 아기 인형을 사줬는데 뛸 듯이 좋아했다. 나도 어릴 때 그런 인형이 열댓 개는 있었다. 그다지 좋아하지 않는 인형들은 머리를 잘라 서랍 한 칸에 모아두기도 했다.

"꽃!" 딜라일라는 나에게 꽃을 더 꺾어주려고 다시 풀밭으로 달려간다.

나는 흔들의자 옆 유리 테이블에 앉아 아이스티가 담긴 컵을 집어 든다. 야외 테라스용 가구는 전부 새로 사야 했지만, 에이드리엔 헤일이 남기고 간 가구는 대부분 그대로 두었다. 침실의 침대도 매트리스만 교체했다. 초상화는 차마 부숴버리지 못하고 다락방에 넣어두었다.

우리 집을 방문한 사람들은 하나같이 집이 너무나 아름답다며 놀란다.

우리가 이 집을 거저먹다시피 한 사실은 아무도 모른다. 어느새 이선이 다가와 내 어깨에 손을 얹는다. 그를 올려다보며 웃자 이선의 눈가도 곱게 접힌다. 내 남편은 나이가 들수록 멋있어진다.

"행복해?" 그가 묻는다.

"응."

진심이다. 우리는 이 집에서 남부럽지 않게 살고 있다. 그림 같은 집에 천사같이 예쁜 딸이 있고, 이선은 도시로 출퇴근할 필요 없이 주로 집에서 일한다. 이 모든 행복을 누리기까지 그저 몇 사람만 제거하면 되었다.

2년 전, 나는 주디에게 전화해 이 집에 관심이 있다고 했다. 공개 준비가 안 되었더라도 당장 보여달라고 졸랐고, 그 자리에서 바로 오퍼를 넣었다. 흥정도 하지 않았다. 그쪽에서 제시한 금액을 한 푼도 안 깎고 지불했다. 오픈하우스까지 기다렸다가는 여러 사람이 이 집에 들락날락했을 것이다. 누군가가 숨겨진 공간을 발견해 이 집을 다시 범죄 현장으로 만들 가능성을 제거해야 했다.

특히 이 뒤뜰은 얼씬도 못 하게 해야 했다.

이선이 묻는다. "콩알이는 좀 어때?"

나는 본능적으로 배 위에 손을 얹는다. 딜라일라에게 동생이 생긴다는 사실을 몇 주 전 알게 되었다. 우리 부부는 몹시 기뻤다. 집은 클수록 좋다던 이선의 말이 옳았다. 헤일 박사는 이 큰 집에 혼자 살며 공간을 낭비했지만 앞으로는 우리 네 식구가 잘 활용할 것이다.

"콩알이는 아주 잘 있어."

이선이 씩 웃는다. "다행이네."

딜라일라가 나에게 가져다줄 꽃을 꺾어 들고 뒤뚱거리며 걸어온다. 하지만 들뜬 마음에 서두르다 발을 헛디뎌 아까보다 더 심하게 넘어지고 만다. 아이가 통통한 다리를 뻗고 앉아 얼굴이 새빨개지도록 운다.

내가 모성 본능이 발동해 외친다. "딜라일라!"

"당신은 그냥 앉아있어." 이선이 내 어깨를 꽉 잡는다. "내가 안아줄 테니까."

나는 딸을 달래주려고 뛰어가는 이선을 흐뭇하게 바라보며 아이스티를 한 모금 더 마신다. 이선은 정말이지 아이를 잘 다뤄서 딜라일라를 항상 웃게 한다. 하긴 한 살짜리를 웃게 하는 건 그리 어렵지 않다. 먹던 과자를 바닥에 떨어뜨리기만 해도 자지러지게 웃으니까.

이선이 목말을 태우고 뜰을 돌기 시작하자 딜라일라는 언제 울었냐는 듯이 신이 나서 꺅꺅거리며 웃는다. 남편이 신은 로퍼가 약 8개월 전부터 다시 자라기 시작한 잔디밭을 밟는다. 그전까지 우리는 그 구역을 쭉 걱정스럽게 지켜봤다. 나머지 구역은 잔디가 무성하게 잘 자라는데 그 자리만 더디게 자랐다. 시체를 땅에 묻고 나면 일 년 정도는 풀이 잘 자라지 않는다고 한다. 물론 누군가가 땜빵처럼 휑한 자리를 보고 그 아래 시체가 있다고 짐작하겠느냐마는 괜히 신경이 쓰였다.

루크 스트라우스를 살해하는 것보다 그가 묻힐 땅을 파는 게 더 힘들었다. 이선이 그 두 가지 과제를 잘 처리했다. 내 남편이 그 어느 때보다 섹시해 보였다. 루크는 거세게 저항했지만 이선이 그의 목을 칼로 찌르기 직전에 나는 그의 눈에서 체념을 봤다. 그는 곧 사랑하는 에이드리엔과 재회했을 것이다.

2년이 지난 지금, 루크가 묻힌 자리는 감쪽같이 지워졌다. 시체는 앞으로 잔디에 좋은 거름이 될 것이다. 그 근처에 묻힌 에드워드 제이미슨의 시체도 마찬가지다.

이선이 날 향해 손을 흔든다. 나는 남편을 사랑한다. 코디에게 배신당한 이후 다시 누군가를 사랑하게 될 줄 몰랐는데, 이렇게 멋진 남자와 결혼해 단란한 가정을 이루게 되어 너무나 행복하다. 우리는 평생 서로를 하나로 묶어줄 비밀을 공유하고 있다. 우리 둘 다 그 비밀을 무덤까지 가져가기로 약속했다.

적어도 나는 그럴 작정이다.

가끔 이선이 못 미더울 때가 있다. 남들이 우리 집 정원을 둘러볼 때마다 지나치게 긴장하는 모습을 보인다. 한동안은 정말 노이로제에 걸린 것처럼 굴었다. 혹시 누군가가 찾아와 이런저런 질문을 던지면 그가 의연하게 대처할 수 있을지 모르겠다.

그런 일이 일어나지 않길 바라지만, 혹시 일어나더라도 나는 상황을 처리할 준비가 되어 있다. 엄마의 말을 항상 가슴 깊이 새기고 있으니까.

두 사람이 비밀을 지킬 수 있는 유일한 방법은 한 사람이 죽어서 사라지는 것뿐이다.

〈끝〉